冬萌え《ふゆもえ》

井実充成

文芸社

目次

（一）母校

英二がきびすを返してくるりとUターンしたとき、耳たぶをぱしっと掠《かす》めて、自転車がすり抜けた。そして、次の瞬間、もう一台の自転車が、猛烈なスピードで突き抜け、そのまま前のに激突した。両者が一固《ひとかた》まりになって数メートル滑った。止まるや否《いな》や、後の男が素早く立ち上がって、逃げようとしていた前の小男《こおとこ》の腕をつかみ、逆手《さかて》にねじあげ、地面に押さえつけた。たちまち人垣ができ、そこへ制服の警察官が二人来た。小男《こおとこ》は中学生ぐらいの少年だった。

「こらあ！　またお前か。なめとんのか」

と、小さいほうの警察官が一喝《いっかつ》した。

久しぶりに見るぱくり現場だった。英二もかつて警察官にびびらされたことがあった。補導されそうな時、とっさに逃げたが、結局捕まえられた。そんな場合、大体聞かされる台詞《せりふ》、それが「なめとんのか」だった。この時間帯、学校では授業をしているはずだ。補導に引っ掛かるのは当たり前だ。

檻《おり》のなかの野獣のように、無関心を装いながら、目だけが恐怖と不安に怯《おび》えている。英二は、少年の顔を一瞬のうちに捉《とら》え、記憶中枢に向かってキーを打った。少年時代、ワルとして生き残るために体得した早業《はやわざ》である。いっちょまえのちんぴらになるには、この瞬間技《わざ》を身につけねばならない。

有能なちんぴらは、この才に長《た》けており、その集中力、鑑識力、記憶力は驚異的であり、彼らはこの点で一般市民に対して優越感をもっている。いざ対決となった場合、相手のうっかりミス、弱点、無知を巧みに捉えて、記憶を武器に屁《へ》理屈をたたみかけ、敵を対決不能に陥らせ、沈黙させてしまう。これは、相手を慌てさせ、怯《ひる》ませ、後退させる。この時点で大方《おおかた》争いの決着がつく。暴力に頼るのは、下《げ》の下《げ》の戦法である。効果的に脅して相手より上に立つのが、喧嘩の妙手というわけだ。

「このガキ！　ごちゃごちゃぬかすな。ほんまにぶちこんだろか」と、警察官が、口早に少年の耳たぶに吐きかけた囁きも、英二は耳ざとくキャッチしていた。

ここまで言えるということは、この若いお巡りと、少年との人間関係が相当進んでいるからだ、と読み取れた。

英二自身、少年時代、警察官何人かと顔馴染《なじ》みになっていた。Iさんとか Sさんとか呼んでいたし、Sさんになどは「係長」などと、生意気に言ったりしたことすらあった。英二のワルガキ仲間は、教師より警察官のほうを余程信頼していた。車ぐるいの少年たちをターゲットに、暴れ回る「族狩《ぞくが》り」のやり方や情報、対策を教えてくれたりすることもあった。

若いお巡《まわ》りは、少年の左腕を鷲掴《わしづか》みにして放さず、「ほなおおきに、またあとで……」と、少年を取り押さえた男に、いわくありげな目配《めくば》せをしながら、少年を引きずっていった。男も自転車二台を押して逆の方向へ帰っていった。野次馬がすっと散り、いつもの街の表情に返った。

川田英二が京都市北区の下宿を出て、大阪淀川区の自宅に向かったのは、その日の朝だった。

ＪＲの快速電車が、西に向かってひた走る。車内には空席がないが、立っているものもいない。右側車窓の外は全て緑の竹藪である。

遠くの竹の山がおもむろに退き、近くの竹林が勢いよく後方に飛び去る。列車が京都駅を発して、十分ほど経《た》ったろうか。春時雨《はるしぐれ》のあとの昼下がり、まだ薄曇りの空のもと、風に揺れる竹の葉が、音もなくあちこちで大波小波の波紋を踊らせている。瞬く間ほどの旅情だった。

英二は、京都の私立Ｒ大学の四回生である。Ｒ大学には、全国的に著名な学者が多くいる。アメフトや野球なども強く、いわば全国区の大学であった。

淀川の手前の新大阪駅で地下鉄に乗り換え、西中島南方《みなみがた》で今度は阪急電鉄に乗った。正月は沖縄だったから、家に帰っておらず、久方の実家帰りだ。

長身で逆三角形型の巨漢英二が、十三《じゅうそう》駅西口に降り立った。気分はさしずめ寅さんだった。駅を出ると、すぐ右手に飲み屋がひしめく露地、ションベン横丁がある。まだ提灯やネオンに灯が入る時刻ではないが、ここは、安サラリーマンや、学生が心置きなく溜《た》まれる暖簾《のれん》街である。なんとか酒場、暖簾なんとか、といった看板が油煙《ゆえん》まみれなのが賑わいの歴史を語っている。

駅西口から五十メートル西に進むと、国道の大きな交差点に出る。いきなり視界がぱっと広がり、南の方にS銀行、F銀行など大手銀行のビルがしかるべき角地《かどち》に収まっている。ションベン横丁との対照が、新旧せめぎあいの下町らしい。銀行群の奥に巨大なマンションビルが見え、その合間《あいま》に派手な作りのファッションホテルが見え隠れする。

　交差点の信号が青に変わるのと同時に、人々の群れが一斉《いっせい》に動きだした。全ての車を止めて歩行者がスクランブルで渡るように仕掛けてある。見慣れたこれらの情景は、たちまち英二を十三《じゅうそう》人《じん》に戻してしまった。渡ってすぐ右手の商店街が、さらに西にのびており、長々と奥深い。

　英二はその本町商店街を奥に向かった。この街筋は夜間高校に通学していた頃、毎夜通ったところだ。週末の夜ともなると、俄然賑やかになる歓楽街だ。あの頃、下校途中あちらこちらからカラオケのだみ声が聞こえ、通りに酔っぱらいが絡み合っているのが見えた。しかし、英二はその一見ふしだらに見える通りを、みだらだとか、汚いなどといって忌《い》み嫌ったり、別世界視したりしたことがなかった。通い慣れた通学路だということもあったが、その商店街で生きる人たちを、英二と同一平面上の、いわば身内感覚で受け入れてきたからであった。

　十三《じゅうそう》のネーチャンと親しまれるおばはんホステスたちは、やはり十三《じゅうそう》のオッチャンたちのアイドルだった。リストラで会社からも、最小単位の家庭からも、居場所を追われたオッチャンたちの愚痴聞き役、それがネーチャンたちだ。ここは昔も今も変わらなかった。英二は、ここで知り合った大人たちを幾人も思い浮べることができる。

　懐かしいSビルを仰ぎ見た。定時制高校時代、よく入ったビルだ。六階に小さな映画劇場がある。英二は、戦後の名作映画リバイバルをここで観てきた。「生きる」「ひめゆりの塔」「二十四の瞳」「人間の条件」「にあんちゃん」……よほど奇特な映画マニアが経営しているのだろう。掲示板に小さな手書きポスターがはってある。山田洋二監督の作品で、少し古いものだった。まだやってくれている。映画はビデオでなく、劇場で観たいというファンが、この劇場を今も続けさせているのだ。そこで英二があの少年補導の場面に出くわしたのだった。

英二は駅舎南側の地下ガードを抜けて、駅東口に出た。こちらは放置自転車が押し合いへし合いでひしめき、駅前パチンコ屋の騒音とあいまって、乱痴気騒《らんちきさわ》ぎのカーニバルである。

新築の自宅は、ここから十分ほど東にある、由緒ある神社の裏だった。英二は商店街から脇の路地に入っていった。寿司屋だの、小料理屋だの、バーだのが立てこみ、夜に酔っぱらい天国となる、細い空間である。中学時代、大人探険のため悪仲間と何度か潜りこんだ、懐かしいはざまなのだ。酔い潰《つぶ》れて一人ぼやいている大人、人の悪口を大声で喚《わめ》いている大人などを真似て笑い転げたものだった。この近くにはストリップ劇場がある。

友人が卒業したら絶対に入ってやると言っていた。英二はその友人にいつも寄り添っていた。ただ、なぜか相手は英二に厳しいハードルを突きつけて、そこから先に踏みこませなかった。この裏町で警察に補導されたとき、スーパーで警備員室に引きずりこまれたとき、学校の生徒相談室で調べを受けたとき、いずれのときも主犯株として大人とやり合ったのはその友人だった。英二はカムフラージュ要員か、助っ人に甘んじるばかりだった。

母の顔を見るのは久しぶりである。何だかんだと際限なく聞かれるのを覚悟しなければならない。京都、新大阪は新幹線で十分の距離だ。父が下宿を命じた。母は訪れてはこないけれど、電話は三日にあげずだった。

電話で話してきたことを、すべて改めて確認されるわけだ。英二にとっては、難儀であり、気詰まりなことなのである。

英二の容貌は、両親の遺伝子のいいとこ取りをしていた。じゃが芋顔の父と顔の造作《ぞうさく》は全く違っているが、体格は父親譲りで、がっしりタイプ、骨太の肩頭《かたがしら》に筋肉瘤《りゅう》が盛り上がっており、腰の張りと弾みは、サラブレッドの尻である。両親の鬼っ子として、いつもエリートの兄英一と比較されたのが学力だった。父も母も関西の国立大学を出ている。兄の英一は名門K高校を経て、東京の名門私大の建築学科を出た。今は、大阪の大手N建設会社設計部に入り、会社主流に認められて、大きな仕事をいくつかこなしてきている。兄自身は、将来父の会社を継ぐ意志を持っており、父も大満足で、すでに会社経営のノーハウを伝授し始めているところだ。

「できの悪い子ほど可愛いもんや」

母は、英二が物心がついた頃から、露骨にそう言ってきた。英二もできの悪い子を自認して「そんなら可愛がってもろたれ」と考えて悪戯《いたずら》を連発し、贅沢を求め続けた。兄英一の頃は、涼しい顔で授業参観や保護者会に顔を出していたのが、英二の時代になると、さすがの母も、なりふり構っておられなくなっていた。

「汚れ物は宅配便で送りなさい。大きいもんはクリーニングに出すのやで」「今晩何食べたんや。今朝果物送ったからな。ちゃんと食べなあかんよ」大学生になった今も、こうして電話指示がかかってくる。母の監視と干渉は鬱陶《うっとう》しいが、日々の家事の煩《わずら》わしさに比べれば、結局楽《らく》である。

兄は、学生時代、すべて自分でやっていたので、生活力においても開きが大きくなっていく。「英一は自立して生きていけるけど、英二はまだまだ手が掛かる」英二は耳慣れて、母のことばの一々に引っ掛かりはしない。が、親による人格否認が、深いところで大きな傷になっていた。母や兄がもどかしげに自分を見るのは、仕方のないことだと自己卑下《ひげ》し、分《ぶん》に甘んじることにしているのだ。

英二の家は、南側と東側が道路に面しており、東側は腕木門《うできもん》を擬《ぎ》した門とガレージ、南側は、透《すか》し欄間《らんま》のある、ブロック塀になっている。日本庭園のある、二階建和風建築だ。その土地は、もと父が所有し、経営していた賃貸駐車場だった。昨秋竣工し、入居したばかりの新築屋敷である。英二が生まれ育った家は、ここをずっと南へ下がった淀川通りにあった。今は、父の会社、川田工務店の事務所になっている。「腕木門」の壁に、インド赤石《あかいし》の表札が上がっている。いちばん左側のやや目立つ表札に、川田英二の名が楷書体で彫りこんである。英二は、一九九一年つまり今から六年前を思い出した。

府立K高校定時制の二年生のときだった。「大学行ってもええかな」と母に一言小声《こごえ》で言ってみた。台所で包丁を使っていた母は、一瞬手を止めたように見えたが、とんとん続けた。「英二を受け入れてくれる大学なんてあるの?」などと軽くあしらわれるのが落ちだと分かっているので、そのままにした。定時制の教師が前日勧めてくれたので、その気になったのだったが、母の前に出ると、気持ちが萎《な》えてしまうのだ。

「川田は、中高時代に基礎学力でつまずいたけど、ここでやり直してみたら、がぜん能力を発揮し始めたよ。大学進学を志してやったら、もっとスピードが上がると思うよ。一度親に相談してみなさい」とその教師が言ったのだ。しかし、英二は母の今の態度をみて、やはりそれは無理だと思った。大学の二部があると聞いたので、そちらを選ぼうと考えた。

その晩、珍しく父が早く帰ってきた。

「英二、おまえ学校の授業おもしろいか」

夕食の後、思い出したように父が言った。

「授業? おもろいわけないやろ」

「ついていかれへんのか」

「そんなことないで。定時制の先生は、僕らのアホさに合わせてやってくれはるからな」

「卒業までいけそうか」

「わからへん。なんでそんなん聞くねんや。どうせ卒業でけへんのやったら高校やめろいうんか」

「アホ。おまえ、なんでそんなけったいな取り方《かた》するのんじゃ。せやのうて、卒業したら、どないするつもりか聞いてるのや」

英二はあっと思った。母があのことばを聞いていて、父に告げたのだ。

「そんなもん、決まってるやろ。僕らみたいな人間は、フーテンや。寅次郎や。生涯、プータローの人生。男はつらいで」

「それ、何じゃ。おまえ、わしをおちょくっとんのか。真面目に答えろ」

英二は、中学校の半ばからずっと父と歯車が噛み合わずにきた。親しい会話といえる場が、ほとんどなかった。父から話しかけることがあっても、英二の方から話しかけることはなかった。父はいつもつっけんどんな言い方に終始し、英二もじゃけんに突っぱねる。それで会話が中断、そのくり返しだった。

　母が話に割って入った。

「英二くん、今日母さんに大学に行きたい、言うたやないの。父さん、そうさせてあげようて思《おも》たはるのよ」

「ほんまか？　家の恥さらし、どこかへ消えてくれたらええ思てたん違うんか」

「ほんまにしゃあないやっちゃなあ。おまえちゅうやつは」とあきれ返ったふうに父が言った。

「父さんは、あんたがK高校に行ってるのが嬉しい思たはるのんよ。素直に聞きなさい」

　母はなんとか会話をつなごうと、猫なで声でとりなす。

「大阪一の名門高校出身いうプライドやろ」

「せやない、英二。わしは高校まで、わしと英一とおまえの親子三人が一緒やいうことが嬉しい、というより誇りなんじゃ。単純でアホらしいと思うやろが、父さんにはそういうところがあるんじゃ。学校いうんは郷土の文化センターじゃ。そこからわしは大阪の大学へ、英一は東京の大学へ進んだ。な、今度英二が京都の大学にでも行ってくれたら、なんぼ面白いか。おまえが父さんの夢、かなえてくれるんやったら、おまえの後援会長やったるよ。どうや？」

「なんやて？　京大行けいうんか」

「京大？　アホ、京都は学研の本場や、R大、S大、B大、D大、大学が目白押しじゃ」

いつもと父の口調が違っている。目の色も普段のそれとは異なる。大人が腹を決め勝負に出た、そんな底力を見せて迫まっている。高校の担任の顔が浮かんだ。あの顔も、いつものふわっとした優しさが消えており、十八歳はもうガキやない、おのれのことはおのれが決めろと言わんばかりだった。英二はたじろぎ、それでも、懸命に父の眼にあらがった。

「英二、わしと約束せえへんか」

父の目の威力が消えて、柔和な笑みに変わった。英二は一面ほっとしながらも、またどんな難題を吹っかけてくるのだろうかと緊張した。英二は返事ができず、目を伏せた。

母を見ると、目元をほころばせ、頬がやや緩く和らいでいる。すでに筋書きができており、展開を楽しんでいるような顔だった。

「わしは、今まで英一にも英二にも進路について、一言も注文つけんかった。けど、英一はK高校へ行ったうえ、大学の建築科を選んでくれた。今度は英二や、もちろん何も言わへん。ただ大学に上がって勉強しようちゅう意欲のあるところが見たいのや。どうや？」

「約束てなんやねん」

約束というのが不気味だったのだ。今日は土から芽の出る瞬間になるかもしれない、そんな予感がした。詰め寄られて戸惑いながらも、心地よい緊張感があったのだ。英二は指の関節を、手から順にポキポキ足まで鳴らしていった。

「英二、人生は一度きりや。おまえの少年時代ももう終わりやろ。父さんの少年時代は三十年前に終わった。まあ、それぞれの少年時代を送ったってわけや。どっちの少年時代がよかったか、ちゅうようなことは言うても意味のないことや。それぞれの人生なんやからそれぞれの財産にしたらええことや」

「ええから、その約束を早よ言うてえや」

「まあ心配するな。話には順序ちゅうもんがあるわい。それでや。世の中の土台は経済じゃいうことは分かってるやろ、先立つものは金ちゅうぐらいじゃ。父さんも早い話が銭もうけのために仕事してる。けど、やってる仕事は建築業じゃ。人間誰しも生き甲斐を持って生きたい、思てる。父さんの生き甲斐は銭儲けやのうて、建築業じゃ。分かるやろ?」

英二は胸が熱くなってきた。初めて父が人間としての生きざまを語りだしたのだ。

「父さんももう五十歳じゃ。こどもの巣立ちを見届けたら、おのれの老い先をそろそろ考えなあかん」

「分かった。僕、大学を受験する。それでええのんやろ」

「そうか。どこの大学の何学部にいっても、文句いわん。それはおまえが決めることや」

「うん、高校の先生と相談するわ。その先生京都のR大学出や。僕が京都の大学へ行ったら父さん嬉しいんやろ」

「いやそれは気にせんでええ。そうなったら面白いかなて、軽い気持ちでいうただけや」

「とにかく相談してみるわ。まだ二年先の話やからな」

「それで、次は父さんの約束や。おまえが大学に入ったら家を新築する。そして、その家はいずれおまえの名義にする。これは母さんも英一も承知済みなんや」

英二には父の意図が読めない。空手形でその気にさせようというつもりか、やはり子供扱いしようというのか。

「家なんかいらんわ。なんで今そんな話出すねん」

父はあわてた様子もなく母のほうに目を向けた。冷ましておいた白湯《さゆ》を急須《きゅうす》に注ぎ、お茶の出を待っていた母が、三個の小さな茶碗に少しずつ注ぎ分けた。関東は煎茶がいいというが、関西は玉露だ。父は日本茶派で、六甲山まで水を汲みにいく。いつも母が点《た》てるのだが、舌の上に乗せたときのとろみと香りは、英二も子供時代から味わい慣れていた。

「その話、母さんが考えたのよ。一軒の家を持つっていうことは大変なことや。それは英二にも解るやろ？　一国一城の主《あるじ》いうたら大袈裟《おおげさ》やけど、税金から保険から町内会のつき合いまで大人としての責任を持たなあかん」

母は紺地に小さな白薔薇を散らした薄手のワンピースを着、プラチナのネックレスで胸元を強調している。社交家の母は、普段あまりカジュアルな服装をしない。突然の来客にも不意の呼び出し電話にも即応できるのだ。

三人はそれぞれ湯呑み茶碗を手に取って口をつけた。

「英二は英一と違うて人間が優しい。いつも友達のことを考えてたわな。迷路に入ってあがいてたけど、S中三年の時のあれはS中の歴史を変える事件やった」

母と違って父はグレーの綿の作務衣《さむえ》に着替え、リラックスしていた。

「わしは、母さんから事件のてんまつを聞いて黙ってたけど、あの時英二には見所《みどころ》があるとはっきり思うた」

生活者として経済的に自立しよう、社会人として何かのプロになろう、それが親に対する大人としての息子のけじめだ。英二は初めて大人へのステップを踏んだ思いがした。そして、父の提案を受け入れたのだった。去年ついに父がその約束を実行した。


英二は門柱の呼び鈴を押した。「はーい」というインターホンの母の声を無視して格子戸を引き開け、内側に入った。鉄平石《てっぺいいし》が小幅《こはば》間隔で玄関まで続いている。玄関のポーチに立ったとき、ダークグレーのスチール製とびらがそっと開けられた。

「母さん、ただ今」

「英二さん、お帰り。暑かったでしょ。早よ入って一服しなさい。ビールにする?」

「ありがとう。けど、ビールはあかん。ひゃっこい水がええわ。四時にS中学校へ行かなあかんねや」

「あ、そう。えらい忙しいわねえ。そらビールの臭《にお》いさして学校へ行くわけにいきませんわ」

英二は母の後についてダイニングキッチンに入った。母はアイボリーの地にブルーとオレンジの小花を描いたブラウス、下は膝丈のパンツという、相変わらずの若造りだった。華のある声調とリズミカルな歩行が、母の装いの若さを自然なものに感じさせた。

母は冷蔵庫から大きなミネラルウォーターのペットボトルを取り出し、茶だんすからタンブラーを取ってきてゴポゴポと注いだ。

「昔の先生まだ残ったはるやろかなあ。あんたを知ってる先生がいたはったらびっくりしはるやろな」

「僕が卒業してからちょうど十年、もう誰も残ってへんやろ。そうや、用務員の小田さんがいたはるかもしれへんわ」

英二は水をいっきに飲み干すと、先ほど目撃した少年のことを母に告げ、S中学の最近の評判をたずねた。

「あんたが高校中退してからの何年間は、荒れが続いてた。それは知ってるやろ。けど、最近はあんまり聞かへんみたいや。私もS中と縁が切れて永いし、ようわからへんな、ほんまのとこ」

「あの子、多分S中生やと思うで」

「あんたらの時はそういうことしょっちゅうやった。けど、あんたらはいつも群れとったから、その子みたいに単独でなんぞやるのは、ちょっと違うみたいやな」

「群れか、うん、確かに群れてた。けど、あれはきっちりした目的のある集団やのうて、言わば烏合《うごう》の衆や。ほんまはばらばらの寄せ集めで、信頼関係がゼロやったなあ。くっついたり離れたり、いじめをやったり、平気で嘘をついたりやってたよ。学校でも家でも塾でも居場所のないやつがひとまず身を置くところやったんやなあ」

母が英二の主張に興味を感じたのか、かたわらの椅子を引いて座った。

「何か事件を起こしたときでも、すぐに先生にちくるやつがおった。友達甲斐《がい》なんてどこ吹く風や。護ったるとかかばったるとか、そういう友情が、これっぽっちもない群れやったように思うな」

「へええ、そうやったの。母さんにはそう見えへんかったけどな」

「うん、実態はそうや。今も昔も、一人一人ほったらかしにされて寂しいちゅう点は全然変わってへん思うわ。猛烈塾おたく、ファミコン狂、タレント追っ掛け。そういうの、やってて空《むな》しいだけやで。心から共鳴できるものがほしいんやけど、お互いの接点がみつからへんわけや」

「で、英二さんはどうやったの？　独りぼっちやったの？」

「僕は、家に居場所があったほうやから、絶望的やなかった。友達探しはしてたけど」

母の和代は国立大学の文学部を出、教員免許証も持っている。大学卒業後、高校教師を数年間している。英二の群れ仲間の母親達のほとんどは高卒、短大卒のパート労働者だった。羨望《せんぼう》と敵視の的だったPTA役員の母は当時、英二の友達探しを理解しようとしなかった。が、いまここで母を問いつめることもないので英二は口をつぐんだ。


母校S中正門の門扉が観音開きに改造されている。スチール製格子《こうし》透かしの二枚扉で、内側に押すと左右に別れていく。下校時刻だから開いたままだった。

父や母の時代、遅刻三回を欠席一回とみなすとか、皆勤賞、精勤賞を与えるとかいった信賞必罰式指導法があったと聞いた。が、英二の頃にはすでにそれはなかった。そうなると、力による強制や体罰によって成果をあげる向きが出てくる。案の定、神戸で校門指導中、門扉圧死事件が起こった。早速門扉改造に及んだのだろう。英二には何が問題の本質なのか全く分からないのだが、何となく矛盾を感じた。

英二が母校の三年生の時だった。悪《わる》仲間が群れて登校し、それぞれカバンのなかにわざと所持禁止物を入れておき、校門の外で教師たちともめるのが楽しみだった。「家に置いてこい」という訳で公然と遅刻をするのだ。全く幼稚な愉快犯だ。ラジカセ、ゲーム機、ウォークマンなどをめいめい家において再登校する。途中、児童公園に寄ってぼおっと過ごしていた。

正門の内側に一歩踏み入ったとき、英二は青ざめるのが分かるほど緊張を覚えた。ただの在校生とか、卒業生とは違うのだ。S中の敷地そのものが英二の侵入を拒み、透明な壁が英二を押し返してくる。

校舎も庭もぴかぴかだ。落書なし、ゴミなし、窓ガラスの破損なしである。左手に築山《つきやま》があり、大時計のポールを挟んで、シュロが一本と赤松が二本、周辺にヒラドツツジがこんもり茂っていた。まるでモデルハウスだ。英二たちの存在証明である「荒れ」の痕跡が全然ない。校舎が全て新館に変身し、位置も動いていた。英二たちの母校のイメージがちり一つ残っていない。「昔のままや、懐かしい」と、感慨にふけってもみたかったのに、母校は無愛想に立ってそっぽを向いている。時代に取り残されたような虚しさが襲ってきた。

築山の時計が三時半をさしていた。英二は用務員室を訪ねてみようと思いついた。花壇を通り抜けて正面玄関に入ると、右側に下足箱がある。来客用のラベルをはったボックスの上段を開けてみると、中にスリッパが入っていた。取り出してみると、S中学校の金文字が印刷してある。秋に実習の依頼にきたときは靴下素足で上がったので、今日初めて履いたのだが、こんなものにまで学校側の権威を感じさせられた。急におのれが小さく惨《みじ》めな存在に思えた。まだ大勢の生徒の前に立っているわけでもないのに、すでにおじけづいている。教師という立場がこれほど重圧感のあるものとは思ってもみなかった。

かつて埃《ほこり》だらけだったリノリュームの廊下の床が、木張りのモザイクになり人影を映すほど光っていた。本館一階の玄関口、ここは来客に向けた学校の顔になっている。忠実な用務員が朝夕みがいているに違いない。

英二はその時懐かしいものを見つけた。窓の向こうに、敷地を縁取《ふちど》るように植えられた樹木が見える。そのうち楠、桜、ユーカリなど幾本かに覚えがあるのだ。ただ外壁のブロックが撤去され、ネットフェンスになっているので、幹に光が当たって、往時とは印象が違う。すえたどぶの臭いも消えていた。

廊下右側の購買部の窓のシャッターが降りていた。その向かい側が用務員室と警備員室になっている。英二は危険物に触るようにおずおず用務員室ドアーのノブに手を掛け、ゆっくりと引いた。甘いコーヒーの香りが英二の顔をふわっと包んだ。英二は腰を引いたまま頭を中に入れた。床《ゆか》はコンクリート張りで二脚の長机がすえられていた。向かい側に小田隆治用務員がこちらを向いてどっかと座り英二を見上げた。昔と同じグレーの作業着を着て、首にタオルを巻いている。

「おう！　珍しい。相変わらずごっつい体しとるのお」

「ちわー、オレ、覚えてる?」

「当然! 忘れられる顔やない」

英二は一瞬、間を置いた。言葉づかいに窮《きゅう》したのだ。「オレ」はまずかった。当時と同じ物言いをするのは立場上支障がある。英二はとっさの判断で大人として敬語を使うことに決めた。

「もう十年くらいご無沙汰してますけど、小田さんは昔と変わりませんわ。信じられんくらいお若いです」

小田隆治の顔がこわばった。視線が天井に向き、空をさまよった。そして、意を決したように改まって言った。

「いやいや、もうあかん、あん頃のパワーはのうなったわ。歳《とし》には勝てんもんや」

英二は肩から指の先までぐにゃりと溶けそうになった。

「S中が変わってしもうて、びっくりしたやろ。まあその椅子に腰掛けてえな」

「はい、ありがとうございます。それで、小母《おば》ちゃんは?」

用務員は男女のペアと決まっている。

「ああ、小母ちゃんは、転勤したよ。去年? 一昨年《おととし》か……」

「中西の小母ちゃんにもほんまにお世話になってましたわ」

ありきたりの言葉しか出せなかったが、英二の心は小田の瞳のなかに広がる仁恕《じんじょ》の光に包まれ十分に満足できた。仁恕という言葉は当時小田からよく聞かされた言葉だった。

「仁は人が二人と書く。人間は一人やない。人は人と向き合って初めて人の心が解るようになる。

優しさ、いたわり、思いやり、愛、そういう心は人が人と向かい合ってこそ生まれるもんや。それが仁や」

母校に冷ややかなものを感じていた英二は小田という人の目に接して、その胸のつかえがふっとおりた。

英二たちの学年が荒れだしたのは小学校の四年生ごろからだった。そのまま落ち着くことなく中学校まで進んでいった。中三になっても「やけのやんぱち、日焼けのなすび」などとわめいて荒れすさんでいるとき、小田がよく校庭の隅や用務員室で英二たちをさとしてくれたものだ。

「怒るとき
　かならずひとつ鉢を割り
九百九十九割りて死なまし
石川啄木の短歌や。彼も君らと同じように破壊しまくりたかったんやろ。物を壊したりしたらあかんことくらい君らも分かってる。でも、そうしたい。問題はその気持ちじゃ。どうも人は大人になると、こどもの気持ちが理解できなくなる。いつでもどこでもそのくりかえしや」

悪ガキたちは、不思議に小田の説教を聞くのが好きだった。その時の小田の瞳が今も生きて英二を包んだのだ。英二はやっと母校の安らぎのなかに自分を置くことができた。

「小田さん、ありがとうございます。時間がきましたからもう行きますわ。またちょくちょくお伺いします。それじゃ失礼します」

英二は立ち上がると、威儀《いぎ》を正し、深々と頭をたれて敬礼した。小田も立ち上がった。

「教育実習の打ち合せにきたんやろ」

毎年多くの実習生をみてきた小田が、その厳しさを知るがゆえか、いとおしげに見つめた。

「はい、小田さん知ったはったんですか」

「月中行事予定に書いてあったからな。教務主任の先生に聞いたら、今年は五人で、その中に川田いう名前があったんでな、ひょっとしたらと思てたんや」

小田の思いやりが身にしみた。

「でも、まさかて思たはりましたでしょう。何しろこの僕ですから」

英二がことさらこの僕を強調していった。二人は目を見合わせ、同時に声を上げて笑った。

「心配ないよ。生徒が君を見たら大歓迎するよ。君の仁《じん》は、生徒がちゃんと見ぬくよ」

小田は英二の不安感を読んで慰めた。

指定時刻十分前、英二は職員室の真上《まうえ》にある二階会議室のドアーの前に立った。

教室中央をベニア板で仕切ってあり、奥がロッカー室、手前が小会議室になっていた。廊下側の窓ガラスには全てカーテンが張ってあり室内が見えない。が、蛍光灯の明かりが見えた。ドアーにはシリンダー錠の鍵穴があったが、手をかけるとすっと開いた。

四人の学生風の女性が長机を中に向き合って座っていたが、あわてたようにがたがたと音を立てて立ち上がり、いっせいに英二を迎えた。現役の学生より三歳先輩の英二だ。ここの教師と見まちがわれたようである。四人は指示を仰ぐような面持《おもも》ちで待ち構えている。

「あっ、すみません。僕、実習生です。川田いいます。よろしくお願いします」

英二は母が用意してくれた白のカッターシャツにライトブルーのネクタイをしめ、薄いグレーチェックのスーツを着ていた。新調なので、すぐそれと分かった四人の女性たちが顔を見合ってくすくす笑い合った。英二は、中学生ごろから既製の学生服が着られなかった。二十歳の時、母が作ってくれたスーツがオーダーメイドだったし、この正月に作った今日のスーツもそうだ。普段、着ないからどうにも着心地が悪い。

女性たちはそろって白のブラウスに、それぞれ薄色の無地のスーツと膝丈スカートという出で立ちだった。それぞれお洒落の工夫をしているのだろうが、英二には四人とも同じに見えた。診療所での待合いのように、腹の中で互いの品定めをしている客どうしのような、奇妙なムードが流れかかった。英二はなんとかしろという声に責められるようで、気が焦った。我慢できず、慣れない役を買って出ることになった。

「おタクさん、教科なんですか?」

おタクと呼ばれて、いちばん手前の色黒にきびの女性が唇をとがらせ、にらむ真似をした。そして、白い歯を見せて言った。

「私、おタク違います。島田、いいます。教科は音楽科です。よろしくお願いします」

英二に向かってというより、みんなに向かっててていねいに頭を下げた。細身に似合わない野太い声に英二は気圧《けお》された。

「あ、どうも失礼しました。僕は社会科で、実はわけがあって、皆さんより三年上なんですわ。皆さんがS中に上がったときは、もうS中にいなかったんです」

「私、川田さん知ってます。禁煙騒動の次の年の新一年生やったんです」

島田が先程と違って、まるで秋波《しゅうは》を送るような目で英二を見つめた。英二はまたあわてて、そのむこうの女性に目を移して言った。

「そいじゃあ、そちらのおタクさんは…」

「あははは、私もおタクですか」

「あ、いや、すみません。僕、慣れないんでね。こういう場合、どう呼ばしてもろたらええんですか」

「あははは、ごめんなさい」

屈託《くったく》のない笑顔である。いちばん教師らしい雰囲気を持っている人だと思った。

「私も音楽科です。山川めぐみと申します。よろしくお願いします」

こちらもかなり声量のある声だった。教師になる条件のひとつは、声の太さだなということを英二は二人の声を聞いて感じた。英二自身、自分の声が他人にどう聞かれているのか分からない。意識すれば大声を出すことができるが、日常会話はどちらかといえば低いほうだと思っている。

山川と名乗った女性が向かい側の人に手で促した。

「国語科です。白川ゆきこです」

「英語の畑山まゆみです。よろしくお願いします」

あとの二人が簡単に自己紹介した。英二は島田という女性に、なんとなく親しみを感じた。英二には見覚えがなく、相手が自分を見知っているというそれだけの理由にすぎなかったが、それでやや緊張感が緩んだ。

「すみません。じゃあ、座って待ちましょうか。ちょうど四時になりましたわ」

英二のその声で、「そうですね」などと言いながらみんな座った。英二は人の名前を覚えるのが苦手である。そこで、すぐにニックネームをつけた。隣の音楽はニキビ、その隣の音楽はオカッパ頭なのでカッパ、その前の国語はむき卵のように色白でまるっこい、そこでタマゴ、その横の英語は色黒であごがしゃくっている、よってナスビ。

「僕は皆さんからするとだいぶ先輩になりますが、中身は空っぽですから、気を使わんでください。見ての通り、学力、人格ともにあかん思てますから」

横のニキビが肉厚《にくあつ》の唇を縦横によく動かして言った。

「すみません先輩。そういう言い方、先生方の前では言わんほうがいい思いますけど。ごめんなさい、生意気言うて…」

潤《うる》んだつぶらな眼を真っすぐ英二に向けている。英二はその眼と唇があまりにも目の前にあるので、つい視線を避けてうつむいた。

「そら、その通りやけど、ほんま言うて採用試験絶対受からへん思てますから」

「私も自信ありません。けど、いまは実習でええ成績をとることを考えたほうがええ思います」

ニキビがカッパに同調を求めた。

「最初申し込みにきたとき、教務主任の先生につっこまれましたよ。君は採用試験を受けますか、教師になる意志が強いですかて」

カッパのその言葉に続いて、タマゴが薄い唇をあまり動かさないで無表情に言った。

「私のときは、S中学校は、採用試験を受けない人を教育実習生として受け入れないことになっているて、はっきり言われました」

タマゴの眼が今度はナスビを促した。

「私も同じことを言われました。なんかおまえらは迷惑じゃいうような言い方、ほんま、いやな感じ」

タマゴが低い声をさらに押さえて言った。

「実習中はなんでもハイハイで通したほうが得《とく》ですよ」

女性たちがみんな首を縦に大きく揺らしてうなずいて見せた。英二は早くも自分が先輩であることを忘れてしまっていた。

突然、タッパタ、タッパタ、強弱のスリッパの音が聞こえた。瞬間、五人は肩に力をいれ、顔の表情と姿勢を立て直した。たまらず英二はうぐっと生唾《なまつば》を飲みこんだ。

ガー、ガアン！　開いた戸が柱に当たって跳ね返った。女性たちがそれぞれ「キャッ」とか「キー」とか叫んだ。

「いやー、ごめんごめん。このドアー、いつも滑りが悪いもんで力を入れすぎた。失礼しました」

いま噂《うわさ》をしていた教務主任の教師だ。四十をすぎたばかりと思われる男で、脂《あぶら》っこい丸顔、顔の下半分が青青としている。毎朝、口の周りや頬《ほほ》や顎《あご》のひげと格闘していると分かる、手のかかる顔である。教務主任は大封筒からプリント類を抜き出して机の上に置き、五人に配って正面に座った。座ると、今度はおもむろにもったいぶって何やら出した。それらを順次配る。生徒手帳、学校要覧、学校新聞などである。主任はちらちらと実習生を観察している。約束の時間を十分以上も遅れてきていながら、断《ことわ》りを言うどころか、気にもしていないふうである。尊大な男だと、さすがの英二もむっときた。

が、この男の心証を害するのは得策《とくさく》ではないと気を取り直し、生徒手帳を手にとって、ページをめくって見た。英二自身中学生時代、仔細《しさい》に生徒手帳など読んだ覚えがなく、初めて見る思いがした。前のほうに校歌が印刷してあり、これは思い出した。歌詞を見ているうちにおぼろげにメロディが思い出された。一年生のはじめに教えられてから校歌など歌った覚えがない。卒業式の時に歌ったのが唯一の記憶である。

「みなさん、ご苦労さん。それでは、早速ですが説明します。プリントを見てください。一枚目、これは、一学期の行事予定表です。六月の欄に教育実習として第二週と第三週に線が引いてあります。これは全家庭に配布してありますので、教師はもとより、生徒も親も、みんな、あなたが実習生としてくることを知っているちゅうわけですわ。つまり、皆さんはこれから何百人の人の眼にさらされることになります。教師になるちゅうのは、つまり、四六時中そういうことに耐える覚悟をする、いうことですわ。あははははは」

ひげづらの丸顔が、頭から噛みついてびびらせにかかってきた。英二はヒゲ丸《まる》と命名してこの男を観察した。右手の指先がニコチンやけで真っ黄色だ。歯の間も真っ黒である。ヒゲ丸は初会合なのに自己紹介すら省略している。非常識な礼儀知らずだ。教師というのは社会音痴と聞いていたが、聞きしにまさる厚顔無恥であった。英二は、ヒゲ丸のように二十年近くもこの世界にいると、これほどの世間知らずになるものかと驚いた。

「つぎですが、二枚目です。これは皆さんの二週間の予定です。はじめの二日間はオリエンテーション、ガイダンスですな。校長講話をはじめに、生徒指導、教務、障害児教育、同和教育の順で各分掌《ぶんしょう》から講話があります。そのあと、所属学年と、教科の先生方への挨拶と懇談です。クラス経営と教科の授業については、各担当の先生と相談して、実習に入ってもらいます。担当の先生の名前はその下の表に書いてあります。だいたい、三日目くらいから授業参観をすることになると思っていていいでしょう。全校生徒への紹介は、一日目の朝、全校朝礼があるので、そこでやります。先生方への紹介は、その全校朝礼の前に簡単にやります。そのときの代表挨拶は、国語のええと、白川さん、あなたがしてください」

ヒゲ丸の説明は、早口で淡々と機械的に進む。実習生への教育的配慮ゼロである。

「学校での週の課業予定とか、時程などはお手元の生徒手帳に載っていますから、見ておいてください。遅刻は認めません。毎朝、まず職員室に顔を出して、教頭先生に挨拶し、机上の出勤簿に押印してもらいます。うちの教頭先生は、朝早いですよ。服装、持ち物などオリエンテーションで細かくチェックされると思います。携帯電話の持ち込みはできませんからね」

そのとたん、運悪く誰かのバッグの中で携帯が鳴った。ナスビがあわててバッグから携帯を出して耳に当てようとしたが、ヒゲ丸の視線に圧倒されてスイッチを切った。

「留守家庭が多いので、親がこどもに持たせてる場合がありましてな。学校としても、対応策を検討中なんですわ。先生方もかなり持ったはりますし、ゆくゆくは禁止いうわけにもいかんようになる思いますけどな」

学校としてと言った。が、どうやら学校とは自分だと勘違《かん》いしているようだ。英二はこの世界に入るのはたいへんだと思った。ところが、四人の女性たちは納得して、愛想笑《あいそわら》いをしている。

「学校要覧の四ページに校舎配置図があります。今日は、このあとざっと施設見学をしてもらって終わりにしましょう」

「あのう……シツモン…」

ナスビが小声でなにか言った。

ヒゲ丸がさも迷惑げに顔をこわばらせていった。

「ハイ？　質問？　ですか」

「はい、よろしいでしょうか」

ナスビはヒゲ丸の気分には無頓着にものを言っている。

「あのう、教科書はどうしたらええのでしょうか」

「あ、そういう細かい部分は担当の先生にお任せしてありますので、そちらで聞いて」

「あのう、何時《いつ》いただけるのでしょうか」

ナスビの執拗さはヒゲ丸をいら立たせた。

「ええっと、皆さんの大学から、経費としてなにがしか届けられます。その中から実習に必要なものはそろえて皆さんに渡すことになってます。今は学年はじめですから、まだそこまで準備できてませんのや。これから追い追い段取りします」

タマゴが肩をとがらせて、「ハイ」と手をあげた。が、顔は平常心の表情である。

「私も、早く教科書を見ておきたいのですけど…できたら今日にでも…」

「いや、この頃は学校予算が厳しいてな。どの教科も、余分な教科書を置いてないんですわ。生徒の教科書は無償ですけど、教師の使う分は、学校予算から買うんです。どうしても今日欲しいんなら、駅前通りのH書店に行ったら転入生用の本が買えますすけどな」

「あっ、じゃあ、今日買います」

「いや、そうあわてんでもよろしい。とりあえず、担当の先生に相談してみたらどうですか。なんとかしてくれはるかもしれませんよって」

話が具体的なことになってくると、とたんにアバウトになってきた。

「ほなら、校内を一巡りしときましょうか。改築で、あんたがたがいた頃と建物が違ってると思いますから。きれいですよ」

今日召集の目的は、実習生どうしの顔合わせと、プリント資料渡しにあったようだ。ヒゲ丸《まる》が先導して、さっささっさと校舎内を歩きまわった。全面的に校舎を建て替えたようで、実習生には、まるで新設校の見学だった。体育館とプールが昔のままだった。

ヒゲ丸は今日は会議の予定が入っていないため、まだ担当の教師たちが職員室か、教科準備室か、クラブ指導の場所にいるので訪ねていってもよいことを告げて、さっさと引き揚げていった。

早速五人はそれぞれのやり方で動いた。

英二の担当教師は教科もクラスも吉田宏子教諭だ。吉田は幸運にも英二の中三のクラスの副担任だった。担任は、青山という理科の男の教師だったが、心臓の病いで夏休み前から入退院をくり返したため、実質、吉田が担任の仕事を務めてくれた。卒業後、同窓会を三回開いたが、いつのときも吉田が招かれた。同窓会の時期、英二は常に失意のどん底にいた。私立高校の進学コースを一学期で退学した年の夏、アルバイト先を転々として呻吟《しんぎん》していた夏、そして、五年前、府立K高校定時制三年の四月だった。今、吉田宏子は三十代後半だろうか。くっきりとした三日月眉と、深みのある真っ黒な瞳が、見る人に強烈な印象を与える顔であった。英二には最近、恋人かな?とおずおず意識しはじめた女子学生がいる。同じR大生で、その娘も眼の辺りが同じ造作である。

英二は弾む思いで職員室に向かった。教室と違って職員室の廊下側は窓がなく、全面掲示板になっている。英二は室内を斜めにうかがい見ながらノックした。中から「どうぞ」の声がしたので、おもむろにドアーを開け、半歩踏み込んで首をのばした。前面黒板の前の事務机に五十歳くらいの女教師が座って、じろりと眼鏡ごしに見て愛想笑いをした。昨秋きたときは男の教頭だったので、多分今年新任の教頭なのだろう。

いちばん後ろのほうで立ち上がり、英二に向かって手招きしている吉田の姿が目に入った。吉田の眼が辺りに気を配りながら笑っている。英二も笑顔でうなずいて「失礼します」と大声で言い、中に入って後ろ手でドアーを閉めた。

堅苦しい雰囲気だ。机上の資料の山脈が相当低くなったみたいだ。職員室に生徒がひとりもいない。これも奇妙だった。そして、昔のようなにおいがしない。果物やコーヒーやときにインスタントラーメンのにおいがここにはあったはずなのだが、全くない。英二は手と足が揃いそうなぎこちない歩き方で中央の通路とおぼしきところを歩いて奥に進んだ。

「川田くん、こんにちは。いい男になったやないの。待ってたよ。何年ぶりかな」

「チワー。吉田先生、お久しぶりです。先生あんまり変わってませんねえ」

「アホは年とらへんのよ。あははは。でも、川田くんは大人になったよ。人様に語りきれんような汗をたっぷりかいてきたって、顔にも背中にもちゃんと書いてある」

「汗か……冷汗とか、脂汗とかですか」

「うん、玉の汗いう汗があるよ。川田くんの汗はそっちのほうが似合うなあ」

職員室には数人の教師が、ワープロを打ったり、テストの採点をしたり、山積みのノートに赤ペンを入れたり、黙々と机に向かっている。静かなので二人の会話が教師たちに丸聞こえだ。英二はばつが悪くなってきて、急に声をひそめて言った。

「センセ、今、教務の先生から教育実習の手引きをしてもろてきたんですけど」

「ちょっと待ってね。ええと…」

吉田が背伸びして室内を見渡した。

「川田くんを知ってる先生がここにはいてはらへんわ。ううん、誰が残ってはるかな?」

英二は先ほど手渡された学校要覧を抜き出してページを開いた。担任一覧表のところを開けて、指でたどりながら確かめていった。

「あれえ、吉田先生と、用務員の小田さんだけちがうかなあ」

「この理科の遠藤先生覚えてない？　確かいてはった思うけど」

「いやあ、覚えないですわ。理科で教わったことはないです」

母校は遠きにありて思うもの、だ。一部の建物と樹木にしか名残を見出だせなくなった母校は、もう母校ではない。まして吉田がいなくなったりすれば、英二は門のうちに入ることもかなわないだろう。

「淋しいよね、川田くん。大人になるというのは、まずこういうはかなさを認識することから始まるわけや」

吉田は中堅女教師の分別で、川田の胸中のおもりをすくいあげようとした。

英二が胸の内で指折り数えてみたところ、あの頃の吉田は今の英二と同じ年ごろだったわけだ。十一、二歳の違いしかない。だが、人間としては年以上に大きな違いができているように思えた。

「川田くん、まだ時間あるんでしょう？　それともなにか予定あるの？　ちょっと場所かえて相談しようか」

言いながら、吉田の眼が有無を言わさず、立てと命じている。英二は教師特有の一方的指示に合い、昔と同じ感覚でむっときたが、すぐにこれは吉田の配慮だと気づいた。

やっぱり大人とガキの関係だと、素直に従うことにした。改まって教師社会となると、英二は何もわからない。奥までは理解が無理だとしても、入り口ぐらいは知っておいたほうが、なにかにつけて得だろうと考えた。

吉田が教頭の席まで進み、その横にあるキーボックスを開け鍵《かぎ》を一本抜き取ってきた。戻ってくると、英二のほうをむいて声を出さずに唇を動かし、後ろのドアーから出た。吉田の唇が「おいで」と言っていた。

本館の廊下を東端まで行くと、四メートル幅の渡り廊下に出る。そこから北に向かって特別教室棟が建っている。その二階に上がって、いちばん手前の部屋にきた。そこは学校図書館で、二教室分の閲覧室と図書準備室になっている。吉田がキーを使い、準備室をあけて英二を招じ入れた。準備室の東側の窓の外にはシラカシ、フウ、アオギリといった樹木が並びたち、その影が窓ガラスに揺らめいていた。部屋の真ん中に薄汚れたベージュ色のソファーが二つ置いてあり、それはまるで建物の新しさに逆らってすねているようだ。床面のあちこちに段ボール箱が乱暴に積み上げられたまま、これらも「どうせ出番のない身じゃ」と棄《す》てばちの体《てい》である。二人はソファの空いているところに向き合って座った。

「ひどいでしょう。今日は開館日やけど、この通り開《あ》かずの図書館よ」

「のんびりしてええやないですか」

「そうやないのよ。何人かの先生で交替で当番組んで開館してるんやけど、当番の先生が会議とかクラブとか、事件の指導なんかが飛び込んでくると、こうせざるをえないの。余裕のある先生なんてひとりもいないし、数少ない本好きの子らも、開館日に閉まってることが多いから、図書館が信頼できないで寄りつかなくなっているのね」

「図書館専門の、あれ何いうんか、ええと、図書館司書か、そういう人がいてはるんちがいますか」

「それなのよ。中学校とか、小学校には司書がいないの。川田くんの中学生時代そういう先生いたはった?」

「まってよ。僕らのとき図書館、あったかなあ。先生、図書館てなかった思いますわ」

「何言うてんのよ。あったよ、川田くん。自習の時間に図書館にいったことあったでしょう」

「そうかなあ。いやあ、覚えてないですわ」

「今もあの頃と同じよ。ときどき自習室になってるわ」

読書嫌いだった英二は典型的な活字離れ中学生だった。夏休みの宿題にかならず課された読書感想文は、適当な文庫本の後ろの解説で、書きやすそうなのを見つけ、そのまま切り取って、写して提出していた。

「ちょっと来てごらん」

吉田が東側窓下の書架を物色していたが、つと立ち上がってそこまで行き、しゃがんだ。

「これや」と一冊の分厚い本を抜き出し、それをさしあげながら、英二のほうを振り向いた。うずくまったせいか、顔面が紅に染まっている。一見《いっけん》してわかる新刊本で、「解説教育六法」とあり、透明のビニールカバーがついていた。

「ね、ほら、このページのここ、読んでごらん」

英二は本を受け取って、ページを明るいほうに向けた。文字が小さい。吉田が指で押さえているページに「学校図書館法」とあり、指の先はその第三条だ。「学校には、学校図書館を設けなければならない」とある。ずっと眼を移すと、第四条の2に「一般公衆に利用させることができる」とあった。英二は驚いた。市民も利用できる。地域での学校の位置付けが、ここにそっと表現されている。

「つぎ見てよ。第七条」

「国の任務のとこですか」

そこには、「司書教諭を養成し、必要と認められる措置を講ずること」とあり、要するに、人と金について国が責任をもつ義務がある、ということが明記してある。

「こらあ、ごっついええこと決めてるやないですか」

「けど、実際はこどもの活字離れの勢いが、潮が引くのを見てるみたいでしょ。この法律どおりやってたら、もっともっと、本好きの子が満ちてきてなあかんはずよ。活字離れの原因がテレビやていうけど、本質的な原因は別やと思うの」

「ううん、僕みたいなアホにはそんな難しい話、ようわからへんなあ」

英二は口の中が粘《ねば》つくのを覚えた。教師になりたいのかどうか、自分で自分の意志さえあいまいで、まして、なれそうにもないと思っている、ちっぽけな英二に比べて、吉田の気宇《きう》があまりに大きく、英二はたじたじとなった。

「先生、ぼくここへ来るのまちごうてるんかなあ。他の実習生みたいに、こう、胸の高まりいうんが湧いてけえへんのですわ。正直いうて、えらいとこへ来てしもうた、いう気イですわ」

「何よ、弱気になって。さては、教務にがつんとやられたな。あかんたれやねえ」

吉田のことばは、大を飲み、小をのがさぬ大人の凄みがあった。いくら突っ張っても、吉田の胸を借りて転がるのが精一杯だ。

「先生、ほんまのことというと、教員免許状がほしいから実習にきたんですわ。さっき係の先生に説明聞いたんですけど、なんか、めっちゃしんどそうです。えらい細かいことに、やたら厳しゅう言いはるか思うと、一方で、意外にアバウトなとこがあったりしたりして、ホンマ、どうしたらええのか、とんと見当がつきませんわ」

吉田は余裕の顔で、片笑《かたえ》みながらふんふん聞いてくれた。

「今感じてるんは、教育実習生の面倒を見るのは迷惑なことなんや、いうことです」

英二のしゃべるのを、耳を傾けてじっと聞き入っているときの吉田の格好は、英二が中学生時代、生徒を相談室に呼び出して、その言い分を、聞くときの姿勢そのものであった。

「先生、教育実習のコンセプトて、なんや思いはりますか。僕にはそういうもん、何もないんやけど……」

「そうね、大学の講座にはそういうものないでしょうね。現場任せというのが実態やと思うよ。現場サイドから言わせてもらうと、あんたの言うとおり、迷惑な話や。授業の内容かて、後でちゃんと手直しせなあかんし、若い実習生が来たいうんで、生徒が浮《うわ》ついてしまうし、そういうのを元の状態に戻すのに、けっこう時間とエネルギーがかかるのや。

けどね、いい面もあるの。今の現場には若い教師がいないでしょ。だから、とにもかくにも生徒たちが活気づいて、眼の光も、声の高さも、動作も、みんな生き生きしてくるわ。私ら先輩の教師としては寂しいけど、学校らしさがよみがえってきたという感じで、いい刺激になってるのよ」

「ということは、僕らが若いということが、まあメリットということですか」

「そ、もうちょっとつけ加えると、川田くんが自分の中学生時代の心をまだ覚えていることと、大人社会に入ったばかりや、ということやね。ま、そうナーバスにならんと、初めて自転車に乗るときのような、どきどきわくわくで楽しくやったらええんよ」

吉田は並びのいい、真っ白な歯の間からちろっと紅い舌の先を出した。興《きょう》がのってくると、この癖が出る。次のことばを考えるときの表情だ。

「教師の眼には、毎日、四十の人生が信号を送ってくるの。四十の生徒の、日替わりの喜怒哀楽に対応するわけ。あはははは。そんな神業《かみわざ》できるわけないやろ。東に病気のこどもがいる。西に疲れた母がいる。南に死にそうな父がいる。北に喧嘩や訴訟がある。毎日毎日よ。私は宮沢賢治やないよ。そういう人に川田くん、なりたい?」

まさにノックアウトパンチだ。英二は、これまで学校なんて、ママゴトの延長みたいに思っていた。たかだかこども相手の商売、どうにでも意のままにできる仕事だ、と軽く見ていた。今、目の前にいる白いブラウスの女性は、かつての新米女教師ではない。海千山千の、したたかなプロ教師である。なるほど言われてみれば、半端な仕事ではない。英二は、もう恐れ入りましたと吉田軍門に下るしかないと観念した。

「話変わりますけど、教科書を見せてもらえますか。前もってちょっと目を通しておきたいんですけど」

「ちょい待ち」

吉田が準備室の南側の壁に並べてあるロッカーのひとつを開けて、首をつっこみ、一冊の教科書をつまむようにして取り出した。英二がそれを受け取り、ページをめくると、ところどころ鉛筆で書き込みがしてある。改めて表紙を見ると、「中学社会、歴史分野」とあった。ほとんどのページに写真が刷りこまれてあり、まるで写真集だ。英二は、自分が中学生時代の歴史教科書など、まったく覚えていない。「へええ」と英二は珍しいものを初めて見るような気持ちになった。折り込みのグラビアはことに美麗であった。

「先生、僕はどこらへんをやることになるんですか」

英二は、高校で日本史、世界史を選択したので、そこそこの知識はあるとはいうものの、教科書や受験参考書の範囲を出ない程度のものにすぎず、大学に入ってから、旅行のついでに遺跡だの、歴史資料館だのを見学して、やっと専門書らしきものに触れたことがあるくらいだった。とても授業をやれるだけの蓄積がない。

「日本の古代史、どこか好きなところ。どこか得意な部分ある?」

「今、何したはるんですか」

歴史とは何か、なぜ学ぶのかという疑問から歴史学習が始まると言って、吉田が長い千鳥格子模様のスカートを揺らして脚を組みかえた。

現在、歴史のひとつの到達点として憲法がある。今年の授業はそこから始めてみたという。憲法の中から歴史を発見するというやり方だ。こどもたちがいろんなテーマを見つけて目下探究中という。戦争、天皇、基本的人権、思想良心の自由、信教の自由、学問の自由、女性の権利、教育などテーマごとに日本ではそれぞれどんな歴史をたどってきたか、教科書を通し読みしてまとめる。そういう作業をグループでやっているらしい。

英二は面食らった。真面目に勉強した記憶はないが、少なくともこんなやり方はなかった。グループの編成も六人で一班という形式にとらわれないという。同じテーマを持つものであれば、二人でもひとつの班を作ってよいのだ。そして、それを「歴史学習の意義」という大テーマと結びつけて、六月末までにざら紙一枚にまとめて印刷しておくというところまで課しているという。主体的学習とか調べ学習とかいっているらしい。

「例年、実習生が二年生を持つときは、古墳時代をやってもらっているけど、縄文でも弥生でもいいわよ。近現代といわれると困るけどね。それで、川田くんは大学で何を専攻しているの？」

「柄にもないて言われる思うけど、発達福祉関係ですわ」

吉田が息をのんだ。英二の眼を凝視したまま、二の句が告げないでいる。

「R大学で発達福祉の勉強してるて？　ほんまに驚き桃の木や。お母さん喜んだはるでしょう」

英二は照れくさくなり額に手を置き首をすくめた。実は父親の圧力で大学に進むことになったと口に出かかったが、言いそびれた。家を建ててもらったから進学したなどと、恥ずかしいことは言えない。

「あんた、そんで、卒業後何をするつもり？　教師ではないでしょう？　ほんまは……私に嘘をついてもあかんよ」

「はい、わかりました。正直に言いますわ。実は、僕少しボランティアやってるんです。おととしの阪神大震災がきっかけです。まだはっきり決めてませんけど、そっち関係を視野に入れて考えてます」

吉田がソファーから身を起こして背筋を伸ばした。眼が潤んでいる。

「すごい！　川田くん偉いよ。大変身や。というより、仮面が剥《は》がれて本物があらわれたちゅうことかな」

「うちのR大学には、中国、台湾、韓国、タイなんかのアジアの留学生がぎょうさんおるんですわ。R大学は今、国際化の方向に向いてごっつい力入れてるんですよ。僕も英会話やってて日常会話程度はやってるんですわ。留学生の友人も何人かいてますすよ」

「ふううん、それで？」

吉田は両手を膝におき、身を乗り出した。

「震災のとき、孫《スン》ちゅう中国人留学生の親戚が神戸で被災したんですけど、電話が通じへんもんで、彼と二人で水やら何やら担《かつ》いで行ったんです。それがきっかけですわ」

「川田くん、時間がない。ぜひ続きが聞きたいから、いつかゆっくり時間とろうね。私、今から一軒家庭訪問をしにいくの。一緒に出よう」

吉田が右手首にはめた腕時計を見ながら立ち上がった。相変わらずの吉田ペースだ。決断するのも早いし、動くのもスピーディである。

「はい。ほな、この教科書借りていきます」

「いいよ、あんたにあげるから、自由に使いなさい。ちょっと書き込みがあるけどええでしょう?　でも、今の話聞いて私安心したわ。実のところは心配してたのよね。昔が昔だから、わかるでしょう?」

「いやあ、わかりませんよ。ワルガキが前にきて、うっとうしいこというたら何するか。むかついたらしばきあげるかもしれません」

「何よ。そんなことしたら、教員免許証取れないよ」

「わかってます。ジョーク、ジョーク」

陽が西に傾き、校庭の樹々の葉が黒いシルエットになりかかっている。正面玄関を出て振り返ってみると、校舎のいくつかの窓が室内の電灯で明るく見えた。英二は大封筒を右脇に抱え、吉田と並んで正門を出た。

（二）友垣《ともがき》

阪急電車のターミナル駅、梅田で降りると、ホームの中央辺りに地下との連絡エスカレーターが上下している。人々が働き蟻のごとくその穴に忙《せわ》しく滑りこんだり、あふれ出たりしている。口から先に生まれた大阪人も、この時ばかりは無言である。

卵色のTシャツに、白のトレーニングジャンパーを羽織った英二が、その穴に吸い込まれ、やがて地下街ホワイティーうめだに流れ出た。センターモールをよぎって、曽根崎警察署横の階段を上り、穴から出て扇町通りを東へ向かう。英二は、道路に沿って緑の植え込みや、花壇があるのに初めて気がついた。紅やピンクや白の小振りの花が陽射しを受け、車が通るたびにいやいやするように揺れている。

英二は、中学生時代、一度曽根崎署の二階に引きずり込まれたことがあった。カツアゲのグループと間違えられて、現行犯逮捕されかかったときだ。二階で待たされているとき、売春の現行犯で逮捕されたという若い女が、両手の指紋を取られているのを見た。その女の母親が来ていて、泣きながらぶるぶる震えていた。警察官が説教をしていたが、ものすごい迫力だった。英二は、怖くて二度と警察なんかにはきたくないと思った。今でも英二はここを通るとき、緊張して肩に力が入る。

英二はうめだ花月シアターの角を曲がってお初天神《はつてんじん》通りに入った。

「おい、こっちや、こっち」

英二は一瞬呼ばれているのが自分ではないと感じたが、すぐに声の主が中学時代のワルガキ仲間、河原修《おさむ》だとわかった。口髭《くちひげ》を生やし、ソフト帽を被《かぶ》った小柄な蝶ネクタイが立って、手招きをしていた。

「オッチャン、びっくりするで。何やその格好」

「どや、よう似合《にお》うてるやろ」

「どこがやねん。案山子《かかし》にスーツや。さまにならんわ」

「ボケ、案山子が革靴はくか。これ見てみいや、ピッカピカの革靴やぞお」

足元を見ると、金具が金ピカの黒革靴で、爪先が鋭くとがっている。

「オッチャン、花月に出てるんか？　芸人のかっこ真似してから。なんぞ芸仕込んできたんか」

オッチャンが白い歯をにっと出して苦笑いをした。英二は昔にかえって「まずい」と感じ、話題をかえて何とか取りなそうとした時二人の仲間が現われた。タンテーこと谷貞夫《たにさだお》とナンチュウこと南周一《みなみしゅういち》である。タンテーは茄子紺《なすこん》長袖Tシャツにライトブルーのカーディガン、ナンチュウは茶色のニットウェアーを着ていた。いずれも下はGパンである。

(二)　友垣《ともがき》

タンテーがオッチャンを指差《ゆびさ》し、大口開けて露骨に笑った。ナンチュウもタンテーの腰の後ろをたたきながら、同じように喉の奥まで見せてバカ笑いした。英二がたしなめるように二人の前に立った。

「お前ら、それはないやろ。よう見たれや。かっこええ思わへんか?」

さすがに大兵《たいひょう》の英二に立ちはだかられると二人の顔から嘲笑の色が消え、柔和な笑《え》みになった。

「すまん、すまん。エージャンはやぱりエージャンや、マジやからなあ。エージャン。オッチャンがな、ギャグやってわしらを笑わしてくれてんねや。ここは笑うとこやねんで」

脳細胞のやわらかいナンチュウが、職人風の解説をした。機転のかたまりのようなオッチャンがとぼけた薄笑いを顔に浮かべて、英二を見、タンテーにウインクをした。

「いや、ほんまやエージャン。みんな、笑かしたろ思《おも》て、わざわざTハンズの変装品売場まで行ってきたんじゃ」

先程の二人の大爆笑は精一杯オッチャンのギャグに応えていたのだった。英二は、少年時代、常に二歩三歩遅れて彼らを追っていたのを思い出した。

「ええよ、エージャンの真剣な顔の方がよっぽどおもろかったで」

四人はすぐそばのビルの地下一階にある大衆居酒屋に潜りこんだ。四人は、小中学校時代いずれも個性派問題少年だった。英二は常に「止《や》めとけや」と制する方の少年だったが、彼らの知恵と度胸と行動力に圧倒されて、いつしか彼らとともに行動していたのだ。

居酒屋は、黒光りする太い松ばしらや欅《けやき》の梁《はり》を使い、壁に古い農具や蓑笠《みのかさ》などが、インテリアとして飾ってあった。天井から自在鉤《じざいかぎ》がぶらさがっている。古めかしいランプも吊《つる》されている。

(二) 友《とも》垣《がき》

広いフロアーが、いくつかの小部屋に間仕切りされ、それぞれにテーブルと椅子が備えられ、四、五人のグループが座れるようになっていた。各部屋の形を全部変えているので、いかにもアンティークな雰囲気を醸《かも》している。店内は七分の入りだった。四人は、奥に進み右へ曲がった、突き当たりの一角《いっかく》に席を取った。ここは、レトロ趣味に憧れる都会の若者たちの隠れ家である。東北の料理も、沖縄の料理も出てくる。大都市の喧騒をシャットアウトした、語りあいの場だ。若者たちは、ここで腹にたまったものを全部吐き出したり、空腹を充たしたりし終えると、穴蔵《あなぐら》から這い出て、カラオケルームに繰り込む。

「昔からエージャンはオッチャンのフロントやからなあ。何かしらんけど、エージャンはオッチャンにだけは頭あがらへんねんな」

仕切り屋のナンチュウが、生ビールと枝豆などつまみを注文しながら、しみじみした口調になって言った。いつのまにか姿を消していたオッチャンが、出入口の方からそこへ戻ってきた。グレーのTシャツにジーンズ、白っぽいスニーカーをはいている。口髭もない。中がふくらんだビニール袋を提げているところを見ると、トイレにでも行って変装を解いてきたのだ。英二は相変わらずの、オッチャンの細かい気配りに、目頭が熱くなるのを覚えた。十余年前が無性に懐かしくなっていた。

〈回想〉中二時代

新大阪駅は地方ビジネス駅である。おもしろくもおかしくもない。整備された近代的駅前はなく、駐車場もにわか造りのつぎはぎスペースで、あふれた車が路上に停車していつもごった返している。駅前の夜が暗い。

新御堂筋《しんみどうすじ》と地下鉄御堂筋線が、JR新大阪駅南口の西端をよぎって、南北に走っている。その地下鉄の駅の南口を出ると、高架下南駐車場だ。駐車場に沿って、麻雀屋、居酒屋、飲食店、お好み焼き屋などが数軒へばりつくように並び、二十世紀にしがみついている。その続きに、突然そこの通行人をにらみすえるような、高層ビルが現われる。マンション、ビジネスホテルなど二十一世紀を迎える顔だ。

家庭の庇《ひさし》からも、学校の庭からも追い出され、半ばホームレスの中学生たちは、こんな駅の隅っこにも居場所がない。結局、金を使って遊ぶ繁華街にいくしかないのだ。

地下鉄御堂筋線江坂駅は吹田市、その一駅《ひとえき》南の新三国《しんみくに》駅は大阪市淀川区、一駅北の緑地公園駅は豊中市である。江坂駅西側一帯にパチンコ屋、ゲームセンターがあり、中高校生が大阪、豊中、吹田から集まってきて、毎日のようにトラブルを起こす。迷彩戦闘服を着て、大人への拒絶意志を表明する少年たち、頭から爪の先まで漫画チックに装う、春の猫のような少女たち、それに憧れる小中学生が横をすりぬけていく。

「おい、オッチャン。センコーが来てる。入り口見てみ」

英二が声を抑えて隣の河原修《おさむ》に告げた。オッチャンは顔を動かさずにゲーム機を操りながら「どっちや?」と、囁《ささや》き声で応えた。

「入り口、入ったとこや。どうする?」

「どうもせえへん。続けとったらええねん」

「せやなあ、オレらなんも悪いことしてへんのやから、別にええねんや」

「アホ、これは校則違反や」

英二はオッチャンとよくゲームをしにくるが本心はゲーム好きでない。ゲームよりオッチャンとの付き合いがおもしろいのだ。

オッチャンは、すり汚れて黒光りするダウンジャケットを着ている。英二もダウンジャケットだが、こちらは新ピカに輝いている。英二は、そういうことがオッチャンに対する負い目になっていた。オッチャンが時折ちらっと見せる、寂しげな目線が気になるが、オッチャンから貧困への恨みがましいことばを聞いたことがなく、同情のことばを吐かずにすんできた。オッチャンは英二の家にきても、英二の部屋にあがろうとしない。理由は聞かなくても、英二にはその気持ちが痛いほど伝わってくる。

小学校三年生の秋までオッチャンの家は平穏だった。その秋、警察官の父がオッチャン母子を捨てて、外国へ行ってしまった。やむなく母親が病身をおして、南のスナックに夜働きに出だした。が、母親が臥《ふ》せがちになり、貧乏神が取りついてしまったような、家の荒れようである。

(二) 友《とも》垣《がき》

オッチャンには兄がいたが、高二の夏の朝早く、単車で暴走中、族狩《ぞくが》りに襲われて転倒、一人の老人を道づれにして命を絶ってしまった。兄の死のあと、健康を取り戻した母が、今年の二月初めごろからときどき家を空けるようになったらしい。「男がついた」などとオッチャンが平気でいう。それが何を意味するか中学二年の英二にも察しがつく。「家で母さんの胸にキスマークがついてるのを見たこともあるぜ」と言って、缶ビールをあおった日もあった。それは、仲間の谷貞夫の家でポルノビデオを見たあとだった。英二はこのオッチャンを知るようになって、いつしかオッチャン応援団になっていた。

ゲームセンターの入り口を入ったところで、物色《ぶっしょく》するように顔を左右に動かしている、ロイド眼鏡の四十代の男がいる。S中体育科教師で、ここ数年前から生徒指導を担当している、岩木《いわき》節夫《せつお》である。

四月初め、突然鼻の下に口髭を生やして出勤してきた。生徒たちは皆、陰で嘲笑した。眼がくりっとして、チャップリンを連想させるのだが、チャップリンとは似もつかない、貧相な顔になっている。いま学校では、この岩木の似顔絵がおおはやりだ。多くの生徒のノートや教科書、教室の黒板、掲示板、はては正門横の壁面にまで、好き勝手に書きなぐってある。

岩木は折り紙つきの暴力教師というわさがある。が、不思議にも似顔絵の多くは、あいきょうのある顔に画かれており、怨恨の対象となってはいない。事実、英二自身、岩木が生徒をぽかすかなぐっているのを目撃したことがない。そばにいてたたかれそうな恐怖を感じたこともない。どうも卒業生の体験談とか、一部保護者のうわさ話がゆがんで伝えられてきたのではないか、英二は今そう思っている。が、現役の生徒が、なんとなくそのうわさの影におびえているのも事実だ。英二もオッチャンもひょっとしたらというおそれをもち、警戒心を解いてはいない。

岩木にはもう一つのうわさがある。実は岩木ほど面倒見のよい教師はいないというのだ。しかし、それは、いわゆる体育会系の縦《たて》社会の秩序を保つためによくやる、人情を絡めた、大人の手口なのかもしれない。

(二) 友《とも》垣《がき》

英二は、その岩木がこんなところまで街頭補導の巡視にきているとは、思いもかけなかった。高《たか》をくくって安心していた英二は、息をのみ緊張した。通常S中の教師たちが巡視するのは、校区内に限っていた。いつのまにか岩木が後に立っており、声をかけてきた。

アルコールとにんにくの混じった異臭が、頭から降ってきた。岩木の猫なで声は、何度か耳にしたことがあるが、今日のは薄気味悪い。オッチャンがどういう対応をするか、みものである。オッチャンはまず無視した。岩木の声帯は、相当鍛練されており、低音に凄みがあった。その音声をやや揚げ調子で発しながら、二人の耳たぶに絡めた。

「おい、聞いてるか。なんぞ言うてんか」

岩木はなおもやんわりと機嫌をとるように話しかけ、同時に英二の肩に右手をかけた。英二は何かしなければと焦《あせ》ったが、オッチャンの反応を確かめるのが先決だと考え、身を凝結《ぎょうけつ》させてオッチャンの呼吸を測った。

「キタキツネ物語」という映画の印象的シーンを思い出した。親狐が狩猟の技を子狐に伝授する場面だ。英二は今、子狐の心境である。オッチャンはたくましい重戦車だ。

しかし、相手がよくない。何をするか分からない手合いだ。よほど腹をすえてかからないと危険である。正直なところ、英二は平常心をなくし、素直で従順な態度の方に傾きはじめた。

「うるさいわ」

オッチャンが眉ひとつ動かさず、すぱっと言い放った。すました顔をしているが、辺《あた》りに傲然《ごうぜん》たる気を漂わせている。一八〇センチに近いという英二に比べてオッチャンは小兵《こひょう》である。にもかかわらず、オッチャンの方がはるかに大きい存在だった。果たし合いは気風《きっぷ》でするものだ。岩木の方が腰を引くことになった。

「心配すな。補導しにきたんやあらへん。パチンコしにきたついでにちょっと顔出してみただけや。いつもの癖が出たんじゃ」

オッチャンはすぐに軟化した。これもまた素早い判断である。

「酒臭《くさ》いわ。あっち行ってくれへんか」

「おお、悪いな。すまん、すまん」

「にんにくの臭《にお》いもめっちゃきついわ。鼻が腐るで」

「いや、いや、悪い悪い。おまえら、腹減ってへんか。ラーメン奢《おご》ったろか。いっしょに食おうや」

「なんで奢ってくれるねん。何《なん》か怪しいで」

オッチャンが、今一度鋭い牽制《けんせい》をかけた。が、その言い回しのなかにラーメン食いたいの思いが見え隠れしていた。

岩木がゆっくりきびすをめぐらして出口に向かった。オッチャンが英二にめくばせをして、椅子から飛び降り、後を追った。英二もすぐ続いた。ゲームセンターを出て、高架沿いの道を南へ一〇〇メートル下がった街角に、ラーメン専門店があった。清潔な感じの明るい店で、家の近所のラーメン屋とはまるで雰囲気が違う。慣れた物腰で、岩木が戸を開けた。中にラーメン屋のおやじ、といってもまだ四十歳に手の届かない青年店主と、一見パートと分かる同年輩の女性二人、都合三人の声が一斉に響いた。

「らっしゃあい」

カウンターに止まりながら岩木が言った。

「ちわー、今日は連れがおるねん。おい、おまえら、塩と醤油と味噌や。どれでも注文せえや」

「おれは味噌や、大盛りやで。エージャンも大盛りで何か言えや」

英二は戸惑った。教師にラーメンを奢ってもらったことなど、生まれてこのかた一度もない。教養人を自認する母に幼時からしつけられ、買い食いすら滅多にしないのだ。

「先生、いいんですか」

おずおず訊ねると、岩木がにんまり笑い、英二の眼を覗き込んで言った。

「川田、おまえは醤油ラーメンやろ。ほんで、河原が味噌や。ラーメンの好みは顔で分かるもんじゃ」

「先生、何をアホ言うてんねん。エージャンが気にしてんのはそういうことやあらへんねんや。酔うてんのかあ」

(二) 友垣《ともがき》

オッチャンが肝心なことを歯に衣着《きぬき》せず言ってのけた。

「どうせ誰かのこと、チクらせようて企《たくら》んでんのと違うか。教師いうんは生徒をアホや思とるから、ラーメンでどないでもでける思てんねんや。おれは何も言わへんでえ。エージャン、やっぱ、かえろか」

オッチャンは元警察官の息子らしく、相手の心理を先取りして駆け引きにでようとした。

「待てや。ラーメンさき食うてからにせえ。大将、塩と醤油と味噌、ひとつずつやったってんか。醤油と味噌は大盛りでな。わしのは葱《ねぎ》ぎょうさんいれてや」

岩木が有無を言わさず注文をして、二人の脚を止めた。店に入ってからずっとラーメンのにおいが胃袋を刺激しており、二人が動けるはずもなかった。

「アホ言うてんのはおまえらじゃ。笑わせるな。取引するんやったら初めからそう言うわいや。悪いけどな、わしは今までそういう卑劣なことしたことないぞ。見そこなうな」

英二は学校の外で個人的に教師とつきあったことがない。オッチャンの度胸と、日頃見せない岩木の柔らかさが新鮮で、英二の緊張がすっと解け、奇妙な好奇心が立ち上がってきた。

オッチャンはラーメンの丼が置かれると、何のためらいもなく割り箸をぷちっと割って少し具をかきまぜ、左手にもったれんげでスープを掬《すく》って、ぴちゃぴちゃと味わいだした。一瞬の間があったが、たちまちざあざあと食いだした。あわてて英二も続いた。不思議な感動がこみあげてきた。このような気持ちは過去に記憶がない。岩木がちょっとその様子を見つめてから、箸を歯で噛んでぴちんと割った。

「河原、おまえごうごういぐんが」

岩木が口のなかで麺をもごつかせながらしゃべった。

「えぐでえ」

何の話か分からない。一呼吸おいて岩木がまたもごもごをくり返した。オッチャンが無視していると、また岩木がくり返した。

「ふっ、ふっ、ふふうがが」

「わからん。定時制行《い》こ思《おも》てる」

普通科の定時制高校進学を考えているという話だとわかった。

英二たちは二年生になったばかりである。英二自身、進路のことをまともに考えたことがない。それはもっとも煩《わずら》わしいことで、その話題は家でもできるだけ避けてきた。英二は先輩の様子を見聞きしていて、大体皆どこかの高校へ行けると、漠然と楽観視《らっかんし》している。それだけだった。が、オッチャンが定時制高校を選択すると、今の時点で、はっきりと意思表示をしたのには驚いた。夜間高校へ進学するという選択肢は、英二の選択範囲に入っていなかったからだ。

「おれら、教室でお客さん言われてるやろ。おれら、登場人物やないねんや。教室におったら皆が勉強するのに邪魔やねん。客やねんな。客はステージから降りなあかんのや。高校も皆が行く普通の高校へ行ったらあかんのや。まあ、おれらは一生《いっしょう》客やで。なあ先生」

「おまえ、しゃれた小理屈《こりくつ》言うのお。誰に吹き込まれたんじゃ」

「事故って死んだ兄ちゃんが言うとったわ」

(二) 友垣《ともがき》

「そうか。兄貴らそんな淋しいこと言うとったか。けどな、わしら教師はそんなこと思てへんから間違うなよ」

「また嘘言う。おれは小学校の教師がわしらをお客さん、言うてんのをこの耳ではっきり聞いたことあるでえ。教師は二枚舌や」

「ううん、教師も人間やからなあ」

岩木の声は、相変わらずドスが効いているが、しんみりしてきた。いつもの生徒に加える圧迫感がなく、苦悩する教師の顔になっている。中学に上がってから、英二はこの種の弱々しい教師の顔に出会ったことが、何度かあったように思った。

オッチャンの丼が汁だけになった。ふたきれほど浮かんでいる葱《ねぎ》を箸でもてあそびながら言った。

「おれらみたいなやつ、おらんかったら普通の授業ができるて先生らが思う気持ち、おれらもよう分かってんねんでえ」

「せっかく高校へ行っても、やっぱりお客さん扱いされて、高校中退するんが多いことも知ってるやろ。困ったもんじゃ」

「それ分かってて先生らはアホを無理に高校へ押し込んでるやないか。なんでやねん」

「そら、高校で救うてもらえるかもしれんいう期待をするからや」

「そんなもん無い物ねだりやて、兄ちゃん言うてたわ。けど、定時制の先生は違うらしいんやな」

「うん、先生はともかく、定時制も中途退学が多いんやで。あ、そうか。河原はそれで定時制高校を考えたんか」

「定時制の先生は、あほな生徒を一から鍛えなおしてくれるて、やっぱ兄ちゃんが言うとった」

「何でも兄ちゃんか」

「そうや。死んだもんが言うたことにしといたら、ぐだぐだ言われんでええわいや」

英二はオッチャンが自分より数段上等の頭脳の持ち主ではないかと思った。テストでほとんど一桁《ひとけた》の点しかとれないのが納得できない。脳の神経細胞の発達箇所が普通と違うのかもしれない。

英二は小学生時代から勉強嫌いになり、以来ずっとあきらめて過ごしてきた。秀才でしっかりものの兄英一の陰で、おっとり生きてきた。オッチャンのような厳しい現実との苦闘もないので、生活体験で鍛えられた知恵も持たない。高校生という勲章を胸にぶら下げられたらそれでいい、だから、中学生の今ぐらい好きにさせてくれ、そんな甘えしか持ち合わせていなかった。オッチャンは言った。

おれたちは真面目に勉強したいやつの邪魔をする気はない。しかし、これで学生時代は一生ないと思っている生徒を見下げて説教したり、命令したりするセンコーには腹の底からむかつく。卒業したら他人になる。だから、在学中に敵対しまくる。これが結構スリルがあって面白いのだ。

オッチャンは、将来何かの職人になりたいという夢も語った。英二には、そんなオッチャンが、岩木と対等の大人のように感じられた。

(二) 友垣《ともがき》

英二が食べおわるのを待っていたようにオッチャンはつと立ち上がった。そして、カウンターに止まってラーメンをすすっている岩木に向き直り、深々と頭を下げて言った。

「ごちそうさまでした」

オッチャンの右手が英二の腰をこんこんと突いている。即座に英二も椅子から降りて直立し頭をぺこんと下げて言った。

「ごちそうさまでした。ありがとうございました」

オッチャンが身をひるがえして外に出、英二も続いた。言うべきを言い、なすべきをなすという、オッチャンのけじめのよさ、きっぱりした行動力に英二は舌を巻き、脱帽した。街路樹のユリの木の葉がビル風と戯《たわむ》れ、騒いでいるのが、英二の今の気分を舞い立たせてくれる。

「オッチャン、凄《すご》いよ。ごうきなもんや」

オッチャンはそれに答えず、信号のところで左に折れ、ガード下の横断歩道を東へ小走りに渡りだした。

「おい、カモや。いっちょやるで。エージャンはおれの横におるだけでええから」

Sホテルの前の歩道のところでオッチャンが並み足に戻った。その先の四辻の角にコンビニの看板が見えた。獲物に襲いかかる野獣の攻撃姿勢に似ている。

コンビニの中から二人の少年が出てきた。英二らと年格好が同じようにみえた。黄色と白の横縞のセーターに、紺のフードつきウィンドブレーカーを着た、痩身《そうしん》の眼鏡少年と、小太りで色白、カッターシャツを裾《すそ》出ししたジーパンの少年が、何やら会話をしながら出口を出て、二、三歩で角を曲がった。それを見届けるやいなや、オッチャンが全力疾走で飛びだした。右手をぐるぐる振り回して、ついてこいと合図している。その角まで二十メートル、英二がオッチャンと肩を並べて曲がると、すでに二人が二十メートルばかり先を逃げていく。速い、速い。草原のトムソンガゼルだ。

「ちびのほうやっ！」

オッチャンが早口で指示した。英二はオッチャンの横を駆け抜けてカッターシャツを追った。人通りが少ないので、思いっきり加速できた。英二は難なくカッターシャツをひっつかまえた。

「やめろや」

カッターシャツが反抗的ににらみつけ、英二の手を振りほどこうと必死でもがいた。英二は圧倒的な巨体である。野球で鍛えた握力が少年の抵抗を完璧《かんぺき》に押さえつけた。

「おとなしいせんかあ、こらあ。しばかれたいんか、おどれ」

オッチャンは巻き舌で凄んだ。言いながらオッチャンの右手こぶしが少年の脇腹を突いた。瞬間の先制パンチである。少年がくの字になって腹をかばった。少年の身体から抵抗の力が抜けるのが英二の手に伝わった。

「やめたってえや、たのむわ」

眼鏡の方が真っ青になって、声を震わせて哀願した。眼が恐怖感でいっぱいになっている。英二のパワーにおびえている。

英二はこれまで暴力に頼る喧嘩をあまりしてこなかった。相手が先に襲ってきたときに限って、体力で抑えこむという、いわば正当防衛権の行使に徹してきた。今経験していることはまったく生まれて初めてのことだ。左横に立っていたオッチャンが、あっという間もなく暴力行為に及んでいた。小柄なオッチャンが相手を圧倒する方法は、スピーディな奇襲攻撃である。しかも、オッチャンは英二の圧力を利用して、百パーセント優位に立って勝敗を決めてしまった。

「おい、おれら金ないねん、金貸してくれ。帰りの電車賃だけでええわ」

予期せぬことをオッチャンが言った。英二は驚いた。これは恐喝だ。ところが、なんと相手はほっとした表情に変わって、ズボンの後ろのポケットに手をつっこんだ。カッターシャツが眼鏡にあごを振って合図をすると、眼鏡も同じようにズボンのポケットに手を入れた。二人がそれぞれ手を抜いて握った手を開いてみせた。掌《てのひら》には硬貨が数枚ずつのっている。オッチャンが百円硬貨を三枚ずつつまみとった。

「ほな、これだけ貸してもらうわ。エージャン、行こか」

オッチャンは奪いとった金を自分のズボンの右ポケットに落としこんで、もと来た方へ悠々と歩きだした。二人の少年たちも不思議に未練を残さぬ風体《ふうてい》で、肩を並べて反対方向に向かった。

「オッチャン、あいつら最初なんで逃げ出したんやろ」

英二は不審を正そうと訊《たず》ねた。

「わけがあんねんや」

言いたくないのか、思わせぶりを言って、とぼけている。

「あいつら、ポリコーに言いよったらやばいで、どないする?」

「心配すな。あのガキら、絶対にポリに言わへんから」

どうももったいぶった言い方をしていて気になる。何とも分からない人間である。

「何でやねん？　えらい自信あんねんな」

英二は少々いらだって詰め寄った。

「まあええやん、ちゃんとわけあんねんやから。気にすることないで」

「オッチャン、おまえ、ほんまはあいつら知ってんねんやろ。何かおかしいわ」

「せやなあ、何ちゅうか、顔見知りいうやつや」

オッチャンは、さらに曰《いわ》く因縁《いんねん》ありげな、しかし、言えない事情があるという姿勢を崩さなかった。

「大体どこのなんちゅう奴やねん」

英二が気色《けしき》ばんで少し声を荒げた。

「知らん。ゲーセンで何回か会うたことがあるだけや。名前も学校も知らんわ。おおかた豊中のやつや思うわ」

少しヒントを出したようだが、英二に見えない世界があるようで、見当もつかず、不思議な気がした。オッチャンが少年二人に暴力をふるった理由も、金を貸せとたかったわけも、また、少年二人が無抵抗だったのもまったく理解できない。そもそも英二たちは金をもっている。ゲームしたり、買い食いしたりするぐらいの金は英二がいつも持っている。カツアゲの必要がない。仕方ないので「ま、ええか」と言うとオッチャンも「ま、ええやん」と流した。

（二）友《とも》垣《がき》

江坂駅の近くまでくるとガード下にパトカーが止まっていた。赤い警光灯がくるくる回り、行き交う人々が好奇心と敬遠の視線を一瞬飛ばす。が、すぐに無関心になってだらだら通る。英二は胸騒ぎがした。オッチャンはと見ると、意に介さぬ素振りで、Hホテル前の歩道から駅に上る階段を上がっていこうとしている。英二はあわててついていくよりほかなかった。

オッチャンがなぜ今日英二を誘ったのか、読み取れない。親しく付き合うようになってこのかた、二人だけでこういう遊び方をしたことがなかった。遊ぶときは必ず四人が群れて行動していた。商店街の惣菜屋《そうざいや》に勤める母と二人暮しの南周一ことナンチュウは、ファミコンの達人であった。ファミコンだけの仲間と日々遊んでいたが、オッチャンの声がかかるといつでも飛んでくる。タンテーの谷貞夫は、安マンションの四階に単身用ワンルームを借りてもらい、そこで寝泊りしている。三階に両親と弟妹が住んでいて、夕食のあとはそこにこもっている。やたらに音楽や映画のタレントに詳しく、部屋中にタレントのフォト雑誌とか、グッズが積んであった。ここは英二らの格好の隠れ家である。

四人はこのタンテーのマンションに集まっては、賭け麻雀をしたり、タンテーの解説入りでCDを聴いたりした。時に、缶ビールを持ち込んで飲むこともあったし、やはり、タンテーが深夜放映されるアダルトフィルムを録画しておいて見せてくれることもあった。タンテーが性交中の女性の奇態な声を真似しては皆を笑わせた。この四人は群れてはいるが、互いに密着してはいない。が、群れるときは必ず四人だった。

ナンチュウはサッカー部、タンテーはテニス、オッチャンと英二が野球部と部活動がばらばら、それぞれが行く塾も別々だった。出身小学校も英二と他の三人が違っていたし、小学校同窓の三人も、クラスは異なっていた。四人がグループとかチームを作るべき共通点や必然性がどこにも見いだせない。中学一年のとき、つまり去年たまたま四人が同じクラスになったというのが、四人出会いの最初の条件であった。

S中は給食でなく、弁当持参であった。昼食時は、用務員が用意する大きなやかん二つのお茶を、教室に当番生徒が運んでくる。購買部横でパン牛乳の注文販売があり、毎日そこは大混雑になる。これもたまたま四人が食事のとき同じ班になったことが、四人でしゃべり合うきっかけとなったのだった。ただ、このときもう一人が一緒だった。陸上部の森浩三という生徒だ。森は、学力遅進の四人と違って秀才だった。その五人が毎日昼食をともにした。

オッチャンとタンテーがパン食で、二人とも母親が弁当を作らず、毎朝パン代を渡すという家庭だった。母が惣菜屋のナンチュウの弁当には、毎日フライもの尽くしのおかずがたっぷり詰められている。森と英二の弁当の方も豊かな副食物がおかず専用タッパーに詰まっていた。三人のおかずを机の真ん中に配置すると、五人前の大皿になり、それをみんなでつつくのだ。季節の果物も十分に入っていた。彼らの家族団らんはこの場にあったのである。

(二) 友《とも》垣《がき》

その五人が二年生のクラス替えで弾《はじ》けた。英二とオッチャンが一組、森とナンチューが二組、タンテーが三組である。五人の中で森は四人とは異質の存在だった。三月の生徒会役員選挙に立候補し、三年生の対立候補を破って副会長に当選してしまった。森は学習塾にいっていないが、成績が学年のトップクラスであった。テスト成績の学年席次は公表されないが、各担任が資料をもっており、上位群の席次がどこからともなく漏れていた。

学期末に配られる通知表は、五段階評価になっており、五人はいつも見せ合っていた。その習慣は一年生の時に始まったが、二年生の今も続いている。森は常にオール5だった。他の四人は電信柱にアヒルの列である。体育だけが3で、あとが1と2なのだ。定期テストが返されるとこれも五人は見せ合った。森は九十点台をとったが、四人は十点を境いに浮き沈みである。

さらに、森は陸上トラック短距離競走が得意で、去年大阪市の大会で一年生百メートル走の部、優勝という栄冠を勝ちとっている。四人はなんとか地区大会の試合に出場はするものの、まだ一勝もできないでいる。四人は、しかし、敗残を不名誉だとか、恥だとか考えない。「おれらみたいな負け組がおって、勝ち組がおる。負け強いほうが、底力があるんや」などと勝手な屁《へ》理屈を言って笑っている。それは、決して負け惜しみでも皮肉でもなく、四人は本気でそう思っているのだ。そのくせ、他の生徒が試合に負けて帰ってくると、指差《ゆびさ》してげらげら笑う。

社会科担当の吉田宏子が、教室の前の戸を引き開けて顔をのぞかせた。すでに頬に笑みがあり、眼が細く三日月型になっている。唇は半開き、白い首のうえの小振りの頭が人形のそれを思わせる。顔の面積に比べて眼が大きいため、童女時代を容易に想像させる愛くるしさがあった。髪はポニーテール、黒いゴム紐で無造作に束ねている。

「こォんにちはァ、元気?」

気合いを入れて言う。言いながら小走りでひらりと教壇に上がった。長い間教壇が撤去されていたが、背の低い生徒や教師が、黒板の上部に手が届かないとか、下の方に字が書かれると後部座席の生徒が見えにくいなどの苦情が出て、再び教壇が復活していた。

「はい、では、この前の授業ノート、おしまいのところを見てごらん」

吉田は言いながらくるりと背を向けて板書する。殴り書きで勢いよく速く書くので、コン、コン、シャー、シャーと音が響く。社会科は横書きである。「縄文時代」「道具」「住居」「狩猟・漁労・採集」といった語が書かれた。書きおえてゆっくり振り向いた吉田の眼には、微笑の光が穏やかに漂っている。

「さてと、この前、辻さんから質問が出されましたね。辻雅子さん、もう一度質問を言ってください」

辻雅子は生徒会会計をしている利発タイプの女子生徒で、中央の三列目に座っていた。その華《きゃ》奢《しゃ》な肩がゆっくりと立ち上がった。

「今二十世紀の終わりですが、一万年も前の日本列島で人々が暮らしはじめた様子が、どうしてわかるのか、という質問でした。いま先生が黒板に書かれた『道具』や『住居』がなんで分かるのですか。確かそういう質問やったと思います」

「はい、そうでしたね。それは、大きくは歴史学という学問、科学ですが、こういう大昔の歴史を科学的に研究する学問を考古学といいます。神話のような根拠のない空想ではありませんから、はっきりとした証拠がいります。証拠の多くは土のなかに埋まっているのです。そ、遺跡の発掘をするのです」

(二) 友《とも》垣《がき》

英二は前に向かって左側最後列の席だ。吉田と辻のやりとりが耳に響いてくるが、なんのことかさっぱり分からない。ああ、またややこしい授業が始まった。面倒臭いと心中ぐちるばかりだ。なまあくびが出てきた。

今日はまだノートに何も写していない。右端の列の前から三列目の、いつもは空席の席にオッチャンがいる。オッチャンは机上に何も出さず、左手で片ひじをつき、あごを手のひらで支えて廊下を見ている。英二はオッチャンの様子が気になって、ずっと見ていた。頭が徐々に落ちていき、額が机の天板《てんいた》につきそうになった。吉田を見ると、ちらちら見ているから分かっているらしいが、注意せずそっとしている。オッチャンの言う通り、「お客さんなのだ」と英二は思った。そのこっくりこっくりのくり返しは長く続かなかった。オッチャンはついに頭を机の上に横たえてしまった。英二がおかしくなって「寝てしもうた」とつぶやいて眼を上げたとき、吉田と眼があい、声を出さずに笑い合った。

が、その瞬間、オッチャンが両手を机につき、がたんと立ち上がった。そのまますたすたと教室の後ろまで歩き、後ろの黒板の前の生徒用ボックス棚の上にとびのり、ごろんと仰向けに寝転んだ。さすがに吉田もこれは放置できなかった。

「河原くん、何してるの。席に戻りなさい」

吉田は少し気色《けしき》ばみ、緊張した声できっぱりと注意した。オッチャンが無視している。

「河原くん…きみが席に着かないと…先生、授業できないよ…ね…言うこと聞いて…みんな迷惑してるでしょ?」

吉田はできるだけ刺激しないように気を配って、優しくさとすように、しかも、間をとってゆっくりと言った。無視はできないし、激怒するにはタイミングがわるい。他の生徒たちが、この事態がどう展開するか、かたずを飲んで見守る形になった。吉田の側にも、オッチャン側にも立てない。オッチャンにとって解らない、したがって、面白くなく眠い授業は苦行である。が、吉田に恨みもないから、せめておとなしく客になろう。オッチャンには、今すでに吉田を困惑させていることが理解できないのだ。

オッチャンはすねているわけではない。英二にはその気持ちが手に取るように分かる。英二自身も、ごろりと横になりたいくらいだった。ただ、母がPTA役員をしていることがネックになってできないのである。また、教師としての面子《めんつ》もあって、なんとしても指導しきらねばならないという、吉田の気持ちも少しは分かるのだ。吉田はちらっと教室正面の時計に目をやると、意を決したかのように、教壇をおりて後ろの方へ歩《ほ》を運んだ。まずい。ここでオッチャンに暴力をふるわせてはいけない。それはオッチャンにも吉田にもよくない。打つ手が分からない。

寝そべったオッチャンの頭がちょうど英二の席の後ろにある。みんなの視線がそこに集まった。オッチャンは観念したような冷めた顔で、天井の一点を見つめて動かない。膝をたてて一見リラックスしているが、内心激しく緊張し、葛藤しているにちがいない。吉田がすぐそばまで来た。

「河原くん、いうことを聞いて…そら……」オッチャンの体に手をかけようとした。オッチャンが激しくそれを振りはらった。

「やめろ。おれ、なんか邪魔したか。おれ、黙ってるから、気にせんと授業やったらええやん」

眼の光に険《けん》を含ませている。

(二) 友垣《ともがき》

「そういうわけにいかへんわよ。みんな、どう感じてるか考えてごらんよ。それとも、先生なめてんのか」

「おれ、先生なめたいわ。ほんま？　なめさせてくれる？」

オッチャンが声のトーンを上げてみんなの方を向き、精一杯おどけてみせた。吉田は首の辺りを赤く染めて対応をためらった。英二はオッチャンのジョークで安堵《あんど》した。落としどころを探っているのが分かった。

「先生、大丈夫や。オッチャンはほんまに眠たいだけや。気にせんとほっといて授業すすめたって…」と英二は落ち着いて言った。

吉田がまだ教師としてこのまま引き下がれないという顔をして、にらんでいる。

「みんな、ええやろ。授業やろや」

英二はみんなの方を見て同意を求めた。

「先生、やろやろ」

辻が屈託《くったく》のない声でけろりんかんと言ってのけた。何人かの女子が「やろやろ」と同調した。

英二はおさまりをつけるために立ち上がり、吉田の背中を押して前まで行った。

「仕方がないわね。みんなそれでいいの？」

吉田は唇をこわばらせながらも、作り笑いをして言った。教師のプライドが崩れる瞬間をまざまざと顔に表した。多くの女生徒がこくんこくんとうなずいた。

「じゃ、やります。河原くんはそこで聞いていてよろしい。気分が悪くなったら言いなさい」

英二は耳たぶがきっと立ち上がったような気がした。「聞いていてよろしい」と許可を与えるような言い方である。教師というのはどうしてこうも上からものを言おうとするのか。英二は不愉快になった。英二は自分が河原修がわの人間であることを強調するためにノート、教科書をバアンと音をたてて閉じ、突っ伏して寝る格好をした。そのまま眼をつぶると、吉田の声が小さくなって遠ざかり、子守歌になった。

(二) 友《とも》垣《がき》

チャイムの音で目が覚めた。みんな黒板を見てはノートに写している。吉田がかってに礼をしてさっさと教室をあとにした。オッチャンが体を起こし、とんと床にとびおりた。いつもの習慣で英二と二人廊下に出て東端のトイレに向かった。各教室から出てきた生徒が、この男子トイレにつぎつぎと入る。十数人の決まった顔ぶれだ。他の生徒は中央のトイレを使う。ここにたむろする連中も、中央で用をたしてからここにくる。つまり、ここは英二たちの「たまり場」となっており、「喫煙所」でもあった。バケツに水をはっておいてあるが、吸殻《すいがら》でどろんと濁っていた。

英二たちはいずれも、ここが快適な居場所だとは思っていない。学校に居場所がないのでいるだけの「居場所」にすぎない。だから、ここでなにかの話題で盛り上がるということはないのだ。火をつけたばかりの煙草を、いっぷく吸うと指で弾いてバケツに捨て、オッチャンが英二に言った。

「エージャン、今日、塾サボってタンテー家《ち》へ行かへんか」

「ええで、何かやるんか?」

英二が気のないよどみ口調で応じると、オッチャンの眼が瞬間空ろになった。英二はあわててとりつくろった。

「うん、行こか。塾も家もしょうもないし、そや、いっぺんコーゾー呼ぼか」

森浩三の名を出して、オッチャンの気を引いた。二年生になってコーゾーは、いつしか四人から遠ざかっていた。生徒会副会長に当選したことで、教師にいちばん近い立場になってしまったからである。英二やオッチャンたちが教師に呼ばれて話をするときは、トラブルを起こしたときだけである。生徒集会や朝礼のとき、常に教師といっしょに前で立っているコーゾーは最も距離の遠い敵対的存在であった。

オッチャンは、あいかわらず梅田、難波のほかあちこちに遠征しては、万引き、カツアゲ、単車盗をやっているとか。英二はそれが本当かどうかややまゆつばなのだが、オッチャン本人が戦利品を見せながら武勇伝を語るので、一応認めてはいる。

淀川通りと新淀川の土手に挟まれた一区画に区役所があり、そのビルを囲むようにして、ファッションホテルのビルが林立《りんりつ》している。そして、その後ろに有名予備校のビルが、でえんとおさまっている。朝も昼も夜もせわしく動く共存の街である。その東よりに大小のマンションが、ごったごったと隙間《すきま》なく棟《むね》を寄せてひしめきあっている。タンテーのマンションの部屋は、東西どちらの窓を開けても、隣のマンションの窓と向き合い、いずれも厚手のカーテンが締められたままである。カーテンを開けると隣をのぞき見する格好になるので、うっかり開けられない。英二らがこのタンテーの部屋で飲酒喫煙していても、近所は知らん顔である。一LDKの狭い単身者用マンションで、玄関を入ったすぐのダイニングキッチンに冷蔵庫、テレビ、電子レンジが置いてある。中央のテーブルを含め、すべて木目のデザインで統一しており、やさしく暖かい雰囲気がある。

大型車はもとより、小型車の侵入も想定していない露地《ろおじ》、裏通りが縦横斜めに入り組み、雑貨屋があったり、駄菓子屋があったりする。昔は井戸端会議も、こどもの缶《かん》けり、かくれんぼの賑わいもあったに違いない、今はマンションビルが建って、不当に日陰を強いられている街の風景である。

玄関ドアーのハンドルが動き、ごとんと外側に開いて、だらりとシャツのすそをたらしたナンチュウと、ブルーのポロシャツに膝までの短パンをだぶつかせたオッチャンが重なるように入ってきた。二人とも手にコンビニのビニール袋をぶら下げている。周一つまり、ナンチュウが玄関の戸に内側から施錠して、オッチャンのあとからダイニングルームに入ってきた。

「やろうぜ」

オッチャンが袋から缶ビールを一本ずつ取り出し、爪のある面を上にして順に並べる。ナンチュウもせっせと包み袋を裂いて拡げ、その上にのしイカや柿ピーなどを盛った。奥のリビングから椅子を持ってきたタンテーがオッチャンとコーゾーの間にわりこんで座ると、五人がそろった。それぞれ缶ビールを持ち、ばしっ、ばしっと音をたてて爪を折り曲げて開けた。いずれもいっせいに泡が吹きでた。オッチャンとナンチュウは素早く口をつけて吸う。泡を一滴もこぼさない。コーゾーが右手を缶の下にあてがい、立ち上がって流しの方へ走った。英二とタンテーが股を開き、左手の缶からぼとぼと泡汁を床に落としている。ナンチュウが缶から唇をはなすと、二人を

(二) 友垣《ともがき》

哀れむようないい方で言った。

「どん臭《くさ》い。風呂場の床《ゆか》にバケツと雑巾があるわ。雑巾しぼってきれいにビールを拭き取れ。臭《にお》いがしみるぞ」

二人は、しかし、まだ缶から泡が吹きでているのを見つめているばかりである。コーゾーが自分の缶を流しにおいて、風呂場に行き、水で絞った雑巾を持ってきて床を拭いた。

「ぼんぼんはこれや。始末が悪い」

それでもまだ二人は、ただコーゾーの働きを見ているばかりである。ひと騒動が終わって、もう一度五人揃《そろ》ってテーブルにつくと、オッチャンの音頭で乾杯をした。喉を鳴らしてうまそうに飲んだのはオッチャンとナンチュウ、コーゾーは一口飲んですぐ缶を置き、英二とタンテーはにおいを嗅ぐだけで缶を置いた。

英二とタンテーはすぐ袋からスポーツドリンクのボトルを取り出し、一気飲みをした。オッチャンとナンチュウがのしイカと柿ピーに手を出し、他の三人がチョコポッキーやポテトチップスをパキパキカリカリかむ。

「オッチャン、レシート出せや。計算や」

コーゾーがそう言ってうながした。二人がポケットからくしゃくしゃになった紙切れをテーブルの上に置いた。それらをていねいに指でのばしてから、コーゾーがテーブルの上をそろばんをおくかのように右手の親指と人差し指ではじいた。

「この三人が一人四百七十円ずつ出すねん。ほいで、ナンチュウがそこから八百八十円、オッチャンが五百三十円とったら、それでちゃらや」

英二が千円札を出した。コーゾーも千円出した。タンテーはおけらだ。

「オッチャン、四百七十円持ってるか。それからナンチュウ、百二十円あるか」

オッチャンとナンチュウがすぐにあちこちのポケットからコインをつかみだしてテーブルに置いて、「あるでえ」と異口同音に言った。コーゾーが千円札一枚をオッチャンに渡し、オッチャンから四百七十円受け取った。ついで、ナンチュウに千円一枚を渡し、百二十円とった。そして、その中から五百三十円を英二に渡した。

「これでええわ。タンテー、おまえ、うちにいって、四百七十円持って来いや。それをおれにくれたらええねん」

英二は自分が四百七十円を出したということだけ分かったが、あとの計算はさっぱり分からない。他の三人も、自分のことしか分からなかったようだったが、みんな納得してコーゾーの指示に従う。ビールでの乾杯を提案したのはナンチュウだった。「コーゾーの生徒会副委員長当選おもろい会」である。

「こないだのウンコ事件な、あれ、ほんまは犯人誰やったんか。コーゾー、おまえ教師から聞いてるやろ」

オッチャンが聞くことで話が始まった。四月第三週の月曜日、水曜日、金曜日と三日間校舎内に人糞が置かれてあったという事件である。月曜日、サッカー部の早朝練習で朝早く登校した二年生が、下足室の床を警備員と用務員が水洗いしているのを見て訊ねたところ、でっかい人糞がしてあったという。

　事件はその日のうちに学校中に知れ渡り、生徒たちは「ウンコ談義」を一日中楽しんだのだが、水曜日は二年三組教室横の廊下、金曜日が二年二組の教室だった。三組の黒板に「糞砕」二組のに「糞死」と書いてあった。そうなるとこれはもう嫌がらせか、いじめのたぐいである。

　オッチャンは、ごまかしや適当な言い逃れを認めないぞという、オッチャンらしい攻撃的な顔で詰め寄った。コーゾーも緊張の面持《おもも》ちでおもむろに応じた。

「最初の日やから、月曜日、イワセンが放課後生徒会室にきた」

　彼らは岩木先生を略してイワセンと呼ぶ。

「何聞かれたんか」

「ウン、おれになにか心当たりないかて…」

「それ、どういうことや。また、おれを疑うとるいうんか？」

「おォ、おれの周りに情報持ってるやつがおる思てるんとちがうか」

「ほんで、おまえどう答えたんか」

「知らんて」

　オッチャンは奥歯を噛みしめ、唇の端をぎゅっとひきしめた。そして、ク、ク、クッと歯をきしませた。

「イワセンむかつくのう。あのハゲ！　しばいたろか」

　コーゾーは生徒会担当の教師から得た教師サイドからの動きをばらした。岩木が、あれこれの群れのボス級を呼び込んでは、チクリを求めていたらしい。ナンチュウがビール缶を傾けて二口目を飲んだが、口もとからだらだら泡が垂れ、あわてて手で拭き取った。他の四人はビール缶を置いたまま、もっぱらスナック菓子をつまみ続けている。英二とコーゾーはスポーツドリンクに手を伸ばした。

(二) 友垣《ともがき》

「用務員のおっさんが言うとったで。ごっつでっかいウンコやったて。なんしか直径が八センチはあったいうで」

タンテーが真面目な顔つきでオッチャンにむかって言いながら両手でマルをつくってみせた。オッチャンがまた真剣に応じた。

「直径いうけど、形はどんなんやねん？　ソフトクリーム型か？　ヤキモ型か？」

「ヤキモて、どんな型やねん？」

「ぼけ。おまえ、焼き芋知らんのか。あほちゃうか」

オッチャンがナンチュウの顔を見てあきれ顔をしてみせた。ナンチュウが顔をタンテーに近づけて目を覗きこんだ。タンテーは教室で指名されたときにわざとやる、あのやり方で相手の視線を無視した。そして、横をむきながら、目をしばたたかせている。ヤキモのイメージを思い描こうとしているパフォーマンスだ。コーゾーが自分の胸ポケットからボールペンを抜いて、レシートの裏に線で芋を描いた。内側を塗り潰しながらタンテーに説明した。

「秋とか冬の晩に、ピーと笛の音鳴らして屋台が通ってるのん見たことあるやろ。知らんか？」

タンテーは上目づかいの目で黒目を右左に動かした。

「ヤー、キモー、イーシャー、キモー、アマーイアマーイ、ホカホカー、ヤー、キモー」

オッチャンがおどけ顔で声色を使った。

「ああ、あれか。ほんでヤー、キモーてなんやねん。イーシャー、キモー?」

四人の笑い声が大爆発した。タンテーはきょとんとしたあと、苦笑いしてみせた。ナンチュウがふたたびタンテーの眼に顔を近づけて言った。

「直径八センチのウンコか?　ケツの穴八センチもひらくんか?」

からかい半分のつっこみにタンテーが向きになって返した。

「知るかあ。用務員の小田さんに聞いてみいや」

コーゾーが白い歯を見せた。そして、またタンテーに説明した。

「ウンコは穴から出て空気に触れてから膨張するんや。赤ちゃんが生まれるときとおんなじや。女のあそこからでたら赤ちゃんの頭がどばっと大きいになるんやて」

分娩も排便もいっしょくただ。タンテーが腹を抱えて笑いころげた。英二は無性《むしょう》にうれしかった。そして、ふとラーメンをおごってくれた体育教師の岩木のことを思い出した。このあいだのラーメンは、ひょっとしたら自分たちをてなずけてアンテナのひとつにしようという巧妙な仕掛けだったのかと思った。

岩木は二学年の生徒指導担当だ。男盛り、働き盛りの四十前、やる気十分の自称プロ教師である。非行や問題行動に対する四十八手を知りつくしている。この教師にオッチャンとナンチュウが、すでに変形ズボンを二、三本ずつ取り上げられている。年度末とか、卒業時に返すという約束で、学校のどこかに保管してあるはずだ。もっとも、二人とも、それらの変形ズボンはいずれも先輩から一本千円で譲り受けたもので、あまり惜しんではいない。どうせ自分らも卒業時に返してもらったら、後輩に千五百円で譲る、ぐらいの心積もりでいるからである。教師たちもそのことを知っている。いくら取り上げても、先輩たちが補給してくれる仕組みになっている。だから、教師側も取り上げるということに何の気づかいもしないし、それで特にもめることもない。息子の変形ズボンのことなどまったく気づかない親たちからクレームがつく心配もない。生徒のほうがこういうことで教師とかかわるのをゲーム感覚で楽しんでいる。英二はこれも不思議に楽しいことだった。

(二) 友《とも》垣《がき》

不思議といえば、オッチャンとナンチュウの母親である。オッチャンの母親はオッチャンの茶髪、学ラン、喫煙、いずれにもノーを言わない。が、ナンチュウの母親はめっぽううるさい。オッチャンは母親を相手にせず、もっぱら教師とのトラブルに精を出す。ナンチュウは母親の長広舌との闘いにエネルギーを消耗する。どちらも母子家庭だがまったくタイプが違う。

そして、母親に完全に制圧された英二、甘やかされたタンテーのふたりは、いわゆるパラサイトである。コーゾーのところは英二にも分からない。が、少なくともコーゾー、オッチャン、ナンチュウの三人は母親からの自立をはじめている。

ナンチュウの母親は商店街の惣菜屋で働いている。なかなかのインテリで、ナンチュウも理屈では母親に勝てない。四月の初め、ナンチュウの家で変形ズボンが話題になったときナンチュウの母親にばしっとやられたことがあった。

〃和服には和服の歴史がある。短パンは、すでに鎌倉時代の十徳《じっとく》という、男性用服装として使用されている。変形ズボンだって、肩衣《かたぎぬ》といって、平安時代から庶民が着ていた服装の袴《はかま》がそれである。何も君らがおのれを新しがったり、大人を古くさいといって、からかったりするほどのことではない〃変形ズボンをめぐって教師と生徒が争っているのは愚劣だ、といわんばかりだった。

あれは、四月初めに二年生の担任集団が生活チェック攻撃に出てきたときだった。毎朝教師たちが校門の前に立って、遅刻と服装と持ち物のチェックをしだした。違反物持参者は、その場で預かりとなり、終礼後反省文を提出して返してもらう。変形ズボンは、学校がストックしているズボンに穿《は》きかえさせられる。わざとサイズのずれたものを穿かせるので、非常に格好が悪い。遅刻者はグランドを五周走らす。世間の風潮からすれば、これは体罰だろう。が、オッチャンらの生活感覚は、体罰などではなく、ゲームなのだ。朝の忙しいときに、教師の何人かが自分たちにかかわってくれる、グランドで走る自分たちを、教室の窓からみんなが見てくれる、そこに束の間の快感を見いだすのだ。

英二にはオッチャンらのやり方が、何とも魅力的であり、拍手喝采《はくしゅかっさい》ものであった。校門チェックをかい潜《くぐ》って、校内に持ち込んだ変形ズボンを穿いて教室に入る。クラスの生徒はみんな見知っているが、授業時間にくるだけの教師は気づかない。教室後ろのほうの席に着いているときのオッチャンの変形ズボンは、前に立っている教師に気づかれにくいのだ。授業が終るや、オッチャンは廊下を覗いて教師が行ってしまったことを確かめると「勝ったあ」と声を上げる。何人かの生徒が拍手する。かれらは、見つかるかどうかの賭《か》けをしていたのだ。クラスの生徒全員がこの賭け事を楽しんでおり、教師に告げ口をするものがいない。

ウンコ談義をひとしきりやったあと、ふっと間《ま》が空き、英二がこんなとりとめのないことを考えていると、ナンチュウがスナック菓子で汚れた手をはたきながら、ぼそっと言った。

「コーゾー、おまえ塾いかんと家で何してんねんや。パソコンでもやってんのか」

「勉強してる。勉強いうてもおれのは学校のんやないんや。小説とか、歴史とか、宇宙科学とかの本を読んでるんや」

コーゾーが真面目な顔で答えた。

「コーゾーはええな、頭ええねんやから。おれらアホはどうもならんわ」

タンテーが口を突きだして、投げ出すようにぼやいた。「そうや」英二はタンテーに眼で同調を求められ、うなずきながら言った。コーゾーは太い眉の下から澄んだ眼を英二に注いだ。中学二年生とは思えない、まるで高校三年生のような風格を英二は感じた。

「そら違うで、おまえら小学校に上がってからずっとさぼりたおしとったやろ。今そのつけがまわってきとるだけじゃ。おれはあの頃からこつこつと努力してきた。頭ええとか悪いとか初めからきめつけるな」

「そんなことあるか。コーゾーの家は親がインテリで金持ちじゃ。ええとこの家に生まれたから頭ええねんや。コーゾーがおれん家《ち》に生まれとったらやっぱりおれみたいになっとるわ」

オッチャンがそう切り返した。こういうとき、オッチャンは言葉は荒いが冷静にしゃべる。英二は脳味噌がふやけたみたいになって思考力が切れかかった。自分の家は両親とも一流大学出だ

(二) 友《とも》垣《がき》

し、経済力もあるほうではないかと思う。兄の英一はよくできるので、オッチャンの説が当たっているが、弟の自分はできが悪く、これはコーゾーの説が当たっているようだ。ナンチュウがちゃちゃを入れた。

「おまえら、何ぐだぐだ言うとんねん。おれらはおれらの親がアレしたからでけたんや。ほんで、今度はおれらがアレして、次のこどもがでけるんや。あとは、生まれてきた奴が死ぬまでの人生を、自分で決めて生きるだけじゃ。どう生きようと人それぞれじゃ」

英二はナンチュウに感心した。なるほど、運命を切り開こうと汗かくやつ、身を任せて悠然とするやつ、逆《さか》らったり歯向《はむ》かったりするやつ、人さまざまである。オッチャンも、ナンチュウも、コーゾーもみんなしっかり自分の生き方を持っている。コーゾーがあごの下のありそうもない髭を右手の爪でむしり取りながらオッチャンに視線を向けていった。

「話変わるけどな、生徒会書記の林からおまえらに相談してみてくれて、頼まれてることがあるんや」

林恵子と同じ二組のナンチュウがとっさに反応した。そのあわてぶりがおかしかった。

「アカン、おれあいつ苦手や、絶対アカン。林の早口聞いたら背中がかゆくなる。めっちゃいらつくんや」

「ナンチュウ、おまえ林が好きちがうんか。林と目合わしてハートとばしてるのん、おれちゃんと知ってるぞ」

コーゾーがそう切り返して笑った。コーゾーも二組なので、ナンチュウの一日の立ち居振る舞いがしっかり捉《つか》まれている。ナンチュウは電光石火だ。即《そく》、開き直って言った。

「そうや、あいつの顔めちゃかわいい。林に気があるやつ、ごっつ多いでえ。おれだけやあらへん、それがどうした？」

実は英二もいつからか林恵子にときめくときがあった。が、林のあまりのもてもてぶりに恐れをなして、ずっと自分を抑えていた。

今年の前期生徒会役員選挙に異変が起こっていた。例年、前期生徒会は新三年生がポストを全部独占していたのだが、今年、二年生が占拠してしまったのだ。三年生が立候補調整に失敗して二派に分かれて対立してしまい、二年生が漁夫の利を得てしまった。会長はタンテーと同じ三組の清水美子《よしこ》、会計の辻雅子《まさこ》は英二と同じ一組である。そして、コーゾーが唯一の男子で副会長に就任していた。

生徒会顧問の教師、青山が「えらいこっちゃ、どう収めようか」と当惑していた。生徒会行事に、三年生の協力が得にくくなる可能性がある。学校の荒れに、いっそう拍車がかかるのを恐れていっているのだ。すでにその恐れは、現実のものになり始めている。生徒朝礼のとき、三年生がクラスの列を離れて、ばらばらになってしゃべりちらし、生徒会執行部の指示や訴えがまったく入らなくなってしまった。

（二）友垣《ともがき》

「そんで、あいつらの話てなんやねん？」

オッチャンが興味なさそうに言い、顔に動物的な警戒の色を浮かべた。

「いや、おれから言うよりお前らが直接聞いたってくれや」

そう言うとコーゾーは両肘《ひじ》をテーブルにつき、手のひらにあごを乗せてオッチャンを凝視《ぎょうし》した。顔のあちこちにしわがよってブルドックになっている。

「コーゾー、お前、青山にはめられてんのんちゃうか」

ナンチュウも猜疑心《さいぎしん》に駆《か》られている。

「心配するな。センコーは関係ない。あいつら、信用できるて」

「林だけか。ほかのやつも来るんか？」

ナンチュウは今度は一転、嬉しげに乗り気になって、英二の顔やオッチャンの顔を交互にくりかえし見た。

「清水と辻に林の三人。初めはオッチャンとナンチュウが相手や。林がそう言うとった」

「ちゅうことは、やっぱ生徒会のことか？」とオッチャンが念を押した。オッチャンは生徒会にすりよるやつは鼻持ちならぬ胡麻《ごま》すり野郎だとして常に「わざと無視」の態度をとっていた。

「おお」コーゾーはまばたきもせずオッチャンを見つめる。含みをもたせながらオッチャンを引きつけようとするコーゾーの意志を英二は感じとった。英二はタンテーと自分が相手にされていないのが不満だったが、会長の清水の度胸のよさを考えると、相談相手にふさわしいのがオッチャンであることに文句なかった。

「オッチャン、受けたれや。コーゾー、真剣やで」

「エージャン、相談にのるいうことは、手を貸すいうことやぞ。生徒会に加勢《かせい》するちゅうのんはセンコーの助《すけ》っ人《と》になるいうことや。おれはおりる」

「まてや。センコーは関係ないてコーゾーがいうてるやん」

「せやけど、コーゾー。なんでおれやねん、おれが生徒会嫌いやいうこと、お前がいちばん知っとるやんけ」

オッチャンはまんざらでもないという顔をしながらも、口では拒んだ。コーゾーがこのオッチャンの関心の動きを素早く察知してつっこんだ。

「ほんま言うとな、会計の辻が絶対にオッチャンに声をかけてくれいうてがんばっとんのや。オッチャン、辻となんかあったやろ？」

英二は、オッチャンの眼差《まなざ》しに意を決したような厳しい光が走るのを見逃さなかった。オッチャンが動くチャンスは今だと思って言った。

「オッチャン、これは生徒会対三年生のことや、思うで。辻らが困っとんのやで。コーゾー、そうちがうか？」

「おう、会長の清水に、中身は自分が言うから何も言わんととにかく連れてきてほしい、言われてるんじゃ。エージャンの言うとおりや。三年生の人らが、生徒会無視のやり方で教師にはむかおうとしてんねんな。おれらかて教師にはむかつくこと多い。けど、三年生のやり方はおかしい。清水らは、生徒の言い分を通すために立候補したんやて言うてんねんな。今の三年はむちゃくちゃやから一緒にはでけへん思うけど、なんかええ方法がないか。それが相談の中身や。なんでか辻がオッチャンに手を貸してもらおう、オッチャンは絶対に信頼できるて言い張るんじゃ」

オッチャンは生徒会嫌いを通しきれなくなった。上級生と対峙《たいじ》するというテーマを出されると

（二）友垣《ともがき》

これはオッチャンの望むところであった。英二はオッチャンの出を待った。

「さっきのウンコの話な。あれ、三年がやりよったんや。ほんま、おれ、知ってんねん」

すかさず、コーゾーがしたり顔で言った。

「やっぱりそうか。大方《おおかた》そうやないかと思てたよ。オッチャンが初めウンコ事件の話を持ち出したとき、直感的にぴんときたで。自分が知ってるから、おれからセンコーの動きを探り出そう思たんやないかって」

「死んだ兄ちゃんの暴走のリーダーの人が教えてくれはったんやけど、ウンコまいた三年らをその人がどつきはったんじゃ。教師みたいな臭《くさ》いやり方はゆるさんいうてな」

「かっこええな。そんで三年のだれがやったんか」

「言わはらへんかった。おれも聞かんかったんや。チクリはやりたないからな」

大阪北部で英雄として祀《まつ》られた男の弟として、オッチャンは三年生にも一目おかれる存在になっていた。

「くそ！むっちゃむかつく。生徒会を二年がとったいうて二年の廊下にクソまきちらすんか、くそったれえ。三年の教室へ行っておれもきばってきたろか」

ナンチユウである。反生徒会がいきなり反三年生に変わっていきまいた。オッチャンはなにか思案げに眉根《まゆね》を寄せ、顎《あご》を引いて斜め上をにらんでいたが、ふとナンチユウに視線を集中させて言った。

「コーゾーの頼みじゃ。断《ことわ》れんやないか」

「わかった。鶏みな裸足《はだし》や。教師にも三年にもなめられっぱなしで黙っとれいうほうが無理じゃ。やったろやんか」

ナンチュウが持ち前の剽軽《ひょうきん》さを団栗《どんぐり》まなこの上の眉毛を上下に動かして表した。英二は魔術の舞台を見るようなときめきを覚えた。

もともと英二たちの学年は上級生とも下級生ともほとんどつながりがなかった。クラブ活動で辛うじて縦の関係があるが、形だけの慣習が細々と残っているだけだ。下から上に挨拶する、命令には一応従う、グランドやコートの使用は上級生優先、下級生は隅っこで基礎トレーニング、一部ゴマスリが三年の飲み物を用意して付き人役をする。が、それ以上の関係が全くといっていいほどなかった。学年またがってのトラブルを英二はこれまで経験したことがない。

英二が「ナンチュウ、鶏はだし？　それ何？」と聞くと、オッチャンが「鶏はいつでも裸足でおるやろ。これ、当たり前のことや。聞く必要もないちゅうことを鶏裸足いうねん」と教えてくれた。オッチャンは年寄りのように生活の知恵や知識がいっぱいである。英二はオッチャンの度胸、ナンチュウの知恵、コーゾーの沈着さに、清水、林、辻という女傑《じょけつ》三人が絡めば、きっと凄いマジックが生まれるに違いないと思った。

(二) 友垣《ともがき》

いつのまにかビールが空《から》になり、スナック菓子がきれいに片付いている。英二は外に出て風の匂いを嗅ぎたくなった。タイミングよく、ナンチュウが新淀川の河川敷にいってみようと誘った。マンションを出て右へ十数メートル、そこの四辻をさらに右へ曲がると、正面に新淀川の土手が壁になって見える。狭い一方通行の車道を渡ると公孫樹《いちょう》の街路樹が並び、その向こうに十二メートル幅の車道がある。ときどき右へ左へ車が走る。五人はばらばらに広がって歩き、交差点の信号を無視して渡って土手下の草むらに上がった。四十段の石段があるが五人は雑草の中を上っていった。

堤防の上は地道になっており二本のわだちがくねくねと続いている。英二は両手を横に張って口を半開きにし、思いっきり空気を吸った。草と水の匂いがした。向かって左側の上流方向に、新御堂筋とJR東海道線の鉄橋が見える。右側は、阪急電車の鉄橋だ。正面に新梅田スカイビルがそびえ、その姿が、新淀川の川面に、はっきりと映っている。上は、見渡すかぎりの広大な青空である。しかし、下流の西淀川方面の空は、どんよりと重い灰色に塗りこめられていた。英二は誰にともなしに言った。

「なんか、遠いとこへ旅行にきてるみたいやなあ」

みんな川や空や葦原《あしわら》をただ見つめている。

堤防から川の流れまで百メートルはある。河川敷《かせんじき》公園になっており、流れに近い部分に広く葦が密生していた。眼下の公園の雑草の広場で、白いブラウスの若い女性が犬を遊ばせている。女性がボールを投げると、犬がダッシュして追い付き、ぱくっとくわえて戻る。女性と犬は何度も何度もくりかえす。犬が瞬間的に飛びだしたり、投げるタイミングをはかるように身を縮めて緊張する姿が、スリリングで見あきない。

「旅行やて？　エージャンはそないに大名旅行しとるんか」

とオッチャンが皮肉った。英二はあわてた。幼い頃よく父の車で南紀や山陰や北陸の海山に連れていってもらっていた。オッチャンの生活には、そういう豊かさがもはや望むべくもなかったのだ。英二自身、そのことをよく知っており、オッチャンの前で、自分の贅沢を見せ付けるのは、絶対的タブーだったのだ。

「いや、せやのうて、あんまりきれいやからここが十三《じゅうそう》と違うみたいに思たんや。なんか知らんとこへ来てる気せえへんか?」

そうとり繕《つくろ》ってみはしたが、無駄、いやむしろ余計なことだった。

早朝の白浜海岸、太平洋上に太陽が深紅の頂天をぽつっと出した瞬間、日本海の磯の岩場で見た、無数のあじの大群、富士山麓の山峡のログハウスで聞いた、カッコウの鳴き声、生まれてこの方、たっぷり栄養を与えられ、自然と文化を存分に味わうことのできた英二である。今は食べて寝ることもままならないオッチャンと、英二とに育ちの違いが出てくるのは、当然である。オッチャンの頭の回転の速さ、言葉遣いのたくみさ、あの果敢《かかん》な行動力、そして、何より常にからだから発するパワフルな気、それらすべて、英二にはないものであった。この景色を見ながら、オッチャンは、野犬のように今晩の食い物を考えていたのかもしれない。英二は滅入《めい》った。

「ッうお! ッうおお! 太陽が真っ赤や。もうすぐ沈むぞ。ッきれえ! めちゃ大きいわ。ほんま、この景色、写真とか絵で見たことある気がする。な、オッチャン」

コーゾーがフォローしてくれ、ナンチュウがさらに受けて続けてくれた。

「美術の教科書にあったよ。ゴとかギャンとかいう人の絵や。写真やったかな」

救われた。彼らはオッチャンの心情も英二の気持ちもわかって気を配ってくれる。しゃべりながら、つやのない雑草の斜面を五人は滑り滑りして下りていった。

人は生まれながらにして平等だと教師に教わってはきたが、あれは正しくない。何かの説教のとき、父も「生まれたときは皆はだか」と言ったことがあった。英二は、教師や親のいうことばがどうも都合よくできすぎているように思った。動物でさえ、野生動物と家畜とで全く違う。牛や豚は人間に食われるために生まれる。人間は、この地球上でいちばん強い動物だが、その人間にも、よく見ると、他人に食われるために生きているのがいるように思えた。

これまで英二は、少々不満があっても、教師の言い分はすべて受け入れてきた。それは、父親に吹き込まれた知恵のようなものによる。「大樹には依《よ》れ。長いものには巻かれろ。その体験がいつか人生の糧《かて》になるときがくる」そう言われていつも自己抑制をする癖がついている。が、オッチャンは教師と対等に渡り合おうとする。大人の理屈に負かされることもあるが、じっくり思案しながらチャンスを待ち、いつかかならず反撃する。たとえ相手が警察官であっても立ち向かう。英二がオッチャンに牽《ひ》かれるのは、そのオッチャンの自由さ、奔放《ほんぽう》さ、果断《かだん》、勇気である。


中間テストが終わると、その日の午後から部活動が始まる。教師の多くは、採点集計に追われ大わらわである。テストのない教科の教師がクラブを見ることになっていた。テストが終わると、すぐ英二、オッチャン、コーゾー、ナンチュウの四人が河川敷公園に集まった。その日は二教科しかなかったので、まだ午前十一時である。草原の中に一本の道があり、その道に沿って、木製のベンチが四つ並んでいる。後方は葦原である。ホームレスの住むテント小屋の、青いシートがふたつ見える。そのベンチが集合場所の目印だった。四人は土手の石段を下りていった。犬の糞が三ヶ所に転がっていた。

ベンチに着いて、堤防の方を向いて座ると、ちょうどその時、清水美子を中に挟んで、右に林恵子、左に辻雅子の三人が、土手の上に姿を見せた。ライトブルーのセーラー服、胸元にピンクのリボンである。三人とも幅広のギャザースカートを短く折り込んでおり、大胆に太ももを出している。四人は下から見上げる形になり、五十メートルほどの距離があったが、食い入るように見つめた。

「林のパンティが見えた！」とナンチュウが言った。

「アホか、あれはブルマーじゃ。いまどきパンティのままの女がおるかいや。スカートめくったらぜぇんぶ紺色なんじゃ」とオッチャン。ナンチュウは「そうかなあ」と首を傾《かし》げて、「あれは絶対パンティや」とむきになってこだわった。

「おまえ、パンティ好きやのう。そういうの変態ちゅうんじゃ。ナンチュウは痴漢の気があるんちゃうか」

「あの脚がめっちゃたまらん。おれ今晩思い出して眠られへん思うわ。コーゾーは平気なんか？」

「思い出しながら自分で噴射するんやろ。そしたらすぐねるわいや。どうちゅうことあるか」

コーゾーは大人の顔でさらっと言ってのけた。英二は恥ずかしくて頭にわあんとショックが走った。タンテーの部屋でふざけてアダルトビデオを見るのと、自分がマスターベーションをするのとは全く意識が違うのだ。

(三) 恋風

京都市は最南の伏見区から下京、中京、上京と上り、最北の北区となる。が、東つまり地図の右側が左京区、西つまり左側が右京区となっている。中央部京都御苑のちょうど右、すなわち東に大文字山、西に嵐山がある。R大学は、京都駅から北西方向へ四十分、金閣寺、仁和寺、北野天満宮を結ぶ三角形の真ん中に位置する。このあたり、平安朝時代、貴族の別荘があったところだ。

英二は白梅町の下宿からR大学にかけつけ、キャンパスの中心部にある、Z館の地下食堂に飛び込んだ。メニューのディスプレー棚の前を通り、お盆を左手にとって、サラダバーの横から食堂内を見渡した。四月中旬平日の午後二時である。学生が広いホールに点々と座り、本を読んだり、議論したりしている。独り者があり、カップルがあり、そして、数人の固まりもある。教授とおぼしき中年の男が学生らしい若い女性の話を聞いている。英二にはそれらの情景がすべて単なる背景であり、いかなる対象物でもなかった。

さっと一渡り見て、もう一度目を集中させて、右隅から順にゆっくり見ていった。彼女の姿はなかった。英二はがっかりし、そして、ほっと安堵《あんど》した。御室《おむろ》の下宿から電話で呼び出されて、驚くと同時にうろたえ、電話口でどう応じたのか忘れるほど、どぎまぎしたのだった。白いグンゼのソックスにレザースニーカー、そして、ジーパン、上は白のTシャツにチェックのブルゾンという出で立ちである。高校生時代のままの、カジュアルルックが英二の定番スタイルである。英二は定時制高校時代も、大学に入ってからも、ずっとこれで通してきた。そもそも己れを装うことが苦手で、床屋《とこや》でも「どんなスタイルにしますか」と聞かれて答えられない。「適当に……」でごまかしてきた。自分を他人によく見せたいとか、他人にどう見られているかとか、そんなことに頓着《とんちゃく》しない。こどもの頃から、自分が誰かに期待されている、あてにされている、頼られているという自負というものをもったことがないのだ。自意識が希薄で、いかなる事態でも己《おの》れに拘泥《こうでい》しない。

それがいきなり、女性に「あなたにお会いしたい。直接お話してお願いしたいことがある」と乞《こ》われたのだ。かつて、女の子に荷物を運んでほしいだの、何かを持ってきてくれだの命ぜられて動いたことは数々あるが、今日のような申し出は初めてである。まして、枕に「会いたい」という冠《かんむり》言葉がつけられている。まさに驚天動地《きょうてんどうち》だ。

英二は電話の主、山口美紗《みさ》をずっと崇敬し、仰望《ぎょうぼう》してきた。山口美紗は文学部日本史学専攻である。それはR大学として最高レベルであるだけでなく、全国的にも超一流の専攻学科なのだ。R大学の最も合格しやすいところに、推薦つきで辛うじて滑り込んだ英二には、近寄りがたい存在だった。

大学に入った年の夏、すべて母にかかわってもらって、大学に近い街に下宿することになったが、その秋、学生センターの紹介で、国の、ある省の調査統計局のアルバイトにいった。その現場で、同じアルバイト学生としてきていた彼女といっしょになった。学生は二人だけだった。係長の説明と指示を聞いて覚えるのは、もっぱら美紗で、英二は、その美紗の指図にしたがって仕事をした。計算をしたり、判断したり、記録したりする頭脳労働は美紗、ものを運んだり、計量したりする肉体労働は英二の分担だった。二人は同学年だったが、英二が三歳年長だ。しかし、学識、才幹とも自分が下だということを、英二は最初から認めている。作業の休憩中、とりとめもない話をした。

美紗の実家は、福島県の会津で温泉旅館を営んでいるらしい。仕送りが十分あるので、アルバイトに収入を頼る必要がないのだが、美紗は、R大学の建学精神に照らして、R大生はすべからくアルバイトに精を出すべきだと主張する。

彼女は大学案内書に「R大学は勤労学生の勉学の場としてスタートした」と記してあるという。関西では、昔からこの大学は学費が安い私大ということで有名であり、今もそれは貫かれている。R大学は教授一流学生三流と揶揄《やゆ》されているとか。英二は何かにつけて情報にうとく、したがって、ものごとを広くも深くも考えていない。美紗の情報と発想が、ことごとく新鮮だった。よくアルバイトの帰り、彼女の方から喫茶店に誘ってくれ、いろいろ話を聞かせてくれた。都会で育った英二の方が何かにつけ不器用《ぶきよう》で、美紗が積極的にリードしてくれた。九月の末から十一月の半《なか》ばまで、そのアルバイトが続いた。

翌年の一月、阪神大震災があった。三月末ごろ、京都駅でビラをまいている美紗に話しかけられた。美紗は、震災以来ずっと西宮にいって、ボランティアをしていたと言った。ビラまきもその活動のひとつだった。すでにボランティア活動から撤退していた英二は、またここでも後塵《こうじん》を拝《はい》することになり、美紗にはますます頭が上がらない。英二自身、もう傍観者の立場になりかけていたからだ。

京都駅で会ったあと、彼女とは学食や生協購買部でときどきあって、目礼《もくれい》をかわす程度で過ぎた。

英二は、たしかに美紗を意識するようになっていたが、それはあくまで凄い学生だという畏《おそ》れであり、慎《つつし》みにすぎない。個人的な気持ちがあったとすれば、そういう超一流の学生と自分が近《ちか》しい間柄《あいだがら》だという、誇りを持ったということである。何でもいい、R大生ということに誇りを初めて持てたのである。

「逢いたい」英二は彼女の声を耳の奥で何度も反芻《はんすう》し、何をおれに言うつもりなのか、と考えたが何も浮かばない。とにかく、何を要求されてもおれはOKと言う、そういう決意をして出てきた。食堂はセルフサービスになっている。英二は天丼とわかめの味噌汁、蛸と胡瓜《きうり》の酢の物、生野菜サラダをテーブルに並べると、ばくばくと平らげていった。

山口美紗が顔を出した。紺のジーパンに萌黄《もえぎ》のTシャツ、すみれ色のカーディガンというスタイルである。濃いめの眉をきゅっと上げ、うるおってつやつや光る黒い瞳をくりっとさせて英二を見つけた。次の瞬間、肌理《きめ》の細かい白い豊頰《ほうきょう》に、小さなえくぼをぺこんとつくり、嬉しげに笑った。英二は、美紗の目線《めせん》にしっかりととらえられた。周囲からいくつかの視線が集まったが、美紗は全く意に介さない。英二は不思議な満足感に包まれた。彼女はテーブルの間を小走りにジグザグしながら英二の側にきた。

「ごめんなさい。こちらから呼んでおきながら遅れたりして」

そう言って、美紗は一直線の白い並びの歯の間から小さい舌の先をちらっと出してみせた。アルバイトの時と同じ穏やかな親しさに包まれた世界が戻った。英二は心が和み安堵した。アルバイトの時はずっとジーンズだったが、今日は膝下丈《ひざしたたけ》のパンツを穿いている。普段、キャンパスでも、アルバイトの時でも、ビラをまく時でも、美紗はジーンズだったので、英二は美紗にいつもと違った新鮮な印象を受けた。美紗が英二の左側に座った。壁を背にした、そのテーブルには、人が座っていない。

幅のあるテーブルなので、カップルの誰もがとなり合って座り、しゃべりあっている。二十センチ以上の丈差《たけさ》があり、美紗はかなりあごを突き出して見上げる形になる。

「川田英二さん……」

「えっ、あっ、はい」

「英二さん……」

「はい?」

英二は同学年の学生から「川田さん」と呼ばれている。現役で入ってきた学生より三歳上で、筋骨隆々《りゅうりゅう》の巨漢であり、しょっぱなに彼は大人だと見なされたのだ。母がずっと英二くんと呼んでいたが、最近ときどき英二さんと呼ぶようになっている。友人間では幼児から高校卒業までエージャンだった。学生から英二さんといわれたのは初めてで、面映ゆい気持ちになった。

「私、あなたとお友達以上になりたい。そのうえでお願いがあるの。だから、今から英二さんて呼びたい。いいでしょう?」

「英二さんいうのは家《うち》の母だけやからなあ。やっぱりちょっと照れ臭いわ」

「お友達以上の人はなんて呼んでるの?」

「エージャン」

「それ関西訛《なま》りだから納得するけど、私は発音できないわ。お母さんと同じ呼び方されるの嫌《いや》?英二さんて」

英二は内心どうでもよかった。美紗との間だけの秘密ができたようで、胸の鼓動が口から外に響き出そうなくらい大きくなった。

「そんなら、ぼくの方はなんと呼んだらええんかなあ?」

「もちろん、美紗よ」

「美紗さん」

英二はそう口に出してみて、奇妙な緊張を覚えた。中学生時代から、友達を呼ぶとき、愛称のないものは姓を呼び捨てにしていた。男も女も区別しなかった。互いに「美紗さん」「英二さん」と呼びあうと、大人の男と女の雰囲気が生じてくる。初めての気持ちだ。美紗が、友人を超える関係になりたいと言ったのだ。これからは言葉遣いに気を配り、紳士にならねばならない。

「美紗さん、それでお願いというのは何でしょうか」

英二がやや強《こわ》ばって切り出すと、美沙は軽く英二の二の腕をたたいて笑った。

「英二さん、あなた、その変な共通語はよして。あなたは大阪弁がいちばん似合ってるわよ。それに、私、英二さんの大阪弁が好きなの。大阪弁を使ってほしい」

「ほんま? ああ助かった。どないしょう思たわ。ほな、このままでええねんな」

英二は大人でもこどもでもない、学生の気分に戻れた。と同時に焦りを感じた。何事にもイエスをいう覚悟なので早くその願いというのを聞きたかった。全く自信ないのだが、求められたことに対し返答をたじろぐのは、かっこ悪いことだという観念にとらわれて、肩に力が入りっぱなしだった。

「はよ、お願いちゅうもんを聞かせてや」

「もう、おばかさんね。私、逢いたいって言ったでしょう? それが目的なの。お願いはあるわ。でも、今日はいいの。そんなに心配しないで。私、R大にきて、ずっと勉強中心の学生生活で……日本史コースをとってきたんだけど、別に論文を書いて学者になりたいとは考えていないの。でも、勉強がおもしろいのは事実よ。もっともっといろんなことが知りたい。R大には魅力的な女性の先生が大勢いらっしゃる。私、そういう先生方の授業を全部聴きたい」

英二は美紗の気持ちが少しわかる。三回生になって専門コースに入ってから、英二も同じことを感じ始めていたからである。発達学と福祉学を中心に単位をとってきた。勉強に遅れをとってきた英二が、授業中、発言を求められ、しどろもどろにしゃべったことでも教授たちは真面目に耳を傾けてくれるのだ。ディベート・ディスカッション式の授業だ。

深く考えないで物を言っていた英二が、その頃から真剣に思索《しさく》するようになったのだ。今は、十三《じゅうそう》の家に帰ったとき、秀才として敬遠していた兄と社会問題をきちんと議論できる。英二は美紗の気持ちに一歩踏み込んだ。

「ずっと大学に残りたい、いうことか？」

「うん、実はそうなの。学部の友達は卒論と就職活動でもう必死。いよいよ学生時代もおしまいよね。実質上の成人の日ね。みんな、真剣よ。私、福島に帰って就職するのだけは絶対嫌なの。英二さんはどうするの？」

英二は当惑した。自分は親がかりで生きているねんねの坊やだ。役所だの会社だのといった、大人社会に首を突っ込むという実感が、全く湧いてこない。成人としての確固とした意志が、まだ準備段階にも入っていないのだ。ところが、いま、美紗が自分に、友人以上の関係になってほしいといった。ともに互いの生涯を語り合いたいという、重大な告白なのだ。突然、英二は美紗が福島に帰ってしまうのを想像して、胸苦しくなった。飛び込み台の踏み板の上に立った瞬間の気持ちになった。

「大学院、受けたほうがええで」

「そう思う？　本当に？」

美紗がさも嬉しげに微笑み、悪戯《いたずら》っ子の目付きになって、にらむように英二の目を覗き込んだ。

「学問もっとやりたなったんやろ？　ならせっかくのチャンス見過ごしたら後悔するで。やれるとき、やらな」

学食が急に騒がしくなった。三十人ほどの集団が入ってきたのだ。スポーツ関係の一団のようだ。二人はそこで話を打ち切って外に出た。Z館の玄関を出ると、明るい陽射しがキャンパス全体を包み込み、さまざまな木々の新芽が、和やかな風を受けて、ちらちら陽光を照り返している。正門の方へぶらぶら歩いていると、体育館の前で、十人くらいの学生がキャッチボールをしていた。英二は心なしか、彼らにじっと観察されているようで、恥ずかしかった。

それから、二人は黙々と歩き、正門前からバスに乗って御室仁和寺《おむろにんなじ》の停留所で降りた。路上には吸《す》い殻《がら》や紙屑などひとかけらもない。バスストップのベンチの後ろ数メートル控えた場所に、瓦《かわら》葺《ぶ》き二階建ての茶店がある。店の入り口の格子戸と、茶色の暖簾《のれん》が、如何《いか》にも「京の老舗《しにせ》」らしく、どこか風格がある。中学の頃か、高校の頃か、国語の授業で「徒然草」を教わり、その中に仁和寺の僧の話があった。あの文章は随筆なので、実際にあったことが書いてあったはずだ。英二はタイムトラベルをして、昔人に戻ったような錯覚を覚えた。屋根が入母屋《いりもや》造りの巨大な仁王門が重量を誇示してどっかと建っている。

奥をのぞき見ると、仁王門に続いて中門があり、その向こうにまるっこい古墳のような山がふたつみっつぽこぽこと見えた。

「入ろう、英二さん」

美紗が小さくささやいて、英二の袖を引いた。仁王門をくぐり中に入ると、玉砂利の優しい音がする。美紗がすうっと肩を寄せてきた。英二は美紗のカーディガンが、自分のブルゾンの袖に擦《す》れるのを感じた。すぐ左手に御殿《ごてん》のような建物があった。英二は二人分の拝観料を払って、チケットと案内パンフレットをもらって、一部を美紗に渡した。美紗の「ありがとう」という素直な言い方が気に入った。「あとでお茶にしよう。その時私がお返しするから」と美紗がまた言った。

建物の玄関を上がって、矢印にそって進み、白書院という部屋の横の廊下を通って、寝殿《しんでん》という建物を正面に見るところに出た。日本庭園が目の前に開けた。二つの池、橋、滝、そして、松をメインに、大小さまざまな樹木が、各々《おのおの》個性を主張しながら、全景に調和している。

美紗が広い廊下の中央の柱を背に座った。英二が立ったままでいると「英二さん、ここ」と美紗が、指で右横の床板をさした。英二は請《こ》われるままに並んで座り、池の水面に目をやった。池から風が渡ってきて、鼻腔を掠《かす》める。

玄関辺りから漂ってきていた、線香の薫りを一瞬追いやって、木の幹や新芽や花の香りが、過ぎ去っていった。

「私これでここに座るの、三回目なの。最初は二回生の秋、次が三回生の夏、そして、今日春よね」

「ふうん、よっぽど好きなんやね。なにか訳ありなん？」

英二は誰か男の学生と来たのだろうかと想像してしまった。そして、すぐに「アホなことというてしもうた」とひとりで恥ずかしくなった。美紗が英二の心底を見透かしたかのような、ゆとりのある調子で「いつも一人できていたのよ」と答え、さらに続けた。

「この寺院は天皇が建立《こんりゅう》して、引退後住んでいた門跡《もんせき》なのね。私、ここに座ってじっと庭を見てると不思議な気持ちがするの。この廊下に代々の天皇が立って、脱俗の思いを深めた……。でも、この柱や床板の木を伐《き》ったきこりや、加工した大工、あの庭石をきりだしたり、運んだりした人、樹木や花を工夫して植え育てた人、そういうのを私なりにリアルタイムで見るように想像を巡らすの。その想像のスクリーンのなかに、働く男達、それをささえて働く女達、その後ろで遊んでいる子供達なんかが映っているのよ。

このお寺は、三年前に世界遺産に登録された、歴史的建造物てわけよ。応仁の乱の時、全焼したと書いてあったわ。いったいこの寺は、人間の歴史に何を残しているのだろうって……そんな、こころにうつりゆくよしなしごとをそこはかとなく……ははは、感じるの」

英二は、初め呆気《あっけ》にとられて聞いていたが、徐々に耳を傾けて聞き入るようになり、美紗の創る世界にいざなわれ、陶酔していた。来たときからずっと、若い女性が二人の右手と左手に一人ずつ、つくねんと座っている。向こうの渡り廊を、ひと組みの中年カップルが、ゆっくり歩くのが見えるだけで、物音が聞こえなくなっている。ここは、若い女が独りでたずねるところなのかと思った。

「去年の夏、ここに座って、私、何を思ったと思う?」

「いま話してたことやろ?」

「うふふふ。次にくるときは英二さんと二人で来ようって……」

「うそ。なんでおれやねん。おっさんをおちょくったらアカンよ」

英二はおのれが美紗の心にどう映っているかをはかる余裕がなく、自分の地金《じがね》を端《はし》なくもあらわにしてしまった。劣等感、自意識過剰、自己卑下《ひげ》……首根っ子が赤くなるのがわかるほど廉恥《れんち》心が沸き上がり、自己嫌悪の沈黙に閉じこもって、大きな体を縮こまらせた。

予期せぬ英二の反応に美紗は戸惑ったらしく、やはり固くなって、目の前を舞う二匹の蝶を目で追っていた。折れ線グラフを描くように、突然舞い上がったり、急降下したり、ひらひら忙《せわ》しく絡み合って、左から右へ動いていく。

と、その時、一匹の蜜蜂が、一直線に美紗の方に吸い寄せられてきた。美紗が、あっと叫んで英二の左脇腹に頭を下げ、両手でブルゾンの袖を握りしめた。英二は右手に持っていた案内パンフレットで、ふと柱にとまった蜜蜂を一撃した。蜜蜂はあっけなく床板に転がり、すぐ動かなくなった。

「殺生《せっしょう》をしてもうた。ここは寺や。どないしよう?」

英二は、本気とも冗談ともつかぬ物言いをした。

「英二さん、志賀直哉の〝城崎にて〟を読んだことある?」

「ううん、そういう題の作品があったいうことはうっすら覚えてるけど、中身は全然覚えてへん。おれ、大体な、本読んでも余り残らへんタイプやねんな。早よ言うたら、片っ端《ぱし》忘れてしまうねんやなあ。読んでも、おもろいいうてのめり込む、ちゅうことがないんやわ。ほんで、その作品がどうかしたん?」

「ううん、なんでもないんだけど、働き蜂の死骸を見る場面があって、死ということをしんみり思い巡らすのね。そこをふと思い出したわけなの。それだけよ」

「そうか、一匹の蜂の死か。この蜂も今まで生きて働いてたんや」

「うん、昔から心ならずもとか、思いがけずとかいう死に方があるよね。徒死《とし》、頓死《とんし》のたぐいね。覚悟しての死というのもある……けど、このところ、突然死とか、自死とか、昔の自害とは違う種類の死が広がっている。私、思うのよね。人が立場上やってしまう、未必《みひつ》の故意による殺人じゃないかって。大人社会ではずっと以前から起こっている現象だと思うけど、最近は子供社会に及んできてるでしょう。ちょっと深刻だわ」

英二は、美紗の物を見るときの着眼点や、そこからの発想が、自分とかなり異なっているようで「一風変わったエリートや」と感じ始めていた。なにかにつけ、いちいち理屈をつけたがる。それでいて、行動が積極的で、立ち上がりが素早い。英二とは正反対のタイプに見える。

美紗が動こうとしないので、英二も腹を決めて、床板を温めることにした。美紗が目線を庭から英二の顔に移し、そこでとまったまま、見惚《みほ》れるような目で見つめた。英二も所作に困って見返し、互いに見つめ合う形になった。

「英二さん、あなたも院に残る?」

美紗が声に強い圧力を含ませていった。英二は即答ができない。とっさに視線をそらして、空を仰いだ。「んんん」と呻吟《しんぎん》した。

大学院に上がるなど、英二には考えることすらおぞましい。そもそも院の試験を受けること自体、院の権威を傷つける行為である。

「あのね、いいニュースがあるの。英二さんの社会学コースは、来年から院生の募集をかなり増やすってよ。だから、大いにチャンスがあるわけ。情報とか、福祉とかの分野は、これからの日本社会のいちばんメジャーな部門になると思うよ。間違いないわ。チャレンジしましょうよ。ね、考えてみて。いいでしょう？　私、一緒に頑張りたいの」

「美紗さん、それだけは無理や。おれがそうしたいと思うても、世の中にはでけることとでけへんことがあるんや。この話、おれにはでけへん話や。人間、やっぱり願望と能力がマッチせな無理が生じる。努力でカバーでけるいうても、それかて限度がある。おれが院生やて？　それは地球と月を入れ替えるより難しいわ」

英二の声のトーンが途中から高くなった。右側にずっと離れて独り座っている若い女性が、こちらをちらりと見た。とっさに英二はその女性に向かって、ぺこりと頭を下げ、小さく「ごめんなさい」と言った。なぜそうしたのか英二にもわからない。美紗はそういう動きに一切関心を示さない。気配りという点でも、美紗は英二とどこか違うのだ。どうも自分とは生きてきた道筋が違うと思った。なにかかみあわない。心なしか、空の色がどんより重くなってきた。

「英二さん、私、こんど西宮に一緒に行ってほしいと思っているのよ」

美紗がまた、いきなり話題を変えて英二を刺激した。英二は、次はなんだと警戒しながらも、デートのチャンスだと単純に悦《よろこ》ぶ、何とも不思議な心境になった。

「私ね、阪神大震災の後も、西宮市にときどきお邪魔してたの。どうしてだかわかる？　震災直後ボランティアで入ったでしょう？　あの時感じたことが、意外に今になって私を揺さぶってるのね。というのはね、あの震災のとき、さっそく関西の各大学が、新聞に被災見舞いと入試の措置について、一斉に広告をだしたんだけど、たくさんの広告の中で、ひとつ、うちのR大学だけ、素敵な広告を出したの。断然光ってたわ。よその大学は、大体が、受験生の皆さんへという見出しなの。R大学のは、在校生および受験生の皆さん、となっているの。いちばん初めに、学費減免の措置をとるとあったのよ。実のあるお見舞いでしょう？ R大学の建学精神が、ことばだけの空疎《くうそ》なものではない、ということがはっきり出てたわけね。しかも、聞くと、大学はいち早く在校生の家庭に連絡を取って、情況把握に努めたそうよ。救援活動の取り組みもスピーディだった。

あの日の震度、まだ覚えてるよ。神戸七に対して、京都が五だった。阪急電車が動いてるというので、私、友達とグループ組んで、取りもなおさず西宮まで行った。現地のボランティア協会を通して、近くの避難所に飛び込んだ。あの瞬間から、私の甘い人間観がたたき潰《つぶ》された感じね。あら？私、今何言ってんのかしら」

美紗の、やや鼻にかかった声が、英二の情を熱くさせていく。栄二は美紗の顔を見ずに、ずっと聞き澄ましていたが、こらえきれなくなって、顔に目をやった。白い小さな横顔が観音菩薩に見えた。白いふっくらとした下顎《したあご》の線、高すぎない整った鼻、形のはっきりとしたくちびる、眼は潤んで細く半眼になっている。その眼の奥の瞳が、英二を斜めに凝視しているように感じた。

英二は美紗の心を受けとめきれないでいる。が、美紗が何かを自分に働きかけようとしているということはわかる。鈍感な自分だが、この頑丈な体が役立つなら、そっくり供してあげよう。

そんな殊勝な気分をじっくり温めていった。それにしても、西宮に何をしに行こうというのか。そこに何が待っているのか。

あの日が、またよみがえった。電話口の母の声は、平生と変わらず、落着き払っていた。地震のことを知ったのは、母からの電話だった。「京都はどうだったか。怪我はないか」など聞いた後、「家が大変、父さんが怪我をして病院にいっている。軽いから心配はいらないが、すぐ帰って手伝うように」と言ってきた。母は「電話がなかなか通じなかった。関西全域が、パニック状態になっているらしい。電車も動いているかどうかわからない」と告げて、電話を切った。

昼前、十三《じゅうそう》の自宅の玄関口に立った。英二は喉に詰まる異臭に襲われ「うわっ、何これ!」と大声をあげた。応接間の方から「こっち、こっち。スリッパはいて」と母が弱々しい声で呼ぶ。応接間は、さまざまなグラスが割れて飛び散っていた。特注の飾り棚の、各種の洋酒の瓶がことごとく床に転がり、流れ出た酒が床板にしみこんで、まだら模様を描いていた。さらに、父が中国や韓国から買いこんできていた、白磁の水差しや、青磁の花瓶も床に転がり、そのいくつかが欠けていた。

母がソファにお尻をちょんと乗せて、呆然としている。母によると、父は隣の和室で寝ていたところ、床の間横の違い棚から飛んできた茶器か、一輪挿しの直撃を頭に食らって負傷し、病院からまだ帰っていないという。兄は得意先と連絡を取って、会社の同僚たちと神戸に向かったらしい。台所の食器棚は、母がすでに片付けていた。母が「これはというところの写真を撮《と》っておいた」と言った。その日は、いちにち後片付けに費やしたのだった。

「西宮にまだ行ってるのん？　それで、何かあるんか？」

英二が焦《じ》れて聞くが、美紗はゆっくり話そうという姿勢で英二を見上げた。

「ええ、私が入った避難所は、駅のすぐ近くのT小学校だったの。まずやったのは、トイレのお掃除、飲み水運び、体育館も、教室も、避難の人でごった返してた。その内《うち》半分はお年寄りよ。まだ余震がひっきりなしに続いていたから、みんなおびえているの。疲れと恐怖で動けないのね。付近のお寺の本堂が、丸ごと崩れて、屋根が上から押しつぶされたように、地面にべたっと倒れこんでた。周辺の戸建ての民家の何軒かは、斜めに傾いて、浮き上がったり沈んだり、まるで悪魔の爪痕《つめあと》」

「うん、それで？」

英二は話の先を急《せ》かした。

「そのお寺の水道が使えると聞いて、近所の人たちが列をつくってるのね。学校の水道が全部出なくなったので、私たち勝手連ボランティアが、もっぱら水汲み隊を引き受けていたの。民間会社の社員や、どこかの教職員組合の人たちが、救援物資の配布や、炊《た》き出しの方を頑張ってたわ。関東からきた人がいたし、九州からきた人もいた。沖縄からきたという、医療チームの医師、ナースの巡回診療とか、もういろんな人がつぎつぎ入ってきた」

英二もボランティアをしなかったわけではない。福祉専攻の学生である。当然積極的に参加した。ボランティアセンターに詰め、ボランティア派遣業務を手伝った。医薬品、文具品などの緊急救援物資を、単車で現地へ運ぶという仕事もした。京都のセンターから、現地事務所へピストン輸送するのだった。

バイクで京都から一七一号線を南下し、途中茨木で道を外れ、西国街道を通り、六甲北から山越えをして神戸に入った。道中はどこもかしこも満員電車並みの大渋滞で、一日一往復がやっとだった。かかった費用は、すべて母が出してくれた。長田町辺りは、焼け野原、写真集で見た戦後の情景そっくりだった。甲高い声の韓国語が、さかんに交わされており、韓国人ボランティアがたくさんきているという印象がつよく残っている。

英二は美紗のもって回った言い回しを、大阪人のいらだちで堪え難くなっていた。

「その西宮へ、いつ、何しにいくんか?」

英二がいらいらした早口で聞いた。美紗も東北の粘着さでゆっくり、しかし、きっぱりと伝えた。

「わかった。ごめんなさい。あのね、そのお寺の奥さんに会いにいくの。英二さん、この六月に教育実習にいくのでしょう? 中学校よね。実は、あの日そのお寺の先代のご住職夫妻が被災して亡くなられたの。で、今のご住職と奥さんと、その一人息子が助かったんだけど……その息子さんが、震災後一日も登校できないでいるの。いま二年生」

「つまり、お祖父ちゃん、お祖母ちゃんの死のショックから立ち上がられへんちゅうわけやな」

「それだけでもないの。地震の前から不登校になってたらしいの」

「で、その子に会いにいこ、いうわけ?」

英二はほとほとあきれた。美紗の要求は身勝手すぎる。大学院の次は、重症の不登校生だ。こちらの事情、つまり、英二の力量も可能性もまったく斟酌《しんしゃく》しない。やっかいな人に見込まれたものだと思った。

「そうよ。そして、そのお母さんがまたすごい人なの。あの時、お寺の離れで寝ておられたおばあさんと、本堂でお勤め中だったおじいさんが亡くなった。たぶん即死ね。まだ四十前後の女性なんだけど、本当に健気《けなげ》にふるまわれたの。高野山から派遣されてきた若いお坊さんや、ボランティアセンターからきた男子学生が、瓦礫《がれき》撤去作業をしてた。その人たちに、食事やお茶の面倒を見たり、水をもらいにくる近所のお年寄りたちのお世話をしたり、休む間なしに働いて、それでいて、小学校に避難している息子さんに、きっちり気配りをして……人間て、こんなに強くなれるものか、ほんとに感服させられたの。なのに、学校はその母子をはじき出すのね。一体これはなんなのか、私考え込んでしまうのよ」

英二は相づちが打てない。学校がこどもをはじき出すなど、考えられない。あの修羅場《しゅらば》で、教師たちが己れの家庭をかえりみず、交替で学校に詰め、避難所の運営に尽力したことは事実である。そのうえ、教え子たちの消息を訊ねて、壊滅の街を駆け回る教師たちの姿は、連日マスメディアが報じていたではないか。

「美紗さん、おれアホやからようわからへんけどな、学校とか教師が生徒をはじき出したいうんはなんか違うんとちがうか?」

「もちろんその通りよ。教師が意図的に生徒を排除するなんてありえない。一般論ではそうだけど……」

「だけど、どうやいうねん？」

英二は詰問《きつもん》調になった。が、そういいながら、やや胸のうちで流れが淀んでいた。実習打ち合せの日に会った吉田教諭が「教師は日々たたかう神、仏にさせられるんや」といっていたのが耳の底に残っている。だれがたたかいの相手やろうかと思った。そして、「させられてるんや」といったが、だれによってなのか、このところ、マスコミが徹底的に教師バッシングを繰り返してきた。その結果、教師の社会的地位が地に落ち、今度は権力の末端として造り変えられようとしている。

「ねえ、私も自分が教育現場に立っているわけじゃないから、本当のところはわからないけど、一生懸命やればやるほど、結果として生徒をはじき飛ばしている。そういうこと、考えられない？」

「落ちこぼすと、はじき飛ばすは、全然違うでえ。腐りかけた蜜柑は早めに外へ捨てろ、いうわけやろ。おれらは、そのはじき出されたほうやったけど、少なくともおれの友達やったやつなんか、見た目がへんやっただけで、ほんまは腐ってへんかった。みんな街のええ若いもんになっとるわ」

しゃべりながら英二は気持ちが晴れない。どこか、優等生の美紗と視点の差異を感じて淋しくなる。

「うん、非行も大変だけど、今もっと深刻なのよ。その息子さんのような、ちゃんと家で育てられてきているはずの生徒から学校が居場所を奪うというケース、つまり、一見理由なき不登校が急増しているの」

「そうかなあ。おれらの時代かて学校サボッてたヤツおったで。医者の息子とか、大学教授の娘とか、もともと成績のええヤツやったけど。普通に学校にきてたらなんもなかった思うけどな、教師とか学校に反発したいんやったら学校にいってやったらええやろ。それせんとただ家に籠城《ろうじょう》してんねんな。わけわからんかったで、やっぱり。ひょっとしたらあれは一種のストライキやったんやろか」

そのころは一般的にまだ不登校生がマイナーな存在だったが、今はもうどこにでもあるものとなった。ここまでくると、不登校生をやるのに、命がけの決心をすることもなくなり、学校もそう深刻にならなくなっているのではないかと英二は思った。行かなければと思うとしんどいが、行かなくてもいいとなると、こんな気楽なことはない。

「不登校だけやあらへんわ。高校中退して、いや卒業してもプータローしてのんきに暮らすヤツがごろごろおる。新自由主義が、こどものとこまではびこってきたん違うかなあ。学歴とか、資格とか、慣習とか、個人の前にある社会的壁がむなしくなって、どうせリストラされるんやったら、はじめからフリーでいたれて思てるんやないか。西宮のその子かて、案外肩の力抜いて、のほほんとしてるかもしれへんで……。うん、おれ、なんか変なことというたかな」

英二は、聞きかじりの新自由主義などということばを使って背伸びしたものの、この時期になって、将来が定まらないまま、のほほんとしている自分は何だ、と自問し、口をつぐんでしまうのだ。

とりあえず教員免許証をと考えて、必要な単位をそろえてきた。当然、教育実習もクリアーする。しかし、学校教育の現場をちらっと垣間見《かいま》ただけで、早くもたじろいでいるようでは、福祉の実践家の道を選ぶことも危うい。西宮のその寺の子に会うべきかどうか、判断の難しいところだ。

が、今判断すべきは、そのことではない。美紗の思いを、自分が素直に受け入れるかどうかなのだ。議論ではなく決意なのだ。

「美紗さん、西宮、行くわ。その強い母さんとやさしい息子さんに会うてみる。おれがなんか力になれるとは思わへんけどな。」

英二は、これまで自分では気配りのつもりでしていたことが、実は、意志の曖昧《あいまい》さにすぎなかったのではないかと思った。気配りの前になすべきは、自分の意志決定なのだ。よし、そうなれば自分の進路は、自分が決める。そう考えると気が楽になった。大学院も、西宮行きも、そこが決まればおのずから決まる。そして、自分は福祉活動家の道を歩もうと腹をくくった。

「そう、行ってくれるのね。うふふふふ、実は、先方には行くからって約束しちゃってるの。私、英二さんがきっと行ってくれると信じてたもんね。ねえ、英二さん」

「うん、なに?」

また香りが流れてきて鼻をかすめた。英二は、美紗がじっと自分を見つめている気がして目のやり場に窮《きゅう》した。

「ス、キ、ヨ」

美紗の唇が、英二の耳たぶにかすかに触れた。英二は心臓が熱くなるのを覚え、一瞬たじろいだが、振り切って言った。

「おれも……」

英二は初めての大きな決断を確かめるために、美紗の眼をしっかりと見つめた。そこにゆるぎのない深い光りがあった。

ふとその光りが優しい色に変わった。美紗が手もとのバッグからティッシュペーパーを二枚とりだして英二に差し出し、床の蜂を見て目くばせした。英二は蜂の死骸をそのペーパーにのせ丁《てい》寧《ねい》に折り畳んで立ち上がった。

その週末に阪急電車で四条大宮から十三に出、そのまま神戸線で西宮北口まで行く、ということを美紗が決めた。美紗の下宿は京都御室にある。京福電鉄で御室から北野白梅町まで十分、英二の下宿が、その北野白梅町を西に入ったところにあった。英二は美紗の下宿の場所など、思いつきもしなかったが、あまりの近さに驚いた。待合いスポットを決める段になって、初めてそれがわかったのだ。さらに仰天したのは、美紗が英二の下宿先を知っていたことである。教えたおぼえがない。聞けば、アルバイト先で提出した書類を盗み見て覚えてしまったという。それにしても、どうしてその時他人の住所など覚えようとしたのか。それも、聞くと「私、英二さんに一目惚れしちゃったの。だからよ、あはははは」とあっさりと言った。まるで手の内で転がして、もてあそばれているようだ。

「神代の昔から、恋は女がいい男を選ぶことになっているのよ。知らなかった？」

美紗がまた笑った。「強いなあ」と英二は呆気《あっけ》に取られた。そして、ならば、こっちもあとに引かんぞと心を決めたが、それは蟷螂《とうろう》の斧《おの》の体《てい》で、思わず苦笑いをした。

英二は定時制高校時代に島崎藤村の「落梅集」を教わった。教師がやけにこの詩集にいれこみ、いくつか暗唱させられた。今も唱えることのできるものがある。その中の一節が、ふと脳裏に浮かんだ。「もしや我、草にありせば、野辺に萌え、君に踏まれて、かつなびき、かつはほほえみ、その足に触れましものを」教師はエピソードをまじえて、この詩の鑑賞を聞かせた。英二は、それらを全部忘れたが、耳に心地よく、口に唱えやすいため、この一節が記憶にとどまっていた。女が毅然《きぜん》と優位に立ち、男が野辺の草一本になってでも、女におもねようとする。こんな愛すべき男心が、この際に口をついて出るのが、おもしろい。

「おれは今恋に陥ったのか」などと自分をからっとした心で見ているのだ。美紗が自分を信じきって、笑い転げてくれている。その楽天性が英二の心を軽くし、一人の若者に引きずりあげた。

その週末の日の朝八時、北野白梅町の駅前は、地面が黒くぬれていた。が、中空は、一面真っ青で西風が心地よい古都の五月晴れだ。五分と待たないうちに、美紗が改札口に姿を見せた。上がブラウスで、アイボリーに小さいオレンジ色の小花柄、手首のところで袖を大きく折り曲げている。下がまたスカート、膝が隠れるほどの丈で、上品なベージュの無地である。足許も、いつものスニーカーでなく、かかとの低いオレンジのオープントウを履いている。英二は気後《きおく》れして呆然となり、ことばが出ず、胸の中でウオッと吠えた。

「お待たせ。ごめん！　待った？」

ひきしまった声が辺りをはばからずに透き通って走った。英二はわけもなく恥ずかしくて、急に喉がからからになるのを覚えた。顔面に体中の血がのぼってくる。

「英二さん、ごめんなさい。怒ってるの?」

今度は、美紗が声を落として本気で気遣った。こういうとき、いったい男は何というべきか、「似合ってる」とか「可愛い」とか言うべきなのか。英二は、自分がそういうことばを使うのは、どうみても変だと思った。

「いいや、怒ってなんかいやへん。その格好や」

「私、何か変なもの着ているの?」

「うん、愕然《がくぜん》として声なしや」

「何よ、はっきりおっしゃい。どこが変なのよ、気になるわ」

信号が変わり、小鳥の鳴き声で童謡が鳴りだした。美紗の肩が英二の腕を押した。二人は小走りで横断歩道を渡った。

「ボク、今までそんな美紗さんを見たことない。スカート姿は初めてや」

「あら、そうね。実を言うと、私もくにに帰るときぐらいしかスカートはかないのね」

バス停はすぐ近くにあった。他にバス待ち客がなく二人きりで待った。

「西宮て、そういうおしゃれせなあかん家なんか?」

「何とんちんかんなこといってるのよ。京都も西宮もないわよ。私、仁和寺で思ったの。あそこであったカップルの人たち、みんな素敵な服装してたのね。私、あなたに告白したあと、これはこんなみすぼらしい格好で言う科白《せりふ》じゃなかったと気がついたの。そう思ったら、英二さんはきっとこんな無神経な私が嫌いになったんじゃないかって心配になって、あの日から、ずっと落ち込んでたの。お転婆娘もレディーに変身よ」

「けど、これからずっとそうしたいわけやないやろ」

英二は皮肉とも、催促ともつかない言い方をした。

「ううん、私らしさをなくしたくないから、最低あなたとのデートのときは、おしゃれするわ。お化粧もしようかしら?」

英二は「あなた」と呼ばれるのが、どうも照れくさい。が、大人になった実感がした。

「化粧? そうやなあ、うちの母さんは、毎日念入りに化粧やってるなあ。なんで化粧するんか聞いたことないけど、母さんなりの美学を持ってるんやろ。ようわからん」

「西宮の奥さん、ノーメイク美人よ」

素っぴんの美紗が白い歯で笑った。そこへバスが来た。英二は美紗の背をついて先に乗せた。美紗の背がやわらかく、目の前に見たうなじが、真っ白の蝋だった。

市バスが西大路を南へゆっくり走る。北野白梅町の東西筋が一条、西大路御池が二条、そして、西大路三条、その次が西大路四条、そこで降りると、阪急電車の駅「西院駅《さいいん》」がある。阪急電車京都線に乗り換えて十三《じゅうそう》に向かった。英二は大阪育ちだが、京都で遊んだことがあまりなく、京の街をよく知らない。英二の知る京都は、R大学周辺のほか、学生コンパの街、白梅町ぐらいだ。英二のような都会の田舎っぺは多い。大阪の友人たちもたいがいそうで、実際、キタやミナミの地下街さえ精通しているわけではない。

「ワルガキ」といわれていた時代、仲間と千里や江坂、ときにキタ、ミナミの繁華街をうろついた。が、せいぜいパチンコ屋かゲームセンターでくすぶっていただけである。行動範囲は広いが、居場所は点でしかない。国道二号線はじめ、大阪の大きな道路を行き来した。しかし、それは暴走族の勇姿を見物するためであり、その時の居場所もやはり点であった。存在意識も、自己主張もない連中は、それは、全て親や教師に捨てられたからだと言って、大人との知恵比べゲームを楽しんでいたが、英二の仲間たちだけは「人のせいではない。これがおれの生き方や」という自負を持っていた。

　英二はS中用務員の小田や、高校教師との出会いを経て、美紗と出会い、やっと「福祉」の道にたどりついた。その道はあの「存在意識も自己主張もない連中」を見なおす道なのかもしれない。英二はそんなことをぼんやり考えていた。二人は車両の中程で、吊《つ》り革《かわ》につかまって並んで立っていた。美紗も何か考え事をしているのか、黙ったまま窓外の景色の流れを追っていた。茨木駅を過ぎたとき、美紗が肘で英二の脇をつついた。

　英二が美紗の顔に視線をやると、美紗が眼とあごで、右後ろのほうを指した。ドアーのそばで向き合う十代後半らしい男女が、腰を密着させ、唇と唇をちょんちょん触れあい、その都度、眼を見交わしては笑んでいる。その車両には立ち客が数人しかいないので、彼らの向かい側の席の客に丸見えだ。

　露骨に見続けることもならず、目線に困った英二は、客席の反応をちらちら見た。じっとにらむようにして見ている、中年の女性が目にはいった。口を引き締め、眉間にたてじわを寄せて怒っていた。二人の若い女性が顔を見合わせて、ひそひそ笑いをしている。文庫本に目を落としている中年男性が、時折彼らを見る。落ち着いて読んでいられない素振りだ。

「あいつら周りのこと、気にしてないみたいやな。こっちが恥ずかしいわ」

英二が声をひそめて美紗にささやいた。

「オープンね。どなたにも迷惑かけてませんって感じ。辺りをしっかり意識して、目立ってるのが嬉しいみたいよ」

「おれらとそう変わらんのに、ようやるで」

「でも、結婚披露パーティで、先輩たちが新郎に頑張れって言って含み笑いしあうのとはちがう、新しい文化かもね」

「なるほどな。ううん……」

英二はある映画のシーンを思い出した。雪の原野で、キタキツネのつがいが出会いをし、交わる場面だった。微笑ましく美しい絵だった。目の前で眼を閉じている老紳士が、二人のささやきが聞き取れたのか、口元と頬を笑ませた。吹田駅でカップルが降りた。胸の中で凝視していた乗客たちの肩の力が抜けた。

ほどなく電車が十三《じゅうそう》駅に滑りこんだ。ホームに降り立ったとき、英二はあわてて辺りに目を配った。友人知人に出会ったら美紗をどう紹介するか、決めていなかったのだ。

「友達にどう言おう？　美紗さんのこと」

「どうして？　クラスメイトでしょう。あ、そうか。彼女ってまだ言えない？」

「美紗さんが会津で友達に会うたら、おれのことどう言うかな？」

「私の彼、恋人、好きな人、愛する人、もう全部言っちゃうよ」

見上げる美紗の眼がうるんでいた。すがりつくような情愛の眼差しである。いとしい！　英二もまた、まばたきを忘れて美紗の眼に愛をそそいだ。初めての感動である。英二は、青ざめ、息を震わせた。

「うれしい」

そういうと、美紗はさっと英二の左側に回って、肩を寄せながら、英二の手を握った。すべすべとして、やわらかく小さな手だ。あまりに小さくて、握り潰しはしないかと思うばかりだった。美紗は手に力を入れず、英二の手に預けたままにしている。英二は親指の腹で、その美紗の手の甲をいとしみながらさすった。

しかし、英二は困った。やはり人の眼が気になる。恥ずかしいのと、手をつかんでいたいのと、両者に攻められた。美紗の手は「ここから先は、あなたがリードする番よ」といわんばかりに、英二の手に預けられたままだ。地下道を歩きながら「かわいい手や」と早口で言った。「うれしい」とまた美紗が言った。英二はその瞬間から手が放せなくなり、握り続けることにした。「男性の手ってずいぶん熱いのね」と言って、美紗が初めてぎゅっと握りしめてきた。英二も反射的に握った。「痛い」と美紗が大きな声を上げたので、英二は思わず手を放した。

二人は神戸線のホームに出た。何となくいつしか感じていた、薄い頼りなげな懸想《けそう》のベールをはぎ取り、はっきりした厚手《あつで》の恋ごろもに装いを改めた。生まれたとき、母がへその緒を切った。今二本めのへその緒を、自分から切った。英二はそんな気がした。この女性が、自分の生涯の伴侶となるかもしれない、という覚悟で交際しよう。結果は時間が決めてくれる。

ホームの中程まで進んだとき、都合よく急行が入ってきた。二人は乗り込んで、車両の端っこに並んで立った。急行は十三駅を出ると、やや北よりに走り、神崎川を渡った。園田《そのだ》を過ぎてから一路西に向かう。行けども行けども、くすんだ市街地がひしめき合い絡み合う。

窓外の右方に淡いスモッグ、その向こうに青空が広がり、旅情が感じられたが、左方を見ると、だくだくたるダークグレーの厚い層が、奥深く沈んでいた。英二が窓外の空を覗くように見ているのに気づいた美紗が、何？　という顔で同じように目を凝らした。

「北と南で、風景が全然違うみたいね」

「そう、美紗さんの心境は北？　南？」

「私は北よ。でも、英二さんは今はきっと南でしょう？」

「ううん、北と南が共存して震えてるわ」

「西宮が近づいたので、緊張してきたのでしょう。私の脅《おど》しが効いたのね、ははは」

普段の美紗になって、英二の心をもてあそび愉快そうに笑った。胸のうちを見透かされた英二も、いつものように苦笑いを返すしかない。美紗のことばで、英二は西宮のその少年に、かすかな敵意を感じた。気位ばかり高くて、他人を見下すような、陰気で生意気なヤツに違いない、不登校生なんて大体そういうガキじゃと思った。

「緊張しなくてもいいわよ、大丈夫」

まるで不安げな受験生を励ます母親のような言い方だ。車内アナウンスが、間もなく西宮に到着することを告げた。

「英二さん、正直ね。眼が釣り上がってる」

西宮駅前は、鉄骨と大型機械に囲まれていた。それは復興ではなくて、まったく新開発であった。仮設の通路を、矢印にしたがってうろうろと巡り、北側の出口を出た。倒壊家屋のあとらしいものはどこにもなく、そこには、更地《さらち》と大きな道路だけがあった。かつてあったはずの、民家の懐しさが消えた。震災前の街の姿は、想像するしかなかったが、英二は「つぶされた」とはっきり感じた。生き残っても家と故郷、丸ごとホームレスにされた、そういう人々の中におれが入っていく。すでに道を閉ざされて、死を選択した人がいる。英二は心底から気欝《きうつ》になった。

もしこれが十三《じゅうそう》だったら、まずションベン横丁は消える。肩寄せあって営々と続けてきた、たこやき屋も、お好焼き屋も、あの映画館も、やってはいけないだろう。ボランティアって何なのか。福祉政策論、社会病理論、発達論など大学で講義を聴いてはきたが、何もわかっていないし、忘れてしまった。商売上手の自治体神戸市は、「がんばろう神戸」のキャンペーンでいきまいている。

都市政策研究で著名な、わがR大のM教授は何か動いているのだろうか。英二は、美紗が大学院を進路選択のひとつにいれた気持ちがわかったような気がした。英二自身は学力の面で無理だが、美紗を理解する男にはなれると思った。

前を行く美紗が歩きながら、投げ出すような溜め息をついてことばを吐いた。

「ほら、この更地《さらち》も、道路も、私たちが瓦礫撤去《がれきてっきょ》を手伝った家の跡よ。あちこちに雑草の群れが見えるけど、まるで涙と血を吸って生えてるみたい……」

声が小さくなり、聞き取りにくくなった。美紗は立ち止まり、ひとつのくさむらをじっと見つめて言った。

「この家のおじいちゃん、避難所の小学校で、私が食事とか、お風呂とか、少しお世話してあげたんだ。伊丹のプレハブ仮設住宅にやっと入れた、あの年の夏に、孤独死しちゃったの。やりきれないよ。おじいちゃん、当時七十九歳だったの。腰と膝が痛くて、思うように歩けなかった。息子さんが海外勤務とかで、連絡がつかないっておっしゃってた。寂しいとか、辛いとか、一言も聞かなかった。逆に、私を励ましてにこにこしてらっしゃった。あの年の人たち、本当に強いのね。でも、何《なん》にも求めないで、独りで死んでいくなんて、こんなこと、たまんないよ。寂しすぎるよ」

飼い主を失って野良猫になったのか、汚れた猫が三匹、雑草のなかから、鋭い目つきでこちらをうかがっている。野良のようにひたすら生きるというたくましさを、人間は持っていない。寄り添って生きることができなくなったとき、人は死を待ったり、自ら死に向かったりする。戦後、何年もジャングルの中で独り生きぬいた、という元日本兵がいたという。彼が寄り添ったのは何だったのだろうか。英二は、これから会う少年の眼を想像した。美紗が涙を拭って振り向くと、苦笑いをした。

「英二さん、ほら、あそこに小さな木の立て札が見えるでしょう。あの横のプレハブ、あれがお寺のあった場所なの」

美紗はそう言うと、百メートルほど先のプレハブに続く道を歩きだした。

「ねえ、いい？　緊張がいちばんの毒よ。あなたのいつものゆったりずむが妙薬《みょうやく》なのよ」

「美紗さん、そう言われるのんがかえってプレッシャーになるでえ。おれ、そないに強い人間やない。あの猫の攻撃的な目を見て、びびったくらいやから」

道路の角々《かどかど》に棒杭が立っている。大小看板の列だ。土地所有者の看板であったり、建築業者の告知板であったりする。震災後の、土地境界線問題がシビアであることは、容易に想像できる。ましてや今がチャンスとばかりに、都市区画整理事業がかぶさってきた。素人の一般市民が、行政当局と業者相手に対等に渡り合えはしない。無数の、泣き寝入りドラマが街中に起こっていることぐらい、英二にも分かることだ。

いくつかめの角《かど》を左に曲がると、十メートル先にやはり杭が打ってあり、一メートルの高さの位置に、小さな板が張りつけてあった。そこに白地に黒のマジックで西方寺《さいほうじ》とあり、矢印が左に向いていた。その立て看板のすぐ横に、プレハブの物置、続いてやはりプレハブの二階建家屋があった。南側が玄関になっていた。美紗が、慣れた様子で玄関の戸を引き開け、中をのぞいた。

「ごめんくださあい。こんにちは」

中から強い香気が漂い出て、突然ここが寺院であることを意識した。

「いらっしゃい。お待ちしてました。ようこそおいでくださいました。お忙しいのに遠いところわざわざのお越し、ほんと、ありがとうございます。さ、どうぞ。上がって」

部屋の奥からすり足で出てきた奥さんは、フローリングの床に正座し、膝に両手を揃えて、まるで台詞《せりふ》を読むかのごとき口調で、口上をのべた。声帯をきちんと震わせた声で発音するので、ことばが明瞭であった。

面長《おもなが》な輪郭の顔に、くっきりとした山型の眉で、小鼻がきゅっとしまっている。首筋の白さに比して、顔が小麦色に焼けている。上は、ベージュに薄いグリーンの横縞のボーダー、下は、七分丈の白いパンツ姿である。お寺の奥さんというから、和服だろうという先入観があったが、見事はずれた。美紗も菩薩顔だが、奥さんもどこか、奥行きのある年齢不詳の面立ちだった。

「とにかく上がらせていただこうよ。じゃ、お邪魔します」

美紗が後ろを向いて、英二を促しつつ先に靴を脱ぎ、手で揃えておいて上がった。英二も同じようにして上がった。部屋の正面に祭壇があり、奥に黒っぽい衲衣《のうえ》姿の如来座像が見える。金箔の蓮華座《れんげざ》が煤《すす》けて古めかしい。二人が、部屋中央の座敷机の前の座布団の横に座ると、奥さんが一メートルほどさっと下がって正座になり、二人に向かって、両手の指をついた。

「いらっしゃいませ」

額が床についているかと思われた。英二達もあわてて両手をつき、同じようにお辞儀をした。英二はことばが出ない。こういう場合の挨拶ことばを知らないのだ。美紗が何やら言っているが、聞き取れない。奥さんは背を立てると、机の上の、大きな黒い漆塗《うるしぬ》りの盆に並べた、茶器を取り出した。そして、横のポットの湯を、大きめのお碗に注ぎ、湯さましをしながら、急須に茶葉をいれた。ついで、木製の朱塗《しゅぬ》りの平皿に盛った、紙包みの菓子を二つずつ取って、小皿に分け、二人の前に置いた。

「頂き物ですけど、召し上がってちょうだい。いま、お茶が入りますから」

奥さんの話しぶりが、紋切型《もんきりがた》から普段着の口振りに変わった。英二はほっと安堵した。英二の母も、父の会社の顧客や、久方ぶりの友人などがあると、よくこうなる。外交用の声や作法が、自然に身についた人である。どんな立場の相手にも対応できる大人になるためには、こういう紋切型も自在に使いこなすべきだ、ということを教えてくれたのだ。たかだか大学生を相手に、この応対の仕方はちょっと大袈裟《おおげさ》すぎるといぶかっていたのだが、美紗の平然とした様子をみて、ははあんと気がついた。

「久保さん、ご紹介します。こちらが、この前お電話でお話しした、川田英二さん。R大の同期生です。川田さん、こちら、西方寺のご住職の奥さんで、久保啓子さん」

美紗がひとつうなずいて、目で英二に合図した。

「初めまして、川田英二です。R大で社会学の、主《おも》に福祉関係を勉強してます。山口美紗さんとは同期ですけど、歳は、ぼくが三つほど上です。家は大阪の淀川区、十三《じゅうそう》ですけど、今は京都の右京区で下宿してます。年《とし》いってるんは、高校一年のはじめに中退して、そんで、定時制高校にいったりしたもんで……、中学校時代、ちょっと問題生徒やったんですわ。えらいすんません」

英二は、自分が挫折を重ねてきたことを、できるだけ素直にさらけ出そうと考えてきた。最初のつかみが大切だ。ここで母子に構えられたら、それでおしまいである。奥さんの反応が分からず、こわかった。

奥さんははじめ硬い表情だったが、英二の顔を見つめているうちに、目も、頬も、口元も、次第に弛《ゆる》んでくるのがわかった。奥さんはお茶を入れてすすめた。ぷんと茶の香りが立って、線香の匂いに混じり、空気を和らげた。

英二は菓子のひとつを手に取り、「いただきます」と言って、包み紙を解いた。中は栗饅頭だった。二つに割って、一片を口に入れた。よく噛まないで飲み込もうとしたら、喉が詰まってむせびそうになった。急いで湯呑みを取り、茶を飲んだ。あわてて飲んだため、飲み込むタイミングがずれて、ごっくんと大きな音が鳴った。奥さんと美紗が同時に笑った。よかった。英二はほっとした。

「うちの子、清隆《せいりゅう》といいます。清《きよ》いに隆起《りゅうき》、興隆《こうりゅう》の隆《りゅう》。不登校歴、ほぼ一年半ですの。小学校六年生の夏休みがおわる頃、何となくふさぎ込むようになって、二学期初日からぱたっと登校しなくなったの。そして、年が明けて一月の大地震でした。小学校の担任の先生が、誠実で熱心な男の先生で、それはもう一生懸命かかわっていただきました。清隆と先生の相性《あいしょう》もよくて、申し分なかったんですけど、問題は、友達関係だったようです。はっきりとは言えません。というのが、清隆に問題があるのか、お友達に何かされたのか、肝心のそこのところが分からないまま、震災を受けて、卒業ということでしたから……」

奥さんの話し方が淀みなく、樋《とい》を真っすぐ流れる水のようだったので、英二は気圧された。

胡坐《あぐら》を組みなおしたり、お茶をすすったり、腕を組んだり、外したりしながら「はい、はい」と相槌《あいづち》をうつばかりだった。

　小学校の担任は、毎月曜日の朝、寺に誘いにきた。連絡帳やプリント類を、毎日、クラスの生徒を通じて届けてくれた。テストや宿題も、かならず届け、採点をして返してくれた。清隆の母は、仏に救われたようなありがたさに、何度も涙を流して感謝した。が、事態は何も変わらなかった。大震災のあと、担任は清隆を普通に卒業させ、中学校に詳しく事情を説明してくれた。中学校の入学式はグランドで行なわれた。その時会った中学校の担任は、女性教師で、奥さんとほぼ同じ年配の人だった。その担任の教師は、過去に卒業させた、多くの教え子たちの悲報に、毎日泣いていると言った。

　担任の紹介で行った、市の教育相談室で元校長に話を聞いてもらったが、ノートにメモを取るばかりで、話がおわると、もう聞きあきた評論家のような教師批判や、一般論をあれこれしゃべるだけだった。奥さんは、今は教育委員会や学校に解決の力がないのではないかと思った。

　英二の脳の回路がこんがらかって、頭の鉢が熱をもってきた。教師だの、僧侶だの、偉い人が手におえないというのに、なぜ、今自分がここに招かれているのか、意味が分からない。美紗はと見ると「あなたどうする?」というような顔で、助け船をだす気配もない。だいたい清隆なんて名前が子どもにうけないんや、などと理屈にならないことを考えた。そして、少々意地悪い言い方をしてみた。

「それで?」

「ごめんなさいね。大ざっぱすぎてよくお分りにならなかったかもね。あの日の朝、隣の部屋の清隆もすでに起きていたらしいの。私はまだお布団のなかでした。突然地鳴りがしてがくっと体が沈んだ。息を飲んで次の動きをうかがっていたら、ゆっさゆっさと横揺れが始まったのね。神仏の業《わざ》とでもいうのかしら、何かの意志が働いているような、怖い動きだったわ。同時に、裂ける、割れる、ぶつかるといった、さまざまな音が、いっきに起こったの。その倒壊の音響と、余震とが重なって襲ってきた。その時、やっとこれは地震やってわかった」

奥さんの顔が青ざめ、涙がいく筋もしたたった。英二は驚いた。その明快で沈着な人柄に感服し、安心しきっていたところに突然の涙である。人々は、震災直後から救援活動に夢中で取り組んだ。そして、廃墟《はいきょ》の始末と復興にいそしんでいる。が、心の地獄変は、今始まったばかりなのだ。英二は、自分がもののうわべだけ見て、真の道理が見えない、朴念仁《ぼくねんじん》なのだということを思い知らされた。

恥ずかしさに耐えられなくなって、美紗の顔をちらっとぬすみ見た。その眼が真っ赤になって涙があふれんばかりだ。美紗の体内に、奥さんと同じ人間の血がたぎり、何かがほとばしっている。だのに、英二はいまだそれが実感できない。さぞかし、おれの顔はアホ面《づら》をしていることだろうと思った。奥さんが、また話しだした。

「私の寝室は二階でして、家そのものは、やや傾いていましたが、倒れませんでした。住職がこわれた窓の外を見て、本堂がないといいました。部屋の床は、テレビだの、人形だの、書籍だのが山になって、足の踏み場がありません。私は、隣の清隆が心配で引き戸を開けようとしましたが、全然動きません。住職が戸をばんばんたたきました。すると、少し遠くでだいじょうぶ？という声がしました」

住職夫婦は、戸を打ち破り廊下に這い出て、やはり閉じこめられていた清隆を助けだして、建物の外に出た。庭に立ったとき、三人は愕然《がくぜん》として立ちすくんだ。本堂が倒壊、廃棄物の上に瓦屋根を乗せた感じになっている。そして、廊下続きの離れ座敷が、完全に崩落して、無残な姿を呈していた。先代住職のおじいちゃんとおばあちゃんの姿がない。信じられないことが現実に起こったのだ。

離れの祖母が遺体で運びだされたのは、その日の夕方、本堂で祖父が発見されたのが、翌日の早朝だった。いずれも、近所の檀家《だんか》や、駆けつけてきたボランティアの手によったらしい。

奥さんの話は、静かな調子に戻っていった。

「学校の先生方には頭が下がりましたよ。もうその日のうちに校区を巡視して、こどもの安否を確認して回られたんです。私、こられた担任の先生にお尋ねしたんですわ。そしたら、先生のお宅もほぼ全壊やったておっしゃったのよ。ジャージ姿の先生は、唇の色がなくなってた。私は、聞き取りを終えて、学校へ帰りはる先生の後ろ姿に、両手を合わせました。うちかてお寺や、父さんに協力して、しっかりしようて、清隆に言い聞かせました」

清隆は無我夢中の数か月、健気《けなげ》にふるまった。しかし、一段落ついて避難所の体育館暮らしが始まると、また口数が少なくなった。中学校には、入学式に出たきり、一日も登校しなかった。教師たちの多忙さを考えると、学校との連絡帳などを求めるのは、酷《こく》だと思われた。奥さんは、清隆と会話ができるだけでも幸せだと思うようにした。ただ、奥さんは、清隆の胸のうちの怯《おび》えを感じながら、親として応《こた》えてやれないのが辛いとこぼした。

出席日数が絶対的に不足しているが、学校が苦心惨憺《さんたん》して、いろいろカウントし、二年生に進級させてくれている。清隆は、しかし、不登校を続けていたのだ。英二は、自分が一つの命を預かる大人としての緊張を覚えた。

「私思うの」

じっと無言でことばを控えていた美紗がぽつんといったあと、続けて言った。

「今、学校がえたいの知れないヌエみたいになっちゃった。学力が受験力になって、その部分は塾が引き取ってしまったし、スポーツは、野球からゴルフまでプロ養成所ありだし、音楽、ダンス、もう何でもありね。学校という集団は、社会が必要としなくなったのかしら。親と子でも、友達どうしでも、忙しくって互いにすれ違って生きてるみたい。携帯電話で連絡したりしてるよ」

「うちの清隆は、本当は人一倍みんなと一緒にあそんだり、勉強したりしたいの。でも、そういうの、今のこどもたちは、うっとうしがるみたいねえ」

「いや、学校へ行ってみたら、どうも先生方自身、ひとりひとり孤立してるみたいでしたわ。近く母校に教育実習にいくんですけど、何となく、行きたいちゅう気がせんのです。先生方の顔が疲れきってる感じ」

英二は生徒のいない場での、教師の印象を率直にかたった。親はともかく生徒からさえあまり期待されていない、そんな空しさを英二は母校で感じていたのだ。それにしても、今美紗に助けてほしかったのとは違う方向に話題が移っている。こんなままで清隆に会っても、何も出てこないではないか。

「山口さん、久しぶりにお会いして懐しかったのですかね。ちょっとはしゃいでしゃべりすぎました。ごめんなさいね」

奥さんは、英二と美紗の飲み残しの茶わんを寄せて重ね、横の盆の上に伏せてあった新しい湯呑みを取って、茶托にのせた。話がひと区切りついた、という合図だった。奥さんは「ちょっと失礼。上にいますから」と言って、よいしょとばかりに両膝を手で押さえ、ゆっくり立ち上がって、階段を上っていった。英二は「しびれた」といって足を伸ばし、両手をあげて背伸びした。

「英二さん、ありがとう。あなた素敵だったわ。奥さん大満足だって、私にちゃんと合図して上にあがられたの。あのね、結局、学校も教育委員会も親身《しんみ》になって相談にのってくれなかったらしいの。さっきの元校長の教育相談もね、まるでケーススタディの教材ファイルを作ってるみたいに、相談中ずっと記録するのに熱中してただけだったの。聞きもらしたら、再度聞きなおして克明に書いてたんだって。奥さん、途中で相談する気がなくなったっておっしゃってた。

でも、英二さんの顔は、奥さんにとって本当にありがたい顔に見えたと思うわ。震災後、奥さんは、お寺さんという立場から、人様の苦しみとか、悲しさを聞いてあげるばかりだったのね。自分のところに大きな犠牲を出したというのにね。だれにもよっかかれない、辛い気持ちを一人胸に抱えこんで耐えてたの。それが、今日いっきに全部吐き出した感じ。あなたが同情っぽい顔を見せなかった。英二さんなら、きっと清隆《せいりゅう》くんの気持ちもちゃんと受けとめてくれる。そう思われたにちがいないわ」

「そら、買いかぶりや。ぼくは鈍感なだけ」

「いいえ、そうじゃない。清隆くんも大きいけど、あなたの胸はずっと広くてあったかいのよ。私分かるの」

天井で人の移動する気配がした。仮設プレハブだから、音と振動が直線的に降ってくる。清隆という少年が、奥さんの後ろについて下りてきた。胸の辺りに、白いロゴマークのついた、紺色の七分袖Tシャツに、デニムのカプリパンツをはいている。一見細身に見えたが、奥さんに促されて膝をそろえて座ったとき、改めて見ると、むき出た腕や太ももは、浅黒く、筋肉の太い筋が走っていて、たくましい。結構鍛えているな、と英二は直感的に読み取った。奥さんそっくりな顔立ちである。不登校生だというから、色白で腺病質な、虚弱体型だろうとイメージしていたが、まるで違っていた。自称体育会系の英二にはうってつけの相手だ。

つかみやすいと思うと、張り詰めていた神経がふっと弛んで、ついにやりと笑って少年を見た。しかし、清隆《せいりゅう》少年のほうは硬《かた》かった。まず、英二のでっかい体つきに反発した。一瞬、視線を反らし、ためらったが、すぐににらみ返し、構えた目つきで唇をひきしめ、ぐっと奥歯を噛みしめた。

「清隆くん、足をくずして」

美紗が自然な笑顔で、やさしく声をかけた。英二が、ゆっくり机の上に両肘を突き、手を組んで、その上にあごをのせた。そして、あごをやわらかく上下に振りながら、ふんふんとうなずいた。たくまずとも笑顔になれた。清隆少年の目から怖《お》じけが引いた。

「清隆くん、この人、川田英二さん。お母さんから聞いてるでしょう？　私の大学のお友達なの。顔大きいねえ、ははははは」

奥さんが目を細めてうなずき、少年の表情をうかがう。英二と向き合って座っている清隆少年は、口を少し開けぎみに美紗を見た。英二はあっと思った。少年の眼差しが、無垢《むく》な赤子《あかご》の光になっている。美紗への信頼の目だ。ひょっとしたら惚れている。少年が素直に英二に会うわけがわかったような気がした。英二は、胡坐《あぐら》を解いて正座にかえた。目の高さが少年よりかなり上になった。

「初めまして、うん、とにかく、これからよろしく……」

英二は右手をのばし、膝立ちになって、机ごしに握手を求めた。少年は母親のほうを見て戸惑った。

「はい。友情の始まりよ」

美紗がそう言って、少年に向かって手をさしのばした。二人に握手を求められた格好になり、少年は、つられるように右手を出し胸で拭った。そして、そっと腕をのばした。三人が同時に握手をする形になった。英二が少年の手をがちっと握り、英二の手の上に美紗の手が軽くのせられた。少年は笑いきれずはにかんでいた。

「清隆くん、ここでいい？　あなたの部屋にいく？」

奥さんが聞いた。英二がそうであったように、中学生のわが子をくんづけで呼んでいる。

「ここで」と少年が初めて声を出した。スムーズなテノールで耳に心地よい。この声で読経したら、どんな感じになるのだろうか、などと余計なことを考えた。奥さんが美紗に目くばせをしてさっと立ち、二人して二階に上がっていった。二人申し合わせていたらしい。英二はどうきりだしたらよいかわからず、とりあえず、顔を見つめた。少年も悪びれず、真っすぐ見返してくる。瞬きをしない。

「自分、名前、どう呼んだらええか」

「清隆《せいりゅう》」

「呼び捨てでええんか。俺自身は友達なんか、ほとんど呼び捨てしてたから、やりやすいけどな」

「音読みは、尊敬と親愛です」

「なんやそれ？　ま、ええわ。ほんで、おれのことやけど、おれは川田英二で、普通みんなはエージャンてよんでた。それでかめへん」

「エージャン先生」

「先生はあかん、先生は」

「だったら、えーさん」

「おお、それええわ。これからそれでいこ」

「わかりました」

「清隆」

「はい」

「よっしゃ、せいりゅうとえーさんや」

英二は、この会話が屈託なく、自然に流れだしたのが素直にうれしかった。英二は、すぐに立ち上がって仏壇の前に進み、首をのばして覗きこみながら質問した。

「このほとけさん、何いうねん？」

仏壇を背にして座っていた清隆が、ゆっくり振り向いて、両手を床についてにじりより、端座《たんざ》して合掌した。

「阿弥陀如来《あみだにょらい》さんです」

「ほおう、阿弥陀如来。言われても、おれにはありがたみがさっぱりわからんわ。教えてくれるか」

「ぼくも解りません。亡くなったお爺ちゃんの話やけど、西の方の浄土にいたはるのが、この阿弥陀如来さんで、東の方にいたはるのんが、薬師如来さんやて」

「ふうん、ほんで、その如来さんて、なにさんやねん？」

「わからん。けど、ナムアミダブツいうでしょう。ブツいうのは漢字だとほとけと書くでしょう。そしたら、如来は仏と違うかなあ」

「そうか、アミダブツは阿弥陀如来か、なるほど。しかし、仏さんは本来一人違うんか。ややこしいな。ま、ええやろ。それにしてもこの仏さん、かなり古い作品やで」

「宇治の平等院の仏さんもこの仏さんと同じ阿弥陀さんやて。おじいちゃんは、これが大好きや言うたはった。平安時代の末ごろ、世の中が乱れたとき、落ち目になった貴族がさかんに信仰したんや」

「なんや、きみ、よう知ってるやんか」

「おじいちゃんの受け売りしてるだけ」

「ううん、よう見たらこの仏さん、ごっついハンサムやのお。目がええわ。全然動揺しとらん。体の肉付きがええ。栄養満点や。肩に布一枚かけてるだけで、肌丸出しや。格闘やらしたら、めっちゃ強いで」

「えーさん、芥川龍之介の『蜘蛛の糸』知ったはりますか」

「蜘蛛《くも》の糸か、まあな」

「あれ、極楽の仏様が、地獄の亡者《もうじゃ》の一人に蜘蛛の糸を垂らす話でしょ。あの仏様いうのはこの阿弥陀如来さんやと思うわ」

「ほう、なんでやねん」

「阿弥陀さんのいてはるところは、極楽浄土」

「あ、わかった。その極楽を仕切ってはるのが、阿弥陀如来さんちゅうわけや」

「うん」

英二はこの会話をかわすうちに、この子が学校不適応になるわけが解る気がしてきた。

亡くなった祖父が、この子に人間について、深いなにかを授けたのだろう。木下順二の戯曲

「夕鶴」のなかで、主人公のつうが与ひょうに対して「わからない。あんたのいうことが、何にもわからない」と嘆き悶《もだ》える、あのシーンを思い出した。与ひょうは生来《せいらい》純粋だった。それが金銭欲のとりことなった時、つうと共有していた世界から姿を消した。

清隆の周りには、変身後の与ひょうや、それをそそのかした惣どや、運づが、うごめいている。清隆は、変身する前の与ひょうのような友達に出会えなかったのだろう。さらに、与ひょうが、傷ついた一羽の鶴を救ったときと、同じ無償の愛で接してくれる教師にも、出会えないのだろうと思った。ひょっとしたら、美紗はおれを与ひょうとみなしているのかもしれない。だから、おれをここに引きずりこんだのだろうか。それにしては、この与ひょう、随分汚れた与ひょうだとおかしくなった。英二は、清隆が近所のこどもたちとわらべうたを歌い、遊び興ずるつうのイメージに重なるのを感じた。

〈回想〉中二時代②

「タンテーはほんまにきれい好《ず》きやのう」

オッチャンが漫画週刊誌のページをめくりながら言った。タンテーが自分のマンションの部屋をきちんと整えているのだ。

「しゃあないやろ。母さんに見つかったら、父さんにしばかれるんやから」

「せやなあ。タンテーの父さん、めっちゃ怖い。顔もおっとろしいわ」

茶髪のオッチャンは、Tシャツの衿に引っ掛けていたサングラスを取ってかけ、左手の親指と人差し指で、口を両側に広げ、右手の人差し指を鼻の下に当て、眉間《みけん》に縦じわを寄せてにらんだ。

「うわっはははは。オッチャン、似てるわ」

タンテーがオッチャンを指差してから、パンパン手を打った。英二はオッチャンの瞬間芸に、ただ感嘆し、気圧《けお》された。オッチャンはいつもギャグを考えているのだろうか、それとも、とっさにあのような芸がでるのだろうか、不思議だった。

中間テストの一週間前になったので部活動がない。午後四時には、こうしてタンテーのマンションにきてたむろできる。仲間のうち、成績トップクラスで生徒会副会長のコーゾーだけ、自宅で試験勉強にいそしんでいる。ナンチュウは、問題集などを入れているらしいバッグを持ってきているが、玄関の靴箱の上に放置したままである。

「腹減ったわ、タンテー何か食わしてくれ」

テーブルの一番奥の方に座って、トランプを一枚ずつ並べながら、ナンチュウが言った。

「何言うとんねんや。自分で金出して買うてこいや。どあつかましい」

「友達やんけ。食わしてもばち当たらへん」

言いながら、ナンチュウは真剣な目つきで、トランプを並べている。週刊誌を閉じて顔をあげたオッチャンが、冷蔵庫横の茶だんすの上に目をやったあと、ナンチュウに目とあごで合図した。茶だんすの上にはカップラーメン詰め合せの化粧箱があった。

「なんやもう、あれは、おれの夜食用に母さんが置いてくれてるんじゃ。食うな」

「うそや。おまえの母さんが、友達がきたら食べさしたれいうて置いたはるんやろ、ちゃうか」

「なんで分かんねん、オッチャン」

オッチャンはまたも英二を驚嘆させた。教師であろうと、友達の親であろうと、大人の行動の意図や裏を洞察し、的確で素早い反応をする。オッチャンに言われてみると、なるほどタンテーの母さんはそういうことをかならずする人だった。

「しゃあないわ、食えや。エージャン、あの箱おろしたってんか」

棚の近くにいたので、英二が動くことになった。箱を降ろし、流し台の上に置いた。蓋を開けてみると、カップラーメンが二列並んで入っており、みそ味と醤油味に別れていた。結局四人とも流しに集まり、めいめい好きなものを取り出した。流し台に電気ジャーポットが置いてあり、赤いランプがついて、湯が沸いていることを示していた。

「あれえ、これバーコードやから、一個なんぼかわからへんわ」

タンテーが真面目な口振りで言うと、オッチャンが両手を広げ、肩をすくめて言った。

「タンテー、おまえ、おれらに金払わせよう思とるんか」

一番にカップの蓋を開いて、湯を注いでいたナンチュウが、ちょうど目盛りまで注ぎ終えて、蓋《ふた》を閉めながら言った。

「わかった。コンビニでこれ売ってるから、おれ今度買うてきてタンテーの母さんに返すわ。へへへへ」

「ほんまか。おう、絶対やぞ」

タンテーがむきになって応じた。この二人はことあるごとに噛みつきあう。が、たいていはナンチュウがタンテーをからかっているのだ。オッチャンがにこにこしながら「やめたれや」とナンチュウをたしなめた。

ラーメンができあがるのを待つ間に、ナンチュウがまたトランプをくりなおして、一枚一枚たてに並べだした。みんなの目が集まり、タンテーが横からのぞきこんで聞いた。

「ナンチュウ、何やってんねん?」

「恋占いや」

「恋占いやって、だれの恋やねん」

「おれのんに決まってるやろ、アホ」

言いながらも、ナンチュウの手がさかんに動いている。英二がオッチャンの顔を見ると、オッチャンがウインクをしてうなずいた。

「K・Hやろ、相手の子……」

オッチャンがやんわりとナンチュウをなぶりにかかりだした。

「やめろ！ 黙れ！ 言うな！」

ナンチュウが血相をかえて怒鳴った。が、すぐに気を取り直し、英二に向いて言った。

「エージャン、ラーメンもうええで」

それを機に、四人は蓋をとって、小さなフォークをぎこちなく使いながら、ラーメンをかき回した。部屋中に香ばしい匂いがこもった。

「この恋占いはな、人に名前を言うたらあかんねんや」

ナンチュウが、トランプを掻き集めてそろえ、横に置いた。四人は湯気《ゆげ》のなかに顔をつっこんでラーメンをすすりあげた。

「ケーエッチてどこのエッチや？」

タンテーがわざととぼけてナンチュウに報復の矢を射た。

「ドエッチのナンチュウとケーエッチが恋したら、ドケーエッチじゃ、うっひゃっひゃ」

「タンテー、おまえ、わけわからんこと言うな。ナンチュウ、けっこう真面目やぞう」

オッチャンが、今度はタンテーをたしなめた。英二は実はK・Hがだれなのか見当がつかない。もっとも、それがだれであるかを詮索《せんさく》する気も起こらない。ただ、何かにつけ、自分が彼らのように気が走らないのが不思議に思えた。鈍いのか、発達が遅れているかだろうと考え、ぼんやり笑うしかなかった。

「タンテー、おまえK・Hがだれか分かってんのか？」

オッチャンが聞くと、タンテーは目をわざとしばたたいて笑って言った。

「分かってるわい。あいつやんけ。ほんま、笑うてまうわ」

英二が立ち上がってタンテーの傍により、耳を貸す仕草をした。「わからん」とタンテーがささやいた。全身アンテナのオッチャンに、調子がいいだけのタンテー、洒落と屁理屈のナンチュウである。英二は、おもろい友達ばかりだと愉快な気分になった。

ナンチュウがまたトランプ占いを始めた。今度は他の三人が興味半分、冷やかし半分で肩を寄せるようにして、ナンチュウの手もとを見た。カードをたて四列にして並べていく。同じ数字のカードが並ぶと、その都度抜いていく。それは、どうやら思い思われの道筋を占っているらしい。ナンチュウは「そうか、うんうん、やっぱり」などと楽しみながら、並べていく。最後にハートが二枚残ると、この恋が実を結ぶと、ナンチュウがまことしやかに言ったが、そうはならなかった。

「あかんわ。これは一人占いやから、おまえらのおるところでやったら、ちゃんと出てけえへんのんじゃ。ほんまは途中で人としゃべってもあかんのや」

出方が悪いのは、おまえらのせいじゃといわんばかりに、ナンチュウが言った。

「何やねん、ナンチュウが自分から自慢してしゃべったんやんか。人のせいにしよって」

とタンテーが切り返した。

「うそや。タンテーがやり方教えてくれ言うから、おれが教えたんやないか」

「むかつく。ラーメン返せ」

英二は、この上方漫才《かみがたまんざい》的な会話が楽しくてならない。オッチャンが続いた。

「ナンチュウの彼女は、あのパンチラの林や。占いせんかて、うまくいかへんくらい、初めからわかってるわ。ナンチュウ、アホやで」

英二はなぜか焦った。ナンチュウが今まで頭に描いて占いをしていたのが、生徒会書記の林恵子だったのだ。アイドル的雰囲気の漂う林恵子は、多くの男子生徒の憧れだった。生徒会役員選挙で圧倒的に票を集めたのも、そこにわけがあった。三年生の男子票もかなり集めたと考えられる。新淀川の河川敷公園で、ナンチュウが林のパンティを見たといって興奮していたが、英二自身も、林恵子の胸や腰を想像することがあったからである。

「それや。林がめっちゃもてるから、おれは毎日あばらぼねにひびが入る。恋する男は辛いよ。この気持ち、タンテーみたいなガキにはわからへんやろ」

ナンチュウがそう絡むと、タンテーも負けずにへらず口をたたいた。

「男は辛いやて？　笑わすな。寅さんの恋はいつも失恋で終わるんじゃ。ああ、おもろ」

「おれはおもろないんじゃ。やっぱ、塾行くわ」

そう言ってナンチュウはふいっと立ち上がると、カップやフォークを片づけ、どたどた音を立てて玄関を出ていった。もうかれこれ六時半になる。

レースのカーテン越しに見える窓の外が、ほの暗くなっていた。三人は手持ち無沙汰になり、黙り込んだ。オッチャンが両手を組み、肩の上でストレッチをしながら、英二に向かって言った。

「エージャン、塾行かへんのか？」

「おれは今日は八時半からやし、近いからまだええねん」

「タンテーは？」

「おれ、今日、ない」

テスト勉強を初めからあきらめているタンテーは、いつもの寝呆け面《ねぼづら》でつぶやいた。

オッチャン自身は、春休みからずっと塾をやめていた。「塾なんか行っても行かんでも同じや。銭《ぜに》もったいないわ」と言っていたが、本当は月謝滞納のため行けなかったのだ。

普段、オッチャンは相手の本音をずばっと言ってのけるのだが、我が身のこととなると、とたんに歯切れが悪くなる。小学校時代、オッチャンは、S中にあがるのが怖いと言っていたほど、うぶな児童だった。が、亡くなった兄の友人たちとの接触が始まって以来、急に成長し警察をさえ恐れない、知恵と度胸を身につけ、行動範囲がとてつもなく広がったようだ。

英二はオッチャンがどこで何をしているのか、具体的には分からない。週の半分は欠席で、遅刻の常習者である。それも、十分、十五分のそれではない。昼休みにふらりと顔を出したり、気がついたら、六時間目に授業を受けていたりする。どこへ行ってたのかと聞くと、茨木とか堺とか適当に答えるが、本当は分からない。ただ登校した日に部活動があるときは、かならず着替えて出てくる。英二と同じ野球部で、二人コンビを組んで内野練習をする。どちらもレギュラーにはなれそうにない。

英二は結局塾をサボった。そして、大通りの歩道を歩きながら、オッチャンに意外なことを打ち明けられた。

三月末の昼下がり、オッチャンが江坂のゲームセンターで遊びおわってから、仲間と別れ、独り東急ハンズの地下でスパゲッティを食べていた。通路の先の角にいる、中学生ふうの数人の様子を、窓越しに見るともなしに見ていた。よく見かけるいつもの光景で興味もない。ところが、何か言われているようだった。二人の女の子が、変形ズボンの中学生二人と向き合い、後ろ向きになっていた女の子の一人が、ふと顔を横に向けたので顔つきが見えた。小学校時代同級生だった辻雅子だ。濃い眉ととがった鼻のかたちが特徴的である。が、オッチャンは、あれ?と思った。普段学校で見る辻と違うのだ。堂々としていない。

あいつやられてる! オッチャンはそう直感すると、スパゲッティを食べ残したまま、カウンターで会計をすまして店を出た。たまたま通りかかったふりをして近寄った。カツアゲされていたことがオッチャンの勘と経験から、はっきり分かった。瞬間、大きい方の男の右手の親指をがちっとつかんで、逆さにねじりあげた。同時に、小さい方の腰骨に厳しい膝げりを入れた。「コルラあ、殺すぞう!」巻き舌で脅した。大きい細身の男は指を振り払おうとしたが、はずれず「痛ってえ、ヒイ、」と言ったまま、全身の力が抜けて動けなくなった。小さいずんぐりの方は、口をあんぐり開け、しゃがみこんで腰を押さえている。柄の大きくないオッチャンの喧嘩法は、この不意の先制攻撃であった。武器は口の圧力と足の速さと、鍛えぬいた握力であった。そして、取られた千円札を奪いかえし、辻に返したという話だった。

　四月、二年生になって辻とおなじクラスになった。オッチャンへの辻の接し方がころっと変わり、どこでも出会うと、辻の方から目で笑いかけたり、「お早よう」などとあいさつするようになったという。それまでいい子タイプの辻は、別世界の人間で、生涯かかわることもないとオッチャンは思ってきた。が、それ以来、戸惑いながらも、奇妙な好意が胸に巣くい始めたらしい。

「あいつらは絹ごし豆腐や。おからのおれとは置いてある棚が違うから、行き先も別々や」とさらっと言う。オッチャンは自分の逆境に恨み言を言ったりしない。「豆腐の大豆とおからの大豆、元は同じ大豆じゃ」と陰に置かれようと、隅に置かれようと、どっかと存在していた。

　英二の母は、ＰＴＡで補導委員会のメンバーになっており、同じメンバーの辻の母と、日常的に情報交換をしていた。英二と母は互いに学校のことは出しあっていた。が、これまでのところ、辻雅子のカツアゲ事件が母の口から出なかった。ということは、辻雅子も事件を家人に明かしていないと推察できる。辻といっしょにいた女の子というのは、辻が通っているピアノ教室のともだちで、豊中北部の子だという。ことの次第が漏れる気遣いがない。そして、先日英二がオッチャンとカツアゲした二人の中学生が、その時の少年たちだったのだ。


　タンテーのマンションを出て、裏路から大通りに出ると、阪急十三《じゅうそう》駅の辺りはネオンが点滅し、はや歓楽ムードを出していた。オッチャンと英二は、十三駅とは逆の方向、西中島に向かってぶらぶら移動した。コンビニとか、ファミリーレストランとか、焼肉屋などチェーン店に客が寄っており、けっこう人影が動いていた。

「オッチャン、前からちょっと聞きたい思うてたことやけど」

通りかかったところの信号が青に変わったので、渡りながら英二がきり出した。

「何？　ややこしい話か？」

「オッチャン、さっき自分のことをおからや言うた。この前はゴキブリ言うてた。なんでそんな言い方すんねんや」

二歩ほど前を歩いていたオッチャンが立ち止まって、英二の顔をしげしげと見た。

「おれの父さんがまだ大阪でポリ公やってたとき、父さんに聞いた話や、聞きたいか？」

「うん、聞きたい」

二人は阪急南方《みなみがた》の駅近くまで来ていた。自然と右に折れて、河川敷公園の方へ向かった。夕陽のほてりが残っており、散歩やジョギングをする人の姿があった。英二はオッチャンの境涯の厳しさを知るにつけて、自分と比較して、その心の実像を知りたいと思っていた。

「父さんは生活安全課とか、刑事課におったんや。悪ガキとか、ヤッチャンのちんぴらとかをぎょうさん知ってるわけや。そいつらを父さんがゴキブリ言うてたんやな」

「そうか、警察いうんは、きれいごとですまへんとこばっかり見てるもんなあ。やっぱり口が汚いのんしゃあないよなあ」

「違うねんや。汚いんやないねん、あいつらきれいやからゴキブリやってるねんや。世の中、欲張りで、自分勝手なやつがはびこってるて。父さんは、わしみたいなやつがゴキブリやってる言うてた」

英二は、初めオッチャンの話がすっと理解できかねた。ただ、わが子を捨てて海外へ行ってしまった父親なのに、オッチャンが尊敬しているようだ、ということは感じ取ることができた。

「エージャンわからんか？　父さんに言わしたらエージャンもゴキブリやいうで」

「ところで、オッチャンは高校どこ行く？」

「行かへん。退学が初めから分かってる。第一、金がない」

進学希望前提の問いは失敗だった。英二は自分自身、なぜ高校にいきたいのか分からないし、行って何がしたいという考えもなく、ただ、みんなと同じことをしておくことで、ひとまず親の干渉を先送りできると思うだけだ。

「先輩見てみいや。やる気もないのに高校受けて、受かっても一年もせんと退学してる。中学校の教師かて、それ分かっててみんなに高校受けさすんや。なんでや？」

「高校へ行ったら立ち直るかも知れへん思うからやろが。イワセンが言うてた」

「そら教師の気持ちだけや。父さんが言うにはやな、世の中、ホームレスとかチンピラとかをちらちら見せといたほうがうまくいくんやて」

また分からない。分からないが、何か深い意味を感じさせる言い方である。英二はかつて親が人生を語るのを聞いたことがない。

「死んだにいちゃんかて言うてた。退学があいつらの役割やて。競争に負けたあいつらがおらな、他のやつが必死で競争をせえへんようになる。にいちゃんが行ってた高校が、ほんまは丸ごと負け組なんやけどな」

「ちゅうことはみんなゴキブリか」

「うん、ゴキブリて、なん千種類もおる昆虫やて。けど日本のゴキブリは一種類か二種類で固まってるんや」

オッチャンが口にしていたゴキブリの意味がかすかに理解でき、英二はやや気がめいってきた。半端なかっこつけで、周りも自分もごまかして生きるより、勝ち組の連中に怖がられる、正真正銘のゴキブリになる。オッチャンはそう言って胸をたたいた。英二は、自分がオッチャンの言う半端なゴキブリだと思い知らされ、考えがまとまらなくなってしまった。

地下鉄御堂筋線が梅田から北へも走っている。中津から地上に出て新淀川を渡り、服部緑地公園を経て、千里ニュータウンへはいる。その新淀川を越えたところに、西中島南方《みなみがた》駅がある。オッチャンと英二が、河川敷公園からその駅前に戻った。新大阪駅が営業しはじめてから、オフィスビルやビジネスホテルが建ち、この西中島界隈《かいわい》がサラリーマンをあてにした、新歓楽スポットになりつつあった。

「エージャン、見てみ、ここでうじゃうじゃしとる人間は大概《たいがい》が半端なやつや。ここで遊ぶ金ぐらいは自分でもっとる。けど、明日は河原で段ボールにくるまって寝んなんかも知れへん」

「オッチャン、なんかおじん臭いことというなあ。おかしいわ」

「河川敷のホームレスのおっさんに聞いた話の受け売りじゃ、はっはははは」

「ホームレスのおっさんと友達なんか」

英二のことばが終わらないうちに、オッチャンがひょいと一歩踏み出し「ほんじゃばいばい」と言って街灯りの中に滑りこんだ。

英二はいま中学二年生だが、もうすでに落ちこぼれ群所属が確定している。本人初め親も教師も認知済みだが、だれもそれを認めず、ひたすら「頑張れ」の輪唱を浴びせ続けるばかりだ。仲間のうち、森浩三だけは成績トップ、生徒会副会長、部活は最上ランクの表彰と三拍子揃っている。大阪トップ級の進学校、府立K高校への進学が間違いない。

英二、オッチャン、ナンチュウ、タンテーの四人はいずれも成績、自治活動、部活の三分野でその他以下の底辺にいる。高校にいくとしても、定員割れか、定時制を選ぶしかない。行きたい高校など、言えば笑われるだけだ。まして、四人は学校から親が呼び出しを食らったことが何度かあり、「あのようにはなりたくない」と思われる存在になっていた。

オッチャンは塾をやめ、高校受験をしないと言った。定時制も行かないのか。英二は、いったい自分はどういう人生を送ることになるのだろうかと、本気で考えてみた。イメージが全然浮かばない。とりあえずは親と教師が選定してくれる高校を受験する、それだけである。

英二は自分たち五人は群れてはいるが、明日分散しても、何の変化も感慨も起こらないだろうと思った。きまぐれな風のしわざで、たまたま庭の隅に集まっている、枯葉のような存在にすぎなかった。新学期のクラス分けでばらされたが、一年のときの腐れ縁のまま「気が合う」という漠たる理由で寄り合っている。A教師の腋臭《わきが》が強烈だった、N先輩の脛毛《すねげ》が真っ黒だった、K店のラーメンは焼き豚がぶ厚いなどの話題を誰かが出し、「腋臭をネタにA教師のいじめを始めよう」「Nの脛毛を抜こう」「R店とK店の焼き豚を比べに行こう」と決めて実行する。テレビのショー番組のまねをして、一過性のいじめをすることがある。成功しても、失敗しても、クラスで話題にする。いじめられた当人も、一緒になってクラス中で爆笑する。それだけの群れであった。

それが何がどうなったのか、降ってわいたように、生徒会をどうするという、およそ的はずれのことが、この五人の群れの中に投げこまれたのだ。定期テストが終わったら、本腰を入れて動く手筈《てはず》になっている。

辻雅子とオッチャンの江坂の出会い、森浩三の生徒会執行部入り、生徒会三役を二年生が独占したというハプニングが、さらに前代未聞のドラマを予告するようだった。

S中学校の敷地の東南隅が、テニスコートになっている。そのコートの東側に「雑草の庭」がある。二代前の校長が、PTAに相談をもちかけて作った、二十坪の広場だった。春から夏にかけて、タンポポ、ノゲシ、母子草、カラスノエンドウ、レンゲ草、雀の槍、カモジグサ、ノアザミ、車前草《おおばこ》、しろつめ草などが繁茂する。初夏の晴天下、女子生徒が四つ葉のクローバー探しをしたり、担任と問題生徒が車座になって、語り合ったりする場となる。ここは、ブロック塀が取り除かれ、ネットフェンスになっているので、日当たりがよく、落書きもなければ、立ちしょんべんをするものもない。用務員の詰め所がすぐ傍にあって、小田さんの管理が行き届いていた。

テスト最終日の午後、クラブ活動が始まった。が、英二らと生徒会役員がこの「雑草の庭」で輪になって向き合っていた。オッチャンが英二も呼びつけたのだ。

「アオセンが言うてはる。三年は夏越したら潮ひくんやて」

森コーゾーが正面のオッチャンの目に言った。生徒会指導担当の理科教師、青山良和を近しい生徒は青先《アオセン》とよぶ。生徒会会長の清水美子が、やはりオッチャンを見つめてコーゾーのあとを継いだ。

「もうすぐ修学旅行やろ？　帰って間《ま》なしに夏の大会シーズン、二学期の初めが体育大会、そして、文化祭よね。三年が燃えるときや。けど、一番のピークは夏の大会ね。その後は受験一本にしぼっていくねんな。内申が気になって、ピリピリムードになるのよ」

「せや、部活でもおれらが一番先輩になるねんや。好きにでけるんじゃ」

コーゾーがオッチャンをあおるように言った。どうやらオッチャンを攻めるつもりらしい。女生徒三人もオッチャンを見つめる。

「先輩顔やれるのん、部活だけやないで」

ナンチュウが勢いづいて身を乗り出した。

「二年の天下になるてか？　それがなんぼのもんじゃ。おれは関係ないぞ」

オッチャンが大物ぶってナンチュウを軽く扱った。ナンチュウはすぐ引いた。

「今の三年は三年や。上が溶けたら立ち上がる。おれは、あの人らみたいなやりかたせえへんわい。教室でトイレットペーパー燃やした、電源盤あけてめちゃめちゃにした、消火器ぶちまけて教室泡だらけにしよった。こないだは、うんこ事件や。意味あるんか？」

少年法の考え方が保護主義だから、警察も教師も力を使わない。十六歳未満は、特に甘くしてくれる。まして、中学校は高校と違って処分がない。オッチャンは意外にも多弁だった。英二にはそのわけが分かっていた。

「ほんまは警察とか教師に保護されて、みんなやりたい放題できてるんや。無免許運転がばれたり、ひったくり現場を押さえられて逃げこむとこは学校や」

元警察官の息子として、面目躍如《めんぼくやくじょ》である。三年生の校外での非行情報も豊富、英二はもとより、居合わせた六人はいちいち感服して聞きいった。オッチャンによると、教師には事件があると、家庭裁判所に報らせる義務があるという。しかし、実際には、校内の事件を直ちに警察や、裁判所に通告することはない。学警連絡会というのがあるが、警察も、教師の努力を期待して、協力する態度で臨むらしい。オッチャンは大阪人特有の歯切れのよい早口でしゃべる。

「施設が満杯で、家裁が、施設送りをあきらめて保護観察で帰すことかてあるんや」

英二の眼が、ふと辻雅子の眼と絡み合った。辻は口元をぎゅっとひきしめ、丸いあごを突きだしてオッチャンを凝視していた。その辻の視線が一瞬英二に向けられ、絡んだのだ。英二はどぎまぎして、ただわけもなくにやりと笑って返した。すると、今度は隣のコーゾーに、眼でなにか合図した。コーゾーがすぐうなずいて、口を開いた。

「うん、カンペ帰りの三年の先輩はヒーローやもんな。けど、アオセンに聞いたら警察がけっこう脅《おど》しかけてるらしいわ。つぎやったら少年院やて。保護観察いうてもほんまは脅しておさえつけるしかないいん違うかな」

コーゾーは忙《せわ》しないオッチャンと対照的に、相手の反応をうかがいながら、ゆったりと間をとって聞かせる。と、生徒会長の清水美子《よしこ》が、後ろ手で支えていた上半身を起こすと、パタパタと手をたたいて、手についた草の屑を払い落とした。眉がつり上がっており、気の強そうな顎《あご》と鰐口《わにぐち》がひとつになって、気宇《きう》の大きさを聞き手に感じさせる。大きな声が楽々《らくらく》と出せるので、体育館での集会でマイクを使わずに司会をすることがある。美子も口早だ。

「小学校の時パワーのあった人らがかなり私立とか付属に移ってしもた。私らS中にきたもんは半端もんか落ちこぼれや。せやから先生らはS中生をアホや思て、適当にあつかってるんや。あんたらそう思わへん？」

オッチャンの警察内情通の得意話を切って、かんじんのS中のことに話題を戻そうとしたのだ。英二も、清水のようにはっきりと言えないが、S中の教師が全体に生徒を小馬鹿にしているな、と感じてはいた。

「詳しくはわからへんけど、おととしも、去年も、先生が生徒にやられて、何人か怪我をしたらしいよ。先輩に聞いた。トイレの落書きみてるやろ？　教師の悪口だらけ。こんなん学校やあらへんわ。私このごろむっちゃむかついてるねん」

清水は「教師」と唾棄《だき》するように言った。

オッチャンが血相を変えた。自分が詰問されているように感じたらしい。

「私ら、あんたらを責めてるんと違うよ。オッチャンはさっき言うてたみたいにあいつらとは違う」

オッチャンを注視していた辻雅子が、即座にとりなした。

「そうや。せやからオッチャンに相談もちかけてるんやないの。オッチャン、ここからが私のほんまの打ち明け話や。真剣に聞いて。今の二年はまだ今のとこ三年の真似《まね》をようせえへん。けど、二学期に三年が引いたらこそこそアホやりそうなんがいてる。だれとはいわんけど、女子にもおるわ。わかるやろ？」

英二は身震いする思いがした。こんなに迫力のある同級生を見たことがない。清水美子がまるで別人に見えた。ナンチューが林恵子を好きになったのと、辻雅子がオッチャンを好きになったのとは、どう見ても動機が違うようだ。男と女の違いだけではないと思った。辻の熱心なオッチャン推挙を受け入れて、清水がこうして、この場を設けたという筋書きを考えると、不思議に英二自身も誇らしくなってきた。清水のことばが続いた。

「私は今みたいな学校がいやや。親も教師もあきらめてる。なんか言うと忙しい忙しい言うて逃げる。はっきりいうて大人はどうしたらええのか分かってへんのや思うわ」

コーゾーがうつむきかげんの顔を少しあげた。口の端をぐいっと下げると、下唇を上の歯で噛み、大人の顔になって言った。

「新聞とか、雑誌とか、テレビでも、学校の校則がどやこやとうるさいやろ。変な校則を無理に取材して、学校をアホ扱いして得意顔のボケおじんとかおばん。おまはんらの時に校則作ったんやろて言いたいわ。学校が荒れるの、校則が犯人みたいに言うて、そんなもん関係ない。学校てなんや？　おれら自身やろ。用務員の小田さんがな、道はみんなで切り開くもんやって。え？　オッチャン」

「分かった。ほんで、おれらにどうせえいうねんや」

オッチャンは血の巡りがよすぎる。読みと行動が素早い。大阪で言うところの「いらち」である。胡坐を組んで、背筋をしゃきっと伸ばしていた。そして、両腕を広げて膝に手を置き、肘を張っている。そのオッチャンの隣にいる英二は、こういうとき、わざと間《ま》をとるように心がけてきた。上方漫才いうところの「つっこみ」と「ぼけ」である。それは、英二が考えてそうしているのではなかった。いわば、自然に編み出されたバランスである。

　それまで英二は両脚を伸ばしてゆっくり屈伸したり、胡坐を組んで膝のうえに肘を乗せ、手のひらであごを支えたりして、話を聞いていた。が、この時ごろんと仰向けに寝転がって、手枕《てまくら》で空を見た。そして、言った。

「オッチャン、その何するかが相談なんや。コーゾーらが何かやろ思てるけど、助《すけ》っ人が要るねんや。話には順番ちゅうもんがある。先にそれ聞こう？　な」

　憶えのある懐かしいような臭《にお》いがした。雑草の臭いだった。いつどこで嗅ぎ憶えたのか、定かでないが〝美味《おい》しい〟臭いだった。これから自分たちでことを構え、それを存分にやろうというのだ。浮き浮きするような爽快感だった。中天の雲間に、太陽がちらっと見えたかと思うと、すぐ隠れた。一面に浮かぶいくつもの雲のかたまりが絡まりあって、間断なく、西から東へ移動している。清水生徒会長が、やはりオッチャンにがちっと眼を合わせて言った。

「オッチャン、二年のあのぐにゃぐにゃしたゼラチンをサラサラの粉末に戻してほしい。私らが表玄関から仕掛ける。そのとき、後ろから押す力が要る。その力をオッチャンに作り出してほしい」

「エージャン解るか。おれようわからんぜ」

「いや、おれも分からんわ。コーゾー、もっと解り易う言うてくれへんか」

「うん、清水の言い方は分かりにくい」

清水が言いよどんでいるのでコーゾーが替わって説明した。

「あのな、学校をおれらの手に取りもどすんや。それで、作戦やけど、これは第一級のマルヒやで、まず学校から煙草《たばこ》を消す」

「なんや？　それ」

「生徒だけにタバコ禁止いうても全然きかへんし、教師もお手上げやろ？　なんでや思う？　教師が吸うてるから説得力ないんや。教師も禁煙させる。けど、これが大変や。おれら調べた。そしたら、教師の中にスモーカーが八人いた。校長先生も吸うてる。これな、少数なんや。な、オッチャン。おれら考えてな。学校を終日全面禁煙にしてしまおって。どうや？　オッチャンにやってほしいこと分かるやろ」

「そっか。分かった。ゼラチンいうんはタバコ吸うとるやつらやな。めっちゃおもろい話じゃ。エージャン、やろうぜ」

「ゼラチン」と生徒会長に名づけられたのは、英二たちとは異質の、核のない浮遊分子の群れのことである。三年生が、夏すぎて内申書競争を始めるころ、逆に教師を越えようと動きだす。彼らは、今はタバコで教師の出方をはかっている段階であった。英二は「おう！」と体を起こした。オッチャンが言った。

「清水、分かった。けど、二つ答えてくれ。おれらのこと、教師にチクらへんか。途中でやめたりせえへんか。どや」

英二は、オッチャンがこうして即座に状況を判断し、瞬時に反応するのが不思議である。末はやくざか、警察か、それとも政治家か、とにかく頭の回転の速さと、行動の俊敏さは一品だと、舌を巻くばかりであった。が、さすがに清水は会長だ。きっぱりと答えた。

「心配ない。オッチャンに声をかけようって決めた段階で、うちら覚悟した。絶対に裏切らへん。最後の手をあんたらに打ち明ける」

「最後の手てなんや？」

悪知恵出番《でばん》のナンチュウが乗り出した。

「反乱を起こす」

コーゾーがそう言って、左のナンチュウの肩に手をかけ、体重をのせて上から押さえつけた。細身のナンチュウはひとたまりもない。首周りも腕周りもたくましいコーゾーに圧倒された。コーゾーの、こんなことばや行ないも、初めて目にしたことで、英二は面食らってしまった。林恵子が好きやと、いつも言っているナンチュウを、林の目の前で押さえつける、これはやりすぎだと英二は思った。当のナンチュウ自身、不意の圧力に対抗できず、くさむらに横倒しにされて動けない。たまらず、英二がコーゾーをたしなめようと思ったとき、コーゾーがさっと立ち上がり、ナンチュウを抱きかかえて起こしながら、背中のゴミを払い落としてやった。

「おれらのS中は清水が言うたように普通以下の人間のたまり場や。中学入試ですべってきた暗いやつがおるけど、あいつらは塾漬けで学校では透明なやつじゃ。ナンチュウ、今の生徒会役員はたまり場出身や、な、おれらは団結できるんじゃ」

コーゾーがそこまで言うと、ナンチュウの表情が和らいだ。いつも沈着なコーゾーが下手にじゃれると滑稽である。

「で、反乱て何するねん?」

ナンチュウがまた聞いた。英二は今度はナンチュウに向かって言った。

「その前に禁煙作戦の段取り何にも聞いてへんわ。それから順番に聞こうや。最後の手いうたらもう打つ手があらへんようになったら使う手やろ」

「そうじゃ。あわてたら、ことをし損じるて、アオセンいつも言うとるやんけ」

オッチャンがそうフォローしてくれた。英二はこの七人がまるで秘密組織の幹部になったような、面映《おもは》ゆい緊張を覚えた。

「ほな、おれらの企《たくら》みを明かすわ。これから生徒議会に役員会から、いろいろなことを提案していく。教師のやらせとちがうでえ。全部生徒がやる。教師側からの妨害が入ると思うけど、負けへん。生徒会規約にある、おれらの権限でできることをやりまくる。今までなら、誰も生徒会なんかに関心持たへんかったけんど、今度は、みんなにこっち向いてもらいたいんや。正直言うて、それがおれらにはできひんねんやんか。オッチャンとナンチュウの出番やねんな。考えてくれへんか、たのむわ」

「そら、コーゾーらの提案の中身によるけどな、賛成でも反対でもええねんな。なんしかおもろい思わしたらええちゅうわけか」

「そ、少なくともおもろいて思わせる自信ある。提案は、いっぱい考えたある」

コーゾーの言う団結の意味が、鮮明になってきた。英二は、成績トップクラスの清水やコーゾーらが、自分たちと同じ感覚で学校を見ているということが、むやみにうれしくて、耳の後ろが熱くなってきた。この間、ずっと指で草の葉をいじって、うつむいていた辻雅子が、上目遣いにオッチャンをちらっと見た。英二は辻の眼差しのつやに、どきんとした。どきんとしたら、こそばいようなジェラシーを感じ、また一人で赤くなっていた。オッチャンが、思いなしか、やはり顔を赤らめて言った。

「コーゾー、分かった。おまえらはおれらにまだ言えんこと、何か隠してる。せやけどええわ。おまえらの腹の中が分かったからそれでええ。まかしとけ。そのゼラチンのやつらは、おれらが枠《わく》はめたる」

「最後の手、反乱のこともおまえらには明かしとく、これは生徒会のこの四人の覚悟やから。あかんときは総辞職するんや。そんときは、みんなで生徒会ボイコットするぞ。それで、また学校が荒れたら全部教師の責任にする。学校に全面戦争をしかけるんじゃゃ」

「ほんまか」

オッチャンが厳しい目で清水たちを見た。

「ほんまや」

女子三人が互いに顔を見合わせながら、口をそろえてオッチャンに応えた。

その鳩首《きゅうしゅ》会談のあと、オッチャンに誘われて、英二は用務員室を訪ねた。部屋が空っぽだったが、オッチャンがすぐ東側の裏庭に連れていった。案《あん》の定《じょう》そこに用務員の小田が畑を耕し、大きなうねを盛り上げて、さつま芋の茎を植えていた。秋に、恒例の焼き芋パーティーをするためのものである。その隣には、きゅうり、トマト、茄子《なす》などが伸び、竹の支柱がいく本も立っていた。大きな麦藁帽《むぎわらぼう》をかぶった小田が、グレーの作業服で、首にタオルを巻いて座り込んでいた。二人が近づくのをじいっと見つめて待っている。

「こころよき疲れなるかな。息もつかず仕事をしたるのちのこの疲れ」

笑顔でこう言うと、ふうーっと一つ息を吐いた。啄木のこの短歌は小田が時に口にする歌である。「息もつかずテストを受けたあとのこのだるさ」とオッチャンが即興でパロディーをつけた。

二人は、小田の横の乾いた土の上に座りこんだ。土と汗の臭いがした。

「河原、何か相談か、それとも、またなんか悪さしたんか。その顔は悪さとは違うな」

「分かる？　おれらが話をしてるのん見てたんか？」

小田は、げじげじ眉のこわもて顔で、胸分厚く重量感がある。手のひらがごわごわ、手首も骨ぶとだ。さすがのオッチャンも、小田の前ではひよっこにすぎない。ただ、声が細くて音程が高いため、話を聞くと威圧感が薄らいでいく。その小田が、オッチャンの誘いにうまくのってくれ、かなりな情報を開陳した。

小田たち用務員や、事務職員が、職員会議に参加し、発言もするし、採決の挙手もすると聞いて、英二はへえっと思った。具体的にどの教師がどんな発言をするかは、明かしてくれなかったが、結構厳しいやりとりがあると聞いた。教師どうしの対立もあるし、校長と教師が対立することもよくあるらしい。小田は、教師たちがいい加減ではないぞ、ということを伝えようとしているらしい、二人はそう感じた。

小田が「はみ出し生徒ら」によく慕われるのは、こわもての顔のせいではなかった。教師たちにない人格上の魅力があったのだ。それは、養護教諭や事務職員にも共通する人格である。教師という、体面《たいめん》に託《たく》して己《おの》れの権威を保つ、そういう縛《しば》りがない。だから、かりに何かを指導するときでも「しなさい」「するな」調の命令ことばを使わない。生徒にとって、毎日接する対等の大人なのである。小田たちは、必然的に人格で勝負することになる。

小田は英二やオッチャンに接するとき、常にその言い分にじっと耳を傾け、細大洩《さいだいも》らさず聞き取る。決して「忙しい」「面倒だ」という顔をしない。説得が必要な場合があったとしても、かならず対等に扱う。「職員会議を見てみたい」とオッチャンが言うと、小田は、職員会議には公開できる場合と、秘密にしなければならない場合とがある、ことがらによっては、親や生徒に傍聴してもらった方がいいと思うときもあると、そんなことまで言った。こどもは大人の話に口を挟むな、そういう姿勢がまったくない。

英二は、小田の話から教師世界が身近に思えてきた。毎日のように「ああしろ、これするな」とホームルームで担任が言うが、クラス担任によって、その言い方に大きな落差や、ニュアンスの違いがあった。英二らには、その日のうちに情報が伝わる。義務的に淡々と伝えるだけの担任、しつこくくりかえす担任、他のクラスでの授業中にまで、口やかましく干渉する担任などがいるのだ。小田がはっきり言わなかったが、英二は教師の中には弱い人、悩み多い人のいることが推察でき、何だかおもしろく、興味が持ててきた。

コーゾーたち生徒会が教師と正面からやり合うと言った。オッチャンが内部を固めると言った。教師が一枚岩でないらしいことが分かった。小田のような大人もいる。では、親はどうか。コーゾーやオッチャンたちの腹の太さ、度胸のよさは痛快である。

「私らのころはねえ、もっとちゃんとしてたわよ」と母親たちが言うが、大人の勝手さに反感も不満もなかったのか。毎晩おそくまで塾につかっているこどもは、勉強が好きな子だと、本気で思っているのか。いや、もっと言えば、大人の犯罪の方がこどもの非行より、はるかに多くて、残虐なのをどう説明するのか。だらしない見本は街に出れば、いくらでも大人が見せてくれる。英二はオッチャンとつきあっていると、ものを見る目が日に日に肥えてくるように思えた。当たり前の道理が、胸のコンセントにカチッとはまる気がするのだ。

生徒会といっても、中学校のそれは完全な自治組織ではない。小学校の児童会を経て、まだ半ば「自治ごっこ」の段階だ。「会計」という役員ポストがあるが、予算決算監査の全て教師がやる。会計の生徒はプリントを配ったり、読み上げたり、承認を得たりという、形式にたずさわるだけだ。英二は生徒会役員選挙のときに、オッチャンが「あんなもん、建て前を生徒にやらせる形式ごっこじゃ」と言って、下校してしまったのを覚えている。身近な友達が生徒会役員になって、直接かかわるようになってみると、自分たちが大人のつくった「しくみ」の中で泳がされているということを、漠然とながら感じるようになった。

生徒会顧問、専門委員会顧問、クラス担任などが全ての会議につき「指導」する。教師たちが「生徒会は生徒のものだ」とことあるごとに強調するし、選挙のとき立候補者たちも「生徒会はわたしたちのものです」とくりかえす。が、笛吹けど踊らずである。実は、みんな分かっているのだ。「どうせ」「だから適当に」であって、せいぜい授業が欠けるのを喜ぶ程度なのだ。英二はそんなことまで考えるようになっていた。成績優秀のイエスマンが役員に就任するのが、生徒会運営をスムーズにするための理想的条件であった。コーゾーたちの反乱は、これに殴りこみをかけようというあらわざであった。

先輩たちから伝えられたことで、生徒のほとんどが承知しているのだが、例年、役員候補者のほとんどは教師に説得されて出ていた。立会演説のとき、お笑いを演じて目立とうと思って出るものがいるが、明らかにショーであり単なる前座である。

クラスでは、学級長への候補者が出ない。体育委員、文化委員、保健委員などのポストに殺到する。なにかにつけ、責任を追及され、便利屋としてこき使われる学級長は敬遠される。クラス討議のとき、意見を求めても、発言者がなく、何人かに当てても「別に」「ありません」しかかえってこない。それを知っているから、結局みんなの知恵で、おとなしい真面目な生徒を、多数決で学級長にしてしまうのだ。

いくつかの専門委員会の委員長は、例年三年生が互選でなっているが、今年前期の各委員長は、ほとんど三年の「パシリ」だ。オッチャンからの情報だった。

今の生徒会顧問、青山良和は、オッチャンと英二の担任であり、二人が所属する野球部の顧問でもある。青山は生徒会顧問にありがちなはでさがなく、沈着な物言いをし、生徒たちの多くに安心感を与える珍しい存在だった。

小田の話から、教師も生徒会指導にあまり関心がなく、顧問になりてがないらしい、ということもわかってきた。生徒が無関心だから、教師があきらめているのか、そもそも、教師にやる気がないのか分からない。アオセンが、なぜ生徒会顧問を引き受けたのか、聞いてみたいと思った。

英二らの通うS中は、むかし有名進学校の一つだったらしい。学区外から越境生が集まってきて、一流高校への進学数を誇る学校になっていた。それが、この街の自慢だった。ある年から、大阪府全域で越境が否定され、S中は進学戦線から撤退した。今では「荒れた中学校」の代表株になっている。今もS中正門の横に「越境をしない、させない」という趣旨の看板がはりつけられている。英二は、最近ふとその看板を意識したばかりである。

修学旅行やキャンプなどの行事の準備が始まるころ、ある月曜日の朝、体育館で全校朝礼が行なわれた。月二回の定例集会である。通常の各委員会からの活動報告と、クラブ表彰伝達が終わった。この週は生徒会主催だったので、校長の講話も生徒指導主任からの指導もない。

相変わらず三年生のいる右側のかたまりが、私語とふざけあそびで雑然としていた。数人の三年の教師が、そのかたまりのなかに分け入って注意をするが、三年全体がゆるみきっているので、それらの教師の存在を誰もが無視する。真ん中のかたまりの二年生は、整列してはいるものの、一部の生徒が三年生の様子を面白がって、ちらちら盗み見していた。

突然、「イ、イ、イ、イーン」と大音響がし、体育館全館がびびびと鳴った。体育館が息をのんだ。その瞬間、生徒会長の清水美子が、左手にワイヤレスマイクを持ち、ステージにかけあがった。

「みなさあーん」すさまじい大音声だ。

「スピーカーの音、しぼって……」清水は放送室のオペレーターに指示をした。「はじまったわ！」英二は身震いした。後ろの教師たちを見たが、その辺りも固まって動きがなかった。

「急ですが、今日特別に役員会から提案があります。今日は基本的な提案だけです。一つだけですから聞いてください」

清水は、そこで間を取り、全体の反応をうかがうように右耳を傾け、つづいて、顔を左から右へじょじょに動かした。口を一文字に結び、正面を向いた。口元を一瞬にっとほころばせると、ゆっくりした口調で切り出した。

「わたしたちは立候補のとき、楽しい学校にしますということを主張しました。その公約の実現に、これから取り組みをはじめます」

そう言うと、清水は、右手にもっていた紙切れを目の前にかざすようにあげて読み上げた。

「提案！　校内から暴力、いじめ、たばこを完全追放しよう」

清水はこれを二回読み上げると、ふたたび場内の反応を見た。静まり返っている。みんな何が始まったのか状況がのみこめない。

「今わたしは、校内からの三つの完全追放を訴えました。校内ということと、完全ということに、注目してください。校内ですから、校外や家庭のことには、一切触れません。完全ですから、生徒だけでなく、校内にいる全ての大人に対しても要求します。これから、じょじょに具体的提案をしていきますので、皆さんの知恵と勇気を貸してください。お願いします。以上です。よろしくお願いします」

英二はずっとドキドキしていた。背の高い英二は列の最後尾だ。すぐ後ろに教師たちが立っている。様子をさぐって見てみたが、目だった動きをみせる教師が見当らない。意外に無反応である。にやにやしている女教師が三人いた。清水がステージから下りると、いつもの雰囲気で退場が始まった。三年、二年、一年の順で教室に向かう。

「先生方にご連絡します。打ち合せをしますので、至急職員室に集まってください」という校内放送が入った。教頭の声である。校長が体育館にいなかったから、たぶん教頭が校長室に走り、校長に命じられたのだろう。教室に帰る途中、廊下でこれを聞いた英二は、オッチャンとめくばせした。オッチャンが、さっそくまわりの連中をそそのかしにかかった。あっという間に、オッチャンを男子生徒がいくえにも取り囲んだ。英二には、何を言っているのか聞こえなかったが、笑い声が何度も盛り上がっていた。

毎日のように教室で目撃する、教師によるできない生徒いじめ。職員室で見る灰皿の吸いがら山。暴力を背景に生徒をおさえつける教師。

対して、陰でぼやいて、ただ卒業の日を心待ちしている生徒にとって、この反乱は、痛快な事件だった。ただ、生徒たちは自分たちがばらばらなので、内心不安があり、清水の提案の前で、まだ無関心をよそおっていた。

その日の昼休み、英二はオッチャンといっしょに用務員室にいった。小田用務員が、三畳の間で、一人でテレビの連続ドラマを横になって見ていた。太い腰である。「おじゃまします」とオッチャンが言って、つかつかと入っていった。「おう」と小田も軽く応じたが、目はテレビに釘づけであった。しかし、小田はこういうとき、テレビのスイッチをさっと消す。そして、体を起こした。

小田の話では、朝の職員打ち合せ会の話題は、やはり清水の提案の件だった。顧問の青山が、清水提案の経過説明を求められたそうであった。どういう議論になったかは、聞き出せなかったが、生徒自治限界説の管理派と、生徒の主体性期待派の、二論があったようである。オッチャンは、発言教師の名前を聞き出そうと食い下がった、がさすがにそれははぐらかされた。いずれにしても、清水生徒会長の堂々とした態度が、一部の教師を引きつけたのだと思った。オッチャンは「おもろなるで」と言って、英二の肩をたたき、こぶしを突きあげて笑った。

小田が、「いらだてる心よ、なれはかなしかり、いざいざ、すこしあくびなどせん」と言ってごろんとまた横になった。それはまた石川啄木の短歌だったのだろうか。小田の胸に、何か不満のかたまりがつっかえていたのかもしれなかった。

あくる日も、オッチャンは定刻に登校していた。一時限目は数学のテスト返しだった。英二は二十点、オッチャンは八点だった。オッチャンは答案用紙をくしゃくしゃにして、机のなかに放りこんだ。終わりのチャイムがなるのを待ちかねて、二人は二階の喫煙トイレに直行した。打ち合せどおり、ナンチュウとコーゾーがきていた。いつものようにスモーカー連が、一人また一人と入ってきた。

「コーゾーの話聞いたってくれや」

オッチャンが手洗い場の上にあがって言った。それぞれ体の向きがまちまちだが、めいめい神経をとがらせて、目だけコーゾーの方を見た。ライターの音が、カチッカチッとなった。

「みんな、明日《あした》からタバコやめてくれるか。学校におるときだけでええから」

コーゾーは普段体育の授業のとき、みんなから一目も二目もおかれていた。バスケットでも、バレーボールでも、ルールや技をていねいに教える。走っても、泳いでも強い。そのうえ、コーゾーはかれらがわるさをしようが、変形服を着ていようが、おもしろそうに見たり聞いたりしてやっていたから、ボス的信頼感を得ていた。役員選挙で圧倒的に票を集めたのも、そのせいであった。が、かれらは、まさかコーゾーが教師の側でものを言うとは、思いもしなかったので、面食らった。

オッチャンがあとをついで言った。

「ええか、明日から戦争やるんや。最初はT作戦、タバコ追放じゃ。そん次はB作戦、暴力追放や。それであと、I作戦、いじめ追放な。T・B・I大戦いうねん、かっこええやろ。ええか、これは戦争やからな、敵がおるんじゃ。敵は教師じゃ」

トイレの風来坊たちは「敵は教師」と聞くと体ごとオッチャンの前に集まった。今度は勢いにのったナンチュウが手洗い場の上にあがった。

「戦争いうたら、武器がいるやろ。けど、暴力追放いうから、暴力使うたらあかん。ほんなら、どないするねん？　清水が言うんは、おれらが武器になるねんや」

みんなぽかんとして、ナンチュウの言うことを頭のなかで反芻《はんすう》するかのように、視線をうろうろさせていた。二時限目開始のチャイムがなった。

「次もここへきてくれるか。けど、おれがええ言うまでこの話マルヒやぞ」

オッチャンは参謀本部長になったような、威厳のある言い方をした。目次のない、実録集のページがめくられたのだ。戦争は暴力の対決で、つまりは、より優れた武器をもった方が勝つ。おれらの武器とはなんだろうと思った。

次の休み時間は、コーゾーがきていなかった。オッチャンが、みんなの好奇心や、教師への反発心をくすぐりながら、まんまとリーダーシップを取ってしまった。

「今の三年はゲリラ戦やってる。陰で教師をどついたり、こそこそ隠れてくそまいたり、やり方が甘ちゃんじゃ。教師かてここでおれらにタバコ吸わしといたら、ほかのとこで吸わへんから外の人間には見られへん思て、うまいこと封《ふう》じこめとるつもりじゃ。けどな、清水とかコーゾーらはちがうねん。ゲリラもようせんやつは自分らでいじめあいして〝むかつきばらし〟しとる。ほんまはみんなむかついてるねんや。せやったらいっそみんなで全面戦争やったらんかい。そう言うてんのや。おれはおもろい思う。二年全部巻きこんで、教師も全部巻きこんで、大っきいことやらへんか、みんな、ええ？」

オッチャンがそこまで言ったとき、すでにタバコの臭いがトイレに充満し、煙の帯が縦になり、横になりしていた。オッチャンのしゃべり方は早口だが、うまく間を置いて語るので、まわりの連中をしっかり引きこんでしまう。

かれらはトイレの窓を開けない。天井板を抜いておいて、そこへ煙を吸い込ませるのだ。これだけの煙が窓から直接流れ出ると、周辺のお節介が、学校に電話をいれることを知っているからである。「学校は知っているのか」「どんな指導をしているのか」である。教師としても「指導」という「禁止行動」を取らざるをえない。たばこの害悪などの説明は、今年も禁煙運動指導の医師を招いてやったが、吸っていない生徒に効果があるだけで、現に吸っているものにブレーキをかけることなど、ほとんどできなかった。見つけては取り上げる、また買う。その繰り返しは、トラブルを引き起こす。周辺の大人も、街中でS中生が吸っているのを見ても、だれも声をかけてこない。大人のずるさと、限界を知っていて、ただ面倒臭いから、トイレの窓を閉めるだけである。

「何となくトイレで喫煙」の連中のなかにも、それなりのボス的存在がある。その一人が訊ねた。

「戦争いうてもわけわからへん。いったい何すんねん？　おれらが武器？　なに？　それ」

「おっ！　やる気になったんか？」

「うん、まあ、おれはな」

「ほかのみんなは？」

沈黙である。この沈黙は「しゃあない」だった。オッチャンは、軽く息を吐いて言った。

「センコーがたばこ吸われへんようにする」

「ええ？　そんなんでけるんか？」

「みんな次第じゃ」

オッチャンが、いかにも勝算ありという顔をしてみせた。英二はこういうときのオッチャンの演技力にも、また引かれるのだった。

「それがでけたら、センコーの体罰も生徒いじめもでけへんようにしてもうたる」

オッチャンはさらに早口で説明した。教師のスモーカーは八人で少数だが、その中には校長、生徒指導主任など強者《つわもの》がいる。こちらも腹をくくってかからないと勝てない。そこで、吸わない教師と、全生徒が団結して戦う。この戦いに勝つために、生徒全員が「たばこを吸わない」と宣言し実行することである。これが、清水やコーゾーらの言う「武器」だ。清水が生徒会長として、これからいろいろ号令をかける。みんなはその命令にしたがって動いてくれ、というのであった。

「おれらはほんまは、たばこなんかどうでもええんや。けど、センコーらはニコチン中毒やから、やめられへん。そこが狙い目じゃ」

「オッチャン、その戦争いつ始まるねん？」

「おれもわからん。命令はコーゾーからおれが聞いて、おまえらに言うわ。けど、清水がみんなに集会で伝えることもある思うでえ」

「わかった、オッチャン。せやけどな、たばこやめたら何すんねん？　ガムにするか」

「せやな、ガムがええわ。プロ野球の選手もマウンドでぐちゃぐっちゃやっとるで」

めいめい勝手なことを言いだした。オッチャンは何か言いかけたが、一度むっと口をつぐんだ。そして、すぐとなりにいた生徒の横腹に、右手で何かやった。やられた生徒は、体をくの字に曲げて痛がり、「やめてくれ」とどなった。「ほかのやつにしゃべるなよ」と言うとオッチャンはみんなを見た。オッチャンのボス宣言である。

「今日はこれで終わりじゃ。明日から始めるからな」

そう言うと、オッチャンはくるりときびすを返し、すたすたとトイレから出ていった。出ていきながら、英二についてこいと合図した。下足室まで来ると、自分のボックスから、かかとのつぶれた靴を出してはきかえた。

「どこいくねん？」

「トンコや。あした朝から学校にくるて、コーゾーに言うといてくれるか」

そのまま学校から消えてしまった。その足早の後ろ姿は、黒装束の忍者を思わせた。

次の日、昼食のあと、生徒会室に、三役と顧問の青山が集まった。青山の指示であったが、清水の計算どおりの動きだった。長テーブルがコの字に並んでおり、いつものように固定された各自の席に着いた。青山の席は、廊下側のはしっこにあった。ここは、あくまで生徒主人公の部屋である。当然のように、清水会長が青山と向かい合う状態に位置を取っている。

「じゃあ時間がないので、さっそく本題に入ります。月曜日の清水さんの提案についてですが、顧問のわたしにいっさい相談せずに、あの提案をしたのは、どういうわけですか、聞かせてください。清水さん」

厳しい詰問だが、青山は穏やかに言った。声もソフトで、暗唱するようによどみなく言った。指示どおり廊下に忍び寄って、待機していた英二たちにも、その声は筒抜けである。青山の発言が終わるのを待ち兼ねたように、清水が立ち上がった。

「青山先生、いま廊下に傍聴希望者がきています。三役会として認めますので、入ってもらいます」

青山がびっくりしたが、コーゾーがドアーをあけると、あらかじめ指名されていた十人が、どやどやと入り、壁に立てかけてあったパイプ椅子を広げて、清水らの後ろに座った。三十秒とかからなかった。傍聴席の顔触れを見て、青山が二度驚いた。淀川署の生活安全課に、名前と顔をしっかり覚えられている連中ばかりだった。

「では、私が答えます。けど、その前にひとつ質問に答えてください。二年生の校舎中心に糞がまかれた事件がありました。あの事件を学校はどう解決されましたか」

そう言って清水が座った。背筋を垂直に立て、肘をテーブルの上に置いた。青山を正視しているという感じだった。傍聴者もじっと押し黙ったままだ。

「ああ、あの事件ね。あれは悪質な嫌がらせだとみています。しかし、先生たちとしては、犯人探しより再発防止に力を入れました。警備員さん、用務員さんらのご協力を得て、夜も朝も巡視しました。一応あれだけでとまったのではないか、と思っていますが」

「で、犯人がわかったのですか」

「いや、わかりません」

「わたしたちは、犯人が三年生やという情報をつかんでますけど」

「ほお」

「実は、あれは犬の糞だったそうです。卒業した先輩が犯人をたたいて、やめさせたという話も聞いていています。先生方は、何も解決できなかったんと違いますか。それに、私ら生徒にどうなったかという報告も、まだありません。二年生がすごく怒ってます」

さすがに清水の声が少々震えてきた。英二は心配になって、清水の様子を見た。手が小刻みにぶるぶる震えている。

「では、答えを言います。私らは選挙の立候補のとき、あのことを四人とも、プリントに書いて訴えました。ですから、あれは全校生への約束です。なんちゅうか、そのォ公約です。私らはそれを月曜日に確認しただけです。青山先生との相談は、これからじっくりするつもりでいます。全部の先生に協力していただかないと成功しないと考えてますから」

青山はちらっと腕時計を見た。昼の休み時間は四十五分、弁当を食べたあとだから、すぐに時間がきてしまう。

「それは結構ですが、月曜日にあの提案を発表するとは、聞いていなかったね。それと、清水さんが言ったなかに、大人にも要求するというのがありました。あれは事前に話し合って、了解を取っておいてもらわないと困ることです。いい悪いとか、許可するしないとかいうことは別にしてね」

書記の林恵子が「ハイ」と手を挙げすぐに発言した。発言準備をしていたかのように、清水が林を見てうなずいてみせた。

「先生たちは、生徒がトイレでたばこを吸うてることを知ってはると思います。けど、去年も、今年も、二年も三年もずっと吸い続けてます。なんででしょうか。先生が吸うてはるからです。いまここにいる十人の傍聴の人たちは、はっきりいうて、よくたばこを吸うてる人たちです。この人らを入れて、先生たちといっしょに学校からたばこをなくそうと思うています。この人らの協力が得られるいう証拠に、いまここにきてもらいました。清水さんは、少しショッキングな出し方をしましたけど、このくらいせんと」

英二はあきれた。清水も林も大人だ。そして、この試みを実現可能にさせるオッチャンもまた大人である。顧問の青山は、この問答の流れを忘れて、十人の顔を確認している。そのとき、午後の授業予鈴のチャイムがなった。

「わかりました。君らやるねえ、先生もその気持ちに乗るわ。この話し合い、もっと具体的な内容で詰めていこ。しかし、先生にないしょで抜き打ちで事を起こすと、後がやりにくうなるから、これからは、ちゃんと事前に相談してほしい。いいですか、清水さん」

「はい、その具体案はもうつくってありますから、今日、相談にいきます。ちなみに青山先生、後ろの人らは今日から一週間、学校ではたばこを吸いません。その間に具体案を決定して行動を始めると約束してます」

青山が意外に分かりが早く、さっと決断するのが驚きだった。用務員の小田からの情報からすると、教師たちの人間関係はどろどろして、簡単に意志統一できないはずだった。青山は果たしてどういう筋書きを書いたのか。それとも、ただこの場をすり抜けようとしただけなのか。英二のそんなもやもやの思考をよそに、清水が立ちあがり、うしろを振り向いた。

「みんなありがとう。今日は黙っててもろたけど、次はしゃべってもらうから。じゃ、これで終わります。青山先生どうもありがとうございました」

清水が、冷静で、礼儀正しいしめくくりのことばをのべた。たぶん自分たちの断固たる姿勢を強調したいがためにしたのだろう。英二の胸の中に、清水の突っ張った気持ちがすとんと入って、真夏の山で渓水《けいすい》を口に含んだときのような、一瞬の爽快感を覚えた。そして、これから清水らがくりだしてくる提案を早く知りたい、早く動きたいと心がはやった。

午後の授業は美術だった。オッチャンは美術の教師と感性が合うといって、比較的多くこの授業には出ていた。生徒会室を出てから特別教室の方へ歩きながら、オッチャンが特種《とくだね》を明かしてくれた。それによると、学校を終日全面禁煙にしてしまうという提案をするらしい。教師はもとより、PTAも、外来のお客さんも、工事関係の人も、要するに例外なしにするという。そのために教師との話し合い、PTAとの懇談をやる。その時の生徒側の参加者は希望にする。先ほど出た十人の傍聴者にはかならず出てもらう。オッチャンは授業の合間も、愉快げなひそひそ話をした。

「先生とか、PTAとか、工事の人とか、そんな大人ばっかり相手にしたら、つぶされてしまうんと違うか」

英二は正直に弱音をはいた。英二のいちばん身近な大人は、父と母である。この二人は、永遠に超えられないと思うほど圧倒的パワーがあった。その延長の大人である教師も、また恐るべき存在だった。が、オッチャンは、父親に捨てられ、母親にないがしろにされ、教師にも背を向けられてきた。オッチャンは、大人の怖さをすでに体験し、それを越えて生きている。現にオッチャンが生徒指導主任の岩木と、対等に渡り合っているのを英二は見た。警察官が彼を「河原修」と呼ばずに「オッチャン」と呼ぶのさえ見知っている。たかがたばこで、大人になぐりこみをかけることなど、オッチャンにとって「シャンプーしてさっぱりしよう」程度のことかもしれなかった。

「エージャン、今は病院とか、電車の中とか駅とか、デパートとかどこでも禁煙やで。たばこの自動販売とか、CMがやりっぱなしいうのんは日本だけやて。昨日、本屋でたばこのこと書いた本探してたら、ちょうどええ本見つけて、立ち読みしてきたんじゃ。たばこには、病気のもとになる物質が何十種類も入ってるらしいわ。理屈では、おれらの方に絶対勝ち目あるんじゃ。こういうときは、ゲリラより正面作戦がええんじゃ」

なるほど、オッチャンは早くも情報収集を開始していた。ぼんやり動きを見ているだけの英二とは、性根の座りが異なるようだ。

「あのおっさんな、嫁はんに逃げられよったた。アホやで」

オッチャンは美術の教師をおっさんと呼んだ。この美術教師は、教師の間で大のたばこ嫌いで通っている。もう一人いる、美術の女教師がスモーカーで、二人は仲が悪い。オッチャンのアンテナは、そこまでチェックしていた。オッチャンの情報ネットには、他校生や卒業生が絡んでいると教えてくれた。清水のいう闘いの武器として、オッチャンは大砲である。

毎年、中学校では、三年生が部活の夏の大会に全エネルギーを投入しはじめる頃、一方で二年生が次期リーダーのポストをねらって、確執《かくしつ》を始める。現役三年生リーダーのご指名をいただくのだ。新リーダーが固まってくるころ、さらにレギュラーポジションの争いが待っている。二年生の夏は、友情作りと、友達壊しのシーズンとなる。

英二とオッチャンは野球部員、すでにレギュラーとして試合に出ている二年生がいるので、英二らがリーダーになることはない。英二はオッチャンとレギュラーになりたいと思うのだが、活動日の三分の一から半分をサボっているオッチャンが、レギュラーになるのは、無理な気がしている。

が、さらに二年生の夏は、普通のがまんっ子になるか、むかつき丸出しっ子になるかを決める時期でもある。後者のリーダーになるのは、魅力もあるが、非常にしんどいことを覚悟しなければならない。先輩へのあいさつ、他校生との接触、後輩への気配り。一匹狼のオッチャンにとって苦手の分野だ。二年生にもいないが、現三年生にもその種のリーダーがいない。一年生にも出てきそうにない。今は他人の面倒を見るというボスの王道がなくなり、せいぜい数人のもたれあいグループが偶発的に事件を起こす、そんな時代になっていた。実際、英二たちの群れもオッチャン、コーゾー、ナンチュウ、タンテーと誰がリーダーというわけでもない。教師たちも生徒を束ねて把握するという技が使えなくなっている。オッチャンがこれは正面作戦やと言ったが、難しい作戦ではないか、果たして成功するだろうか。失敗したらいっそう収拾《しゅうしゅう》のつかない、大荒れの中学校になってしまうだろうと英二は思った。たいへんな賭《か》けだ。

病院に行って薬を受け取ってこいと母に言われ、英二が市民病院近くの淀川通りに出たところで、生徒会会計の辻雅子に出会った。辻は陸橋の階段下に英二を引きずり込んだ。日曜日の朝十時、河川敷公園に集合、細かい戦術を話し合うということを告げられた。他のメンバーへの伝言を頼まなかったので、連絡の体制がすでに出来上がっているのだろうと思った。英二は病院の臭いが嫌いだった。急ぎ薬剤調合室の窓口の前まで行くと、ちょうど母の番号が告げられたので、薬代を払い、レシートと薬袋をもらって病院を出た。

先程の歩道橋まで戻ってきたとき、今度はオッチャンが姿を見せた。阪神タイガースのロゴ入りTシャツを着て、手にグッズ入り紙袋をぶら下げている。タイガースファンと甲子園にいくところらしい。頭にはタイガース鉢巻きをしめていた。袋の中ははっぴやメガホン、ジェットフーセンなどがいっぱい詰まっていた。英二が辻から聞いたことを言うともう知っていると答え、いそいそと十三駅へ向かった。

英二の家は淀川通りに面した四階建て鉄筋ビルで、一階道路側が父の工務店事務所、その裏にダイニングキッチンと浴室があった。店は室内灯がついておらず父は出かけていた。裏の勝手口から入りテーブルの上に薬を置いた。

「行ってきたでえ」

「はあい、ありがとう、お釣りは？」

言いながら、母がたたんだタオルを抱えて階段を下りてきた。英二は薬代の釣り銭を右のポケットからつかみだし、薬袋の横にじゃりんと置いた。母が冷蔵庫からスポーツドリンクのボトルを出し、グラスと一緒にテーブルの上に置き、英二の向かい側に座って言った。

「英二くん、学校で何かあったんちがう?」

「ええ? 何で? 別に何もあらへんよ」

いつもながらの地獄耳にあぜんとした。PTAの委員をしているとはいえ、早くも学校内部の何かをキャッチしている。これだから大人は怖いのだ。英二はともかくとぼけることにした。

「知らんでえ。ぼくはこの頃何もしてへんから心配せんでもええよ」

「何とぼけてんの。生徒会役員を二年生が独占したから、三年と二年が対立してるいうやないの。騒動が起こりそうやて聞いてるよ」

この母には嘘が通用しない。後でばれたときが恐ろしい。英二はいいわけを考えながら慎重にものを言わねばならない。大人との駆け引きはおもしろいが、疲れがその倍以上あるわけだ。コーゾーがマルヒやと念を押したときの覚悟を思い出した。みんなを裏切ることは絶対にできない。

「あんたらが知らんわけないでしょう? 顔に書いたあるわ。言いなさい、どう?」

「生徒会のことなんかぼくが知ってるはずないやろ。関心ないわ」

英二はへたにしゃべると危ないと思い、ぐっぐっと音をさせてグラスの冷水を飲み干すと立ち上がった。

「今日はカレーライスよ。お兄ちゃんが帰ったらすぐ夕食にするからね」

母の声を背に英二は辛《かろ》うじてその場を逃れた。これまでも、母にかかると結局全部白状させられてきている。今も突然席を外したので、きっちり腹の底を見透《みす》かされたと感じたがどうにもならない。

四階の自室に上がり部屋に入るとむっとした。窓をあけて風を通すと、ベッドに大の字になった。ふと先ほどのオッチャンと辻の顔が思い浮かんだ。ひょっとしたら、辻はオッチャンと逢っていたのかもしれない。コーゾーと清水、オッチャンと辻、ナンチュウと林と考えていくと、おれは何をしているのだろう？　もてない男だから安心できる、それだけの存在か。だが、おれは自分のことを考えるのが苦手な人間だ。英二は面倒臭くなりそこで思考を停止した。

府立K高校二年生で、バレーボール部のレギュラーをしている、兄の英一が帰ってくるのは遅い。公式試合の前なのでハードな練習が連日続いているようだ。英二は時計を見ると、のそのそ起きて二階の応接間に降りていった。そこは、十五畳ほどの広い部屋で、セパレートの大型スピーカーが南側隅に左右に分けて置いてある。室内は、二重窓の完全防音ステレオホールになっていた。

父も母もクラシック音楽を聴くのが好きだった。英二は建築屋の父がクラシックというのがどうも似つかわしくないと、幼いころから感じていたが、最近これは母の趣味に父が合わせたのであって、二人の恋愛に関係があったはずだと思えるようになっていた。父の厳つい顔と岩のような体つきからは、ロマンスのかけらも感じられない。英二もクラシックではないが、いつのまにか音楽には興味をもつようになり、兄の英一とこの部屋でポップスを聞くときがある。兄はメロディーより詞に関心が強く、男性歌手の「語り物」系のＣＤを買ってきていた。

英二は母のＣＤコレクションのボックスをのぞき、背にモーツァルトと書いてあるのを抜き出して裏面を見た。21番、33番、40番などという字があった。モーツァルトに何の思いも記憶もないが、名前に親しみがあったので音盤をデッキに置いて差しこんだ。「モーツァンか」と言いながら英二はソファーに身を沈め寝そべった。

すると、意外に聞き慣れた軽快なメロディーが始まった。それはときに鳥の飛翔《ひしょう》、滑空になり、童話の森の夜明けになったり夕景になったりした。体内に泉があって、清水が噴出するようなさわやかな気分になった。落ちこんで自分を建てなおしたいときなどには、この曲がいいと思った。ロックなど頭が沸騰《ふっとう》するのも瞬間的ストレス解消にいいが、こうして改めて一人で聞いていると、モーツァルトは腹の底に奥深く響いてくるものがある。

英二はオッチャンやタンテーが触れることのないであろうこの生活文化が、いつか彼らと自分とを引き裂くもとになりはしないかと、ぼんやり不安を覚えた。こどもが自分の道を自由に選ぶことなど、現実にはあまり考えられないことだと思った。こどもは生まれた家の経済力や、社会的地位などによって、現にこうして絶望的な差がある。一流の子は転落すれば不幸になると教えこまれ、二流以下の子ははい上がらねば幸せになれないとむち打たれる。自分のしたいことを探しているようでは、幸福行き切符をあきらめるしかないのだ。

英二などはその自分探しの子であるが、小学校の低学年の段階で「不良品」としてドブ河行き切符を手渡されてしまった。オッチャンとの違いは、英二がまだドブ板の上に乗っかっているというだけの違いだ。父が達者で、子離れしないかぎり今の楽な暮らしがある。しかし、オッチャンはドブ河でしっかり泳いでいるのに比べて、おれが落ちればあぶくも残らないだろうと思った。

いまさら「がんばって」コーゾーの近くまで上ることは不可能だし、「きたえて」オッチャンのたくましさを身につけることも無理である。英二はやはり親の手の中で「ぬくぬくと」生きること以外ないのだった。英二は、結局誰一人自分を見ていないのだ、ということをじょじょに深く感じるようになったきた。おれは将来ホームレスになっているかもしれない。そう思うと急に怖くなった。

「くそ！　おもろない！」

思わず声に出た。そして、ステレオのボリュームをいっきに大きくしたが、あまりにも大きく響き、部屋がビリビリと震えたので、あわててもとに戻した。

ソファーの前のテーブルの端で、充電セット中の電話子機《こき》が鳴った。ステレオのボリュームをさらに絞りながら子機を取り上げ耳に当てた。「森くんからよ」と母の声だ。コーゾーは予想したとおり、辻雅子から聞いたのと同じことを伝えてきた。雨が降ったらどうするか聞くと、雨は降らないとコーゾーが断言した。英二はオッチャンには辻が伝えていたと告げると、コーゾーは「やっぱりな」といわくありげに言った。その口振りから、電話機の向こうでコーゾーがにやけているのが目に浮かんだ。

「コーゾー、なんやねんそれ。オッチャンと辻がどうかしたんか。もったいぶらんと教えろや」と詰めるとコーゾーは、英二が辻やオッチャンと同じクラスにいながら気がつかんとは鈍感すぎる、となぞをかけるように言い、他人ののぞき見をする暇があったら、自分の彼女を見つけろと冷やかして電話を切った。英二は、最近女性の肉体に関心が高まり、しばしば肉欲を覚えるようになっている。が、そのことを除けば、女の子とつきあいたいとは思わない。アイドルだのファッションだのにまったく興味がないし、スポーツでも、話が合わないからつまらないだろうと考えるからだ。

その日曜日、河川敷に六人が集まり、ベンチの前で車座《くるまざ》になって向きあった。清水会長が大学ノートを持ってきており、それをみんなに見せている。英二はそれをひとめ見て驚いた。左ページに教師の名前、右ページに生徒の名前が書きこまれている。タイトルが喫煙者氏名となっていた。おもしろいのはかっこつきだった。清水によるとそれは学校では吸っておらず自宅のほか別な場所で吸っているというのだ。教師のところに二人の女教師の名がかっこつきで書かれ、都合十人になっていた。生徒のページには、二十人ほどの男子の名前の後にかっこつきで女子生徒の名前が数人書かれていた。

清水は教師の情報源は保健室の養護の先生だと言った。この教師はつねづね嫌煙権とか受動喫煙の危険性とかを唱え、去年、職員会議中を禁煙にしたということだった。コーゾーがそれにつけ加えた。アオセンの連絡で、教師と生徒会の対話集会をもつという提案が、職員打ち合せ会で了承されたというのだ。そのうえ、薬局の娘である林が、母親に紹介してもらって、校区内に住む、ある大学病院の医師を訪ね、禁煙に必要な資料を整えてもらえることになったと告げた。知らない間に事態が急進展している。清水は、今日からこの運動を秘密にしないでオープンにすると言った。

清水はそれでも慎重につけ加えた。

「これだけ準備できたけど、大人は信用でけへん。対話集会のとき、ほんまにほかのみんなが鉄砲打ってくれなあかん。オッチャン、頼むよ」

「わかった。おまえらが生徒議会に提案するねんやろ？　そんでクラス討議やろ？　そのあと教師と対話集会やな。そんときに、本気でもの言わしたらええんやろ。ただなあ、順番から言うたら煙草吸うてへんもんからもの言い始めな、話やりにくいんや。そこがおれらのあかんとこなんや」

珍しくオッチャンが弱音を吐いた。クラス討議はいつも退屈だったし、オッチャン自身、クラス討論でまともに発言したことがなかったのだ。そんな時はナンチュウの技が出る。「アンケートいう手があるで。大人になったら煙草を吸いたいと思うかとか、親が吸うのをどう思うかとか、教師の喫煙にむかついてるかとか、吸い殻がいっぱい散らかってるのを見たらきれいやと思うかとかな、おもろい質問を作るねんや。それとか、ディベートとかもええで。教室の中で賛成派と反対派に別れて言い合いするねんや。あとな、ゲームなんかもええかもしれへんな」

ナンチュウは林恵子に目線を合わせ同意を求めた。林が頬で笑み返し、言った。

「薬品工場みたいに火気厳禁の所とか、病院や保健所みたいに弱い人にかかわる所とか、食品を作る所とか、なんしか人の命がかかる場合は、文句なしに禁煙やろ？　成年も未成年も関係あらへん。暴力もいじめもそうや。大人かて暴力ふるうし、いじめやってる。何でこどもばっかし問題にするんやろ。わたしはそのことをみんなに言いたいわ。うちの母さん言うてた。大人が今もやってる最大の暴力が戦争や、こどもには大人に対して戦争するな言う権利があるて。だから、大人に言いたいことというテーマでみんなにしゃべってもろたら活発に意見が出るんと違う？」

コーゾーが英二の方を見てウインクした。その目は「ほらな」と言っている。辻がオッチャンの横でくっつきそうにしいる。ナンチュウの方はゆるんだ口元をだらんとさせ、林恵子の膨らんだ胸にちらっと目を走らせては、あらぬ方へ目を向け、大げさに瞬いては、わが心根の恥ずかしさをごまかしている。林が明らかにナンチュウの目に気づいているのが分かる。いったい、林自身はどう感じているのか知りたいものだ。一方でオッチャンが全く無関心らしいのに、辻がむりやり自分の方に気を向かせようと躍起《やっき》になっている。

こうして近づいてみると、女の子にもいろいろあっておもしろいと思った。ふっくらした体つきとはまるで違う骨太《ほねぶと》で遼遠《りょうえん》な世界がある。が、英二自身はそこにはまって身動きできなくなるのは、やはりごめんだった。

突然、誰かの腹がかん高くクークーと鳴った。と同時に、遠くでチャイムの音が始まった。十一時過ぎに始めたので小一時間たったわけだ。

「めっちゃ正確な腹時計やのお」

ナンチュウがそう言ってオッチャンの顔を覗きこむようにした。とたんにまたクークーと響いた。オッチャンが腹で返事をしたかたちになった。

「でものはれものところ嫌わずじゃ。なんしか腹減ったわ」

英二はオッチャンの家の事情を多少知っている。たぶん朝飯もちゃんと摂《と》っていないのだろう。

英二はさり気なく言った。

「おれ、今日は遅うまで寝てて朝から飯食うてへんのや。おれも腹減ったわ。話、もうここらへんでやめへんか？　コーゾーええやろ」

少し川下の青テントからホームレスの男が目をさましたのかのそのそ這い出てのびをした。そう汚れていなさそうな白Tシャツに、千鳥格子縞《ちどりごうしじま》らしいグレーのズボンをはいている。無表情な顔をこちらへ向けたが、英二に気づくとあわててそっぽを向いた。

S中の本館四階に多目的教室というのがある。教室ふたつを改造して広いフロアーにしたもので、机も椅子も置いていない。窓には暗幕カーテン、一方の壁に巻き上げ式スクリーンが設置してある。黒板がなくホワイトボードがはめこんであった。

S中には以前から月に二回行事や会議をしない日が設けられていた。ただ、実際は教科ごとに打ち合せをしたり学年ごとに会議をしたり、教師たちは逆に大いそがしだった。そうしたある水曜日の放課後、五人の教師と清水ら生徒会役員を先頭に三十数人の生徒が向き合って座りこんだ。雨雲が垂れこめており室内が薄暗い。教師は男ばかりでいずれも胡坐《あぐら》を組んでいた。生徒の方には十人ほど女生徒がきて清水たちの後に陣取っている。

英二は前三列目の左端に場所を取り壁にもたれて座った。自由参加という触れこみだったが、顔ぶれを見ると朝礼の時いちばん前に立っている生徒の顔が目立ち、学級長たちが動員されたようだ。オッチャンたちが動員したトイレスモーカーの面々がきていない。英二は拍子抜けし、やっぱりあかんかと唇を噛んだ。

教師サイドの中央にノータイのワイシャツ姿で乱暴に腕まくりした主任の教師が肩を張って腕

を組んでいた。筋肉ごりごりのその腕は浅黒く毛深かった。その教師が口を開いた。口元がいかにも自信ありげである。

「珍しく今日は時間がたくさん取れました。皆さんとの対話集会ということですから、リラックスして自由に話をしましょう。テーマは一応煙草ですけど、話題が広がってもかまいません。なにかを決める場ではありませんから、順序もなにもないです。それで、司会もまとめも生徒会に任せてほしいということでした。先生の方もそれでオーケーです。清水会長、これでいいですな」

清水はその主任教師と正面で向き合っている。たいした度胸だと英二は感心した。清水がうなずいて「はい」と言った。

英二の三メートル前に生徒会顧問のアオセンがいる。アオセンが目の前のコーゾーに目くばせをしてうなずくと、コーゾーがすぐ立ち上がって後を振り向いた。興奮を超えて開き直ったというような鷹揚《おうよう》な目をしていた。

「それでは、ぼくの方で司会をさせてもらいます。発言するときは手をあげてぼくに合図をしてください」

そう言うと、コーゾーは前の壁ぎわに立て掛けてあったパイプ椅子を開き、教師と生徒の双方を見渡せる場所に置いて座った。教師も生徒もコーゾーを見上げることになる。司会者を見るに好都合だが、あっという間に形式上の主導権を取ってしまった。用意周到である。コーゾーが視線を教室の後の方に向けた。後のドアーの開く音がしたので英二も振り向いた。オッチャンたちが遠慮がちにだがつぎつぎに入って、空いている場所に順に座りだした。みんな緊張感と照れ臭さとの交じった奇妙な顔をしているので、英二といっしょに先に入っていたナンチュウが「わお!」と言って手を挙げると、それぞれピースサインをしたり、ガッツポーズをしてみせたりした。はじめからいたものは最初「えっ!」という空気だったが、すぐ和《なご》み「面白そう」というムードに変わった。

「はい、では始めます。まず質問のある人」

「はい」と示し合わせたように前で手が挙がった。辻雅子である。

「先生方に聞きます。いま煙草を吸うておられる先生はいつどのような動機で吸い始めましたか。聞かせてください」

先制パンチだが、教師の方は予期していたのか落ち着いている。すぐにひとりの教師が、照れ臭そうに答えた。

「うん、中学三年の時に興味半分で吸いましたね。けど、まずいしむせるしでそれっきりでした」

後の方でわざとらしい、せせら笑いと拍手が起こった。続いてまたひとりが答えた。

「先生は、高校卒業して浪人中に浪人仲間と喫茶店とか、たまにビアガーデンとかでやりだしたなあ」

「不良や」と野次が飛び、また後ろで引きつったような笑い声がいくつか起こった。教師たちもつられて苦笑いをしている。

「わたしはS中の教師になってから、A先生に脅されて吸わされました」

「先生、ほんま？ 嘘やろ！」

「あははは、嘘です。冗談。ほんまはやっぱり大学一年のとき、バイト先で大人に張り合うつもりで突っ張って吸うようになりましたね」

「質問！」

後ろで声を張り上げたものがいる。

「煙草吸ういうんは、大人になるいうことですか。もしそうやったら、吸わへん大人はつまり大人でないいんですか」

英二と同列の落ちこぼれたちは、こういうちんぴらふうの屁理屈が得意である。教師たちが一斉に笑った。

「いや、実はそういう話がでると思ったんで、ここに教育六法という法律の本を用意しました」

そう言った教師は、床に置いていた分厚い本を手にして、紐《ひも》を挟んでいたページを開け、眼鏡をかけなおして読み出した。

「未成年者喫煙禁止法、未成年が煙草を吸ったときですね。煙草、ライターなど取り上げてよし、親とか煙草を売ったものは罰金、とこう書いてある。法律上大人の喫煙は問題にしない、こどもがやるのは違法行為やとこうなってる。うん」

教師は顔を上げると小鼻をひくひくさせ、隠微《いんび》な笑みを見せた。「嫌味《いやみ》な人種じゃ」英二は腹からむかついた。ところが、右端にいた教師が、いかにも不快そうな表情をしてみせ、軽く手を挙げコーゾーを見た。

「法律で話をするとなるとね、わたしたち教師側には、関連の法律を全部生徒に報らせる義務が生まれます。たとえば、学校保健法に学校、つまり教師は生徒の健康に関して、健康相談を行なう義務があると書いてあります。この集会がいわばその健康相談やといえないこともない。健康をキーワードにしたら、この対話集会で教師と生徒の共通点を見つけることができる。煙草の害は健康とか環境の問題と考えたら、今の禁止法はおいといて、対話ができると思いますね、わたしは」

なるほど大人は知恵がまわるもんだと、英二は感心した。そして、教師の間に意見の違いがあること、意外にははっきり言い合っていることを、生々しく見ることができた。あとから入ってきた生徒たちが、コーゾーの司会ということもあって、図に乗ってしゃべりだした。

「ガラス屋のおっちゃんが、教室で煙草やってた」「電気屋のにいちゃんが、机の上で煙草消してた」「日曜日、学校開放で野球をやっていた人たちが、テニスコートに吸い殻をいっぱい捨てて帰った」「校長室が、煙草の煙でもやもやしてる」「PTAの人も、教育委員会の人も、学校に来て煙草吸うてる」

言えば言うほど、自分たちの喫煙行為との矛盾が深まる。みんなそれが面白くてげらげら笑いながら聞いて楽しんでいた。

喫煙していない女子生徒からもつぎつぎと出た。学校の外にまで広がった。「自動販売機を道路脇に置くのは犯罪や」「レストランで食事するとき、隣で吸われると味が悪くなってしまう。

許せない迷惑犯や」「人のうちの玄関前に自動車を止め、吸い殻の山を捨て残して出ていく大人がいる。立ちしょんべんとか、犬の糞捨て逃げと同じ、犯人はほとんど大人や」

オッチャンが終始黙っていたので、英二はずっとそれが気になっていた。オッチャンは小柄なのでどこにいるかも分からない。英二は膝立ちになって後ろを見渡したが姿がない。ひとりが発言するたびにわいわいがやがやとなるが、コーゾーがしっかりと交通整理をした。生徒の発言がひとしきり続いて、やや雑然となりかけたとき、コーゾーが会場全体を制止した。

「みんな、ちょっと待って！　今みたいにばらばらに石投げてては対話になりません。それでちょっと話題を絞って、できたら、やっぱり問題の解決をめざしたいと思います。で、これからは、学校内での禁煙をみんなで考えてほしいと思います。それで、僕らは学校内での大人の禁煙を提案したいのです。そのためには、今までみたいに、先生が生徒に煙草を吸うな言うだけではあかんことになるわけです。そしたら、大人の意見を聞かなあかんことになります。どうですか」

コーゾーがついに校長先生がきたはらへん。なんでや、聞いてみてくれ」

「今ここに校長先生がきたはらへん。なんでや、聞いてみてくれ」

オッチャンの声だ。教師たちが互いに顔を見合わせて「だれが答える？」という顔で譲り合った。

「今日は行事のない日ですけど、校長先生はお忙しいですか」

清水会長がずばりと聞いた。この場に呼びこもうという気構えだ。教師たちが戸惑っている。煙草を欠かせない校長先生をここにこさせては示しがつかないのだろう。が、その時いつのまにきていたのか、保健室の養護教諭が前の入り口の近くでつと立ち上がった。

「わたし、見てきます」

五十をいくつか越しているこの保健室大明神《だいみょうじん》は、生徒は及ばず、母親たちにも厚い信頼を得ていた。こどもに朝食を摂らせない母親を呼びつけて指導するという話が、校区内で聞かれるという。英二はこれは校長先生をひっぱって来るなと思った。多くの生徒たちも同じ気持ちになったに違いない。教師たちは「さあ、知らんぞ」と当惑半分、興味半分の百態《ひゃくたい》を演じている。が、英二は「うん？　あれ？」と奇妙なムードを感じ始めた。

教師たちが、真剣な顔つきになって小声で話し合いを始めたのだ。指導主事の教師が中心になっているが、決して指示を出しているという雰囲気ではない。むしろ、他の教師の意見を聴いてまとめようとしている。主事の教師の頭がうんうんとうなずいているばかりなので、それが分かるのだ。普段、生徒のいるところで、この教師は他の教師を何だかんだと動かしているのを見ることが多い。が、今見た姿は逆にみんなの意見を受けて指揮をしている、そう感じ取れた。

「先生、いいですか？　対話を続けますよ」

しばらく教師の相談を待ってから、清水が声をかけた。教師たちは、笑顔でうんうんと答えた。ちょうどそこへ前のドアーが開いて、校長が顔をのぞかせた。あとから養護の先生が校長を押し込むようにした。生徒席から拍手が起こった。生徒会の役員たちが大きな拍手をしているので、みんながそれに合わせた形になり、一種の歓迎ムードになった。

教師たちが真ん中の席を開け、そこに校長が座った。教師たちが笑顔で迎えたからか、校長も少し笑い顔を作った。そして、主事の教師を見て「コメントするのか」という顔をした。

「校長先生、ぼくが司会者です。今まで、学校の中での禁煙について対話をしてました。学校の中で、いちばん煙草の好きそうな大人は校長先生やということになって、学校を全面禁煙にしたら、校長先生はどないされるか聞きたい、いうことになったとこです。答えをいうてもらえますか、急ですみませんが…」

教師たちがうれしそうににやけている。

「先生方はもう答えられましたか」

校長が逃げ腰になった。主事の教師が「校長からどうぞ」と言って笑った。

「こら、弱りましたな。実はわたし、今までに数えきれんほど断煙《だんえん》を誓ったんですが、結局、自分で自分を裏切ってきました。正直言うてね。大人とこどもは違う、いうようなことは言うまいね。大体、最近は煙草吸いがかっこ悪くなりましたよね。先生らの頃、煙草吸うてる生徒は不良でした。今は煙草吸うてる大人が不良大人みたいで、駅のプラットホームなんかでやってると、非難の眼がぶすぶす刺さってきますよな。小さくなって、こそこそ吸うてるのはみじめなもんです」

校長はここへ来るまでに腹を固めてきたようである。養護の先生にきっぱりと言い渡されたのかもしれない。意外にさっぱりとしていさぎよかった。白旗のあげ方が、堂々としていて居合わせた生徒たちの方があっけにとられた。今度は、教師たちの方が「してやられた」という顔になった。このあとどう展開していくのか先が見えない。みんながちょっと考えこんだその時、オッチャンが立ち上がった。

「先生ら知ってるかもしれへんけど、おれら二年は一週間学校で禁煙してた。そしたら、どうしても吸いたいやつがおって、そいつら塀の外で吸うたんや。ほんだら、用務員の小田さんが塵取《ちりと》りと箒《ほうき》持って横で吸いおわるのん待ってたんや。そいで、みんなやめてしもたて。校長先生もそんなんやったらやめられる思うわ。せやから学校を禁煙にして、みんな、大人もこどもも塀の外で並んで吸うねん。そんで、小田さんが横で待つねん」

まるで新聞の四こま漫画的発想だが、オッチャンが言うと現実味を帯びてくるから不思議である。

「はい！　そのとき、塀の外側に学校禁煙のポスターはったらええ思います」

勝手に立ち上がって発言したのはナンチュウである。例によって目の玉をくるくる動かしてしゃべる。教師のひとりが手をたたいて面白がった。教師たちの眼が春日和《はるびより》になってしまった。英二は「この指とまれ」と言ったのはアオセンかもしれないと思ったが、その指にとまる指もまた知恵ある指だと思った。

（四）　教育現場

S中での英二の教育実習が始まった。玄関ホールから廊下を右にいくと、事務室、校長室、職員室と続き、通路を隔てて放送室、小会議室、生徒相談室となっている。その小会議室が教育実習生用の控え室にあてられた。長机四脚が二列くっつけて並べてあり、三人ずつ向かいあって席をとった。ノートや参考書以外の荷物を置くスペースがないので、各自パイプ椅子を適当に自分の後ろや脇に広げておき、その上にバッグや小物を雑然と積んだりした。

教育実習は月曜日に始まって、二週間で終わる予定だ。第一週目はオリエンテーション。校長、教務、生徒指導、研修などのレクチャーをまず二日間聞かされる。三日目からさっそく授業と学級経営の見学に入る。四日目には、指定されたクラスのホームルーム指導、清掃指導などいきなり任せられる。実習予定のプリントを見る、とそんなことがわかった。月二回、週五日制になっていて、実習第一週目の土曜日が登校日になっていた。その土曜日に、学年の球技大会という学年行事が組まれている。

月曜日の朝、全校生の前で教育実習生五人が紹介された。国語科のタマゴが最初で、英語科のナスビが最後だった。二番目に紹介された英二は、ただひとり男であり、体格の大きさもあって最も注目された。生徒たちの視線が全部自分に集まるのには、圧倒され、舞い上がってしまった。黒ズボンにワイシャツネクタイというスタイルは、母親に強引に着せられたものである。どうあいさつしようかと昨夜何通りも考えたが、考えが定まらず、挙《あ》げ句《く》は、出たとこ勝負でやろうと腹をくくってきた。

マイクの前に立った瞬間、ことばが出てこなくなった。とっさに「おっす。よろしく」とやってしまった。爆笑と拍手が起こった。あわてて「社会科の川田です」と言って、最敬礼をして下がった。教師たちが、歯をむき出しにして笑っているのが目に入った。そのあとどうなり、どこを通って控え室に戻ったのか、英二は思い出せない。

ほっとする間もなく、第一時限目の授業開始チャイムが鳴った。実習生たちは、おっかなびっくりの体《てい》で校長室に向かった。校長講話である。

相当高価なブランドものらしいグレーの細い縦縞スーツを着ておさまっている。ではあるが、この校長、顔が上方《かみがた》しゃべくり漫才のKそっくりなのだ。英二はさっそくKと命名した。Kは大げさなぴかぴかの校長机について、窓の向こうを眺めていた。正面の壁の上の方に、例によって歴代の校長の写真が並んでいる。初代から半分ほどがモノクロ写真で、セピア色になっていた。ちょび髭や坊主頭がいて、見あきしない。

ところが、そのユーモラスな額縁《がくぶち》とうらはらに、カーテンといい、ソファーといい、窓際の観葉植物といい、すべて一種独特の威厳を強調していた。校長室などという空間に縁《えん》のなかった英二は、思いもかけない異様な空気に触れた。入り口に並び、直立している実習生たちをじろりと見上げた校長が、突然、表情を変えると、ゆったり立ち上がって言った。

「川田くんでしたかな、君の挨拶はインパクトがありましたなあ。ま、そこにかけて」

長いソファーに三人、手前の補助ソファーに一人ずつ、紹介された順に座った。

「生徒にごっつう受けてましたなあ。わたしも長いこと教師やってますが、あんなんは初めてと違いますかなあ。女の子がきゃあきゃあやってましたが、ほんまは男子の方が興奮してたみたいですわ。男の子ちゅうんは、力の差を測りよりますからなあ。おそらくみんなかなわん思たん違いますかなあ」

べらべらと早口でしゃべる。しゃべると、いっそう漫才師Kに似てきた。英二はふと警戒しかけた。このわざとらしい言い方には刺《とげ》が隠されている。ふたまわりの人生を経た英二にも、そのくらい読み取れるものだ。

「すみません。ぼく、口下手なんで申し訳ありません。以後気をつけます」

英二は大きい体を縮めて頭を掻いた。Kはあとの四人の実習生に、挨拶の態度やことば使いなど細かいことを、小姑《こじゅうとめ》の干渉も顔負けするような、しつこい批評をした。教師はタレントじゃないから受けを狙《ねら》うな、耳で聞いて判断しにくいような難解な熟語を使うな、カタカナ語が多すぎる、上をむいたり横を見たりしてしゃべるな、半疑問の言い方や「し」をやたらに使う言い方は聞き苦しい等々、あまり多すぎて覚えきれなかった。

猿回しが調教の最初に猿に噛みつくのと同じやり方である。のっけの、この一撃で五人は屈伏させられた。あとはただ、頭を垂れて仰せを拝聴するばかりであった。Kは基本的なことを三つだけといって、刺激的服装禁止、差別的ことば厳禁、生徒のプライバシーに踏みこむなということを今度はいとも簡単に、事務的に言った。あとは、外国旅行の話、自宅の庭で花と野菜を栽培している話など、半ば自慢話を一生懸命感心して聞かなければならなかった。

次は、あの教務のヒゲ丸の講話であった。これは、実習生控え室の小会議室で行なわれた。相変わらず淡々とものを言う。出席簿の管理、教材教具の管理、時間厳守、授業はチャイムとともに始めチャイムとともに終わること、早く行きすぎたり、だらだら時間延長をしないこと、終わりのホームルームは、放課後の活動時間の保障を考えて短時間に切り上げること、そして、服装、ことば、守秘義務の三つを校長と同じように言った。

最後に、実習記録は各大学で形式がまちまちなので、実習担当の指導を受けて記入をすること、絶対に毎日提出することなどが指示された。英二はこの時点でもうへとへとになった。徹底的な管理である。がんじがらめで、生徒のことを考えたり何かを感じたりする場ではない。

その日の放課後、二階の会議室で、二学年の教師集団との顔合わせがあった。実習生の授業は、一年と二年の二学年にまたがったが、学年所属は二年にまとめられていた。学年主任の教師がさかんに校長と教務主任が何を言ったか聞きたがった。しかし、他の教師たちは、実習生を招かざる客とみているようで、露骨《ろこつ》にぼやく教師もいた。

教師どうしの会話を見ていると、お互い他人のことに興味や関心を示さないように見える。英二は、自分が中学生の頃の教師とどこか違う感じがした。自分が大人になった分、教師への見方が変わったのだろうか、それとも、教師社会が変質したのだろうか、あるいは、生徒が変わったので教師もスタイルを変えてきているのだろうか。あの頃に比べて、教師の平均年令が明らかに上がっている。顔と動きを見て、すぐにこれは気づいたことだったが、それにしても、活力が乏しすぎる。何だか潤《うるお》いのない、不毛地帯に踏み込んだような気分になった。

校長、教頭のほか、教務主任、生徒指導主任、学年主任などの主任といわれている教師がみんな管理職だとすれば、平教師は何重にも管理されていることになる。これはたまったもんじゃない。英二は、教師の世界は聞きしにまさる地獄だ、よほどの給料をとらないと間尺《ましゃく》に合わないと、しみじみ感じた。Kとヒゲ丸の話を三十分ずつ聞いただけで、教師になるどころか、教育実習さえやめたくなるくらいだ。

翌日の第一時限目は、生徒指導主任の講話だった。この生指主任はS中の数少ない青年教師の一人で、小柄で痩身《そうしん》の、体育科の男性教師である。若いといっても、三十半ばは過ぎているに違いない。

「何か事が起こるとさっと駆けつける教師が少なくなった。ベテランの域の教師ばかりだから、問題行動に対し判断が速いし、さばき方がうまいが、何しろ動きが鈍い。自分のような若造《わかぞう》に主任を押しつけて、しんどいことから逃げてしまう」といわずもがなのことを言うのには、開いた口がふさがらない。

昨日の生徒集会での、あの生徒たちの一見明るい反応は何だったんだろう。生徒たちを囲むようにして、立っていた教師たちが示した、あのゆがんだ苦笑いはどこからくるのか。英二は、この教師からその答えを引きだすのは無理だと思った。が、この教師、異《い》なことを言いだした。

「ですが、みなさん、先輩の先生方を責めるのは筋違いなんですわ。ワープロにも手を出せなかった先生方にパソコンを教えろ、点数の相対評価でノーハウを積み上げてきたのに、急に関心とか態度で評価しろって、正規の授業時間にクラブ活動を入れたり、ゆとりの時間が入ったり、今度は総合や。やったことのないことを、毎年のように強いられてるんですわ。

自分の教科の授業ならなんとかやれるかもしれへんけど、はっきりいうて、今言うたような教育活動は、だれもやったことがない。つまりはみんな素人ですわ。

それで、肝心なのはそういう新しいことが、現場からの要望ではないちゅうことね。だから、まず教師の方が拒否反応を起こしたり、消化不良になったりしてるちゅうことですわ。ただただしんどいことの堆積《たいせき》ね。形式的にこなしていこう、こう言うと絶望的に聞こえるかな、けど、これが現場の実態です。そこで、みなさん、ニューフェイスとしてこの現場に入りたいんなら、せめて教育課程は自分でたてる、教科書は自分が採択する、いうぐらいの気迫を持ってきてほしいと思うてます」

言われることの半分もわからなかったが、学校現場が、正体の見えない重荷を背負って挫《くじ》けかかっている、おれのような甘ちゃんの入る場所はない、ということが感じられた。他の実習生たちの顔を気づかれないようにちらちらっと見たが、闇夜にカラスを探すような、途方に暮れた眼が並んでいた。

実習生の頭の中は、ただ教科の授業をいかにこなすか、それで精一杯なのに、たった二週間で学校現場の全体を解れと言っても、所詮《しょせん》無理な注文だ。講師役の教師たちそれぞれ、単位欲しさに従順にしている実習生をいじめて、ストレスの発散をしているだけかもしれない。

英二は、ふと十年前のS中を思い起した。あの禁煙騒動のあったちょっと前、オッチャンが「おれらは学校の主役でも脇役でもない、きまぐれな客や」と言っていた。禁煙大運動のあと、そのオッチャンが一種のヒーローになったが、その舞台作りに教師たちがわいわい動き回り、PTAまで動かしてくれた。あの年にも教育実習があったはずだが、英二は全然覚えていない。しかし、当時の教師については、少なからぬ印象が今も残っていた。それぞれの教師が、ともかくも個性的な一家言《いっかげん》を持っていたのだ。

数年前から、中高校生による異常な事件がさかんに報道され、学校が変だ、こどもが変だという論調が眼につくようになった。世論に無感動な英二も、このごろの中高校生は避けたほうがよい、という妙な意識が心の中に蓄積され始めている。いま、英二はかすかながら、学校というものに興味を覚えた。このS中にはオッチャンのような存在があるだろうか。

次の研修主任の講話は、板書の書き方、消し方、声の大小、目線の位置、指名のし方、発問のタイミング、注意や励ましのコツなど細かい授業テクニックの話であった。英二はこれは大変だと思った。が、自分の接してきた教師のいずれも、この主任が言う程よく配慮してやってくれていたとは思えない。案《あん》の定《じょう》、これは研究授業用の要領だとしめくくったので、なるほどと納得した。

(四)　教育現場

第二日目が終わった。放課後、担任の吉田宏子と一時間ほど明日からの打ち合せをし、実習日誌を書いた。感想を書く欄がある。昨日、その十五行ほどの欄にぎっしり書き記しておいたら、句読点や誤字、表記の誤りなどが鉛筆で十数か所訂正され、「以後このような初歩的ミスをしないように」とあったので、時間をかけて慎重に書いた。内容はほとんど見てくれていないように思ったので、当たり障《さわ》りのない、事実のみを記録風に記し、最後にひとこと、現場の先生方の仕事は責任が重く、心身のご苦労の程をつくづくと感じた、などと適当に書いた。

第四日目、職員室の前隅《まえすみ》にパイプ椅子だけひとつ用意され、実習生が交替で朝の職員打ち合わせ会に参加することになった。朝のホームルームからクラス経営に入ることになったのだ。

初日の当番は国語科のタマゴだ。大学ノートにずいぶんたくさんメモが走り書きしてある。タマゴは、早口で生徒への連絡と、指導事項を読み上げた。英二はあわててレポート用紙を広げ、メモを取った。昼休みに○○委員会が○○教室であるので、委員は弁当を持って集合すること、きのう外出許可証と生徒手帳を持たずに外出し、補導された生徒がいた、やむをえず外出するときは、かならず担任に許可証をもらって出るように、また、きのう放課後、廊下を走っていて出会い頭にぶつかって、負傷したものがいる、廊下で暴れたり走ったりしないように、という具合である。

英二はうんざりした。クラス担任は、毎朝こんなことを繰り返しているのか、朝っぱらから面白くないものである。本当は、社会科教師らしく、毎朝その日の新聞から面白そうな記事をひとつ抜き出してきて、楽しいコメントをしてやろうと、張り切っていたのだが、一瞬のうちにしぼんでしまった。

その日は、授業見学、学級経営、クラブ指導をし、あとは、月曜日から始まる授業実習の教材研究で、息をつく暇もなかった。

その日の夕刻、指導担当の吉田宏子と校門を出た。S校の敷地内は緑が多い。周縁《しゅうえん》の塀の上はすべて緑におおわれていた。学校創立四十周年を過ぎていたが、英二らも、卒業記念として百日紅《さるすべり》を十本植えたのを覚えている。あちこちに濃いピンクの花が、空に向かって伸びるように咲いているのが見える。懐かしさや、誇らしさが胸にわいてきた。あそこに椿が植わっていて、花を咲かせていた、秋にナンキンハゼの紅葉を見、金木犀《きんもくせい》の香を嗅いだなど、なぜだか思い出した。今はメタセコイヤ、ヒマラヤスギ、ポプラの木々がグランドや道路に木陰をなすようになっている。

駅までの十分間ばかり、吉田を送りがてら、英二はオッチャンやコーゾーの思い出を語り、校舎は変わったが、樹木だけは歴史の語り部だと言った。吉田も同感し、あの雑草の庭もそのままおいてあるよと言って笑った。英二は、その庭でやった生徒会役員たちとの禁煙騒ぎの密談シーンをはっきりと胸に描いた。

家について玄関ホールを抜け、ダイニングルームに入ると、キッチンの前にいた母がふりかえり、いかにもうれしそうに言った。

「英二先生、お帰り。どうだった?」

半ば冷やかし気味、半ば心配そうな言い方である。明らかに待ち兼ねていたという声色《こわいろ》で、まるで舞台の演技である。

「英二先生、疲れたわ。喉が冷たい麦ジュースを要求してます」

「ハイ、ハイ。ビールね。枝豆？　それとも冷ややっこ？」

「うれしいなあ、ほんま、嫁はんみたいや。そや、シャワー浴びてくるわ。五分ですむから何でもええ、食うもん用意しといて」

バスルームから出てきてダイニングルームに戻ると、冷えたビールの生樽《なまだる》と鰻の蒲焼き、冷ややっこ、ピーナッツ、野菜サラダの盛り合わせが、テーブルいっぱいに並べてあった。実家での、久しぶりの母の心尽くしだ。早速ビールを一人であおり、満たされた大人の気分になっていた。トイレから出てきた母が「わたしも」と言って、もうひとつ置いてあったジョッキに、ドボドボ音を立てて注いだ。

「そんな仰山《ぎょうさん》泡立てたら飲みにくいやろ」

「何言うてんの、これがほんまのビール通《つう》の飲み方なんやよ」

「なんでやねん。泡のどこがうまいねん。あほちゃうか」

「あんたもっと場数《ばかず》ふまなあかんよ。ビールちゅうもんは、香り、舌触り、喉越しで飲むもんや。泡飛ばしたら香りも飛んでしまうやろう？」

「母さんにかかったら、ほんま、ぼくもまだガキやなあ。そうか場数か」

「あはははは。ほんまは母さんも昨日兄ちゃんに聞いたとこや。兄ちゃんはつき合いが広いから、どこぞのスナックのママさんにでも聞いたんやろけどな」

「うん、兄貴みたいにつき合いが多いとええなあ。知識が自然に増えるし、顔が広うなる」

英二は、食卓の上のものをつぎつぎと胃のなかに詰めこんでいった。

「兄ちゃんみたいに話上手もええけど、一方で聞き上手もおらなあかん。英二さん、あんたは小さいときから、ほんまに聞き上手な子やった。このごろはその聞き上手が減ってしもうたみたいやで、こういう時代、英二さんみたいな聞き名人が先生になったら、生徒も親も安心するかもしれんよ」

英二はこの母の機知、会話の妙技に聞き惚れた。自分が年令的に大人に近づくにしたがって、母の言う、人生の場数を踏むことの意味を肌で感じる域に到ったと思った。

「英二さん、あんたガールフレンドできたんでしょう。ね？　ほら、これ」

母が、小さなメモ用紙を電話台の横から摘《つ》みとって手渡した。受け取ってみると、仮名書きで「やまぐちみさ」とあり、数字が書いてある。０２４２とあるから、大阪でも京都でもない。これは会津の電話局番だ。「山口さんか、何やろな」と英二は内心狼狽《ろうばい》しながら平静を装った。

「なに？　それ、とぼけたりして。正直に白状しなさい。彼女やないの？」

「そういうわけやないけど。R大の同期の人や、バイトがいっしょのとこやったんで知りおうただけや。ごっつい偉い人でぼくらお呼びやない人」

「隠したてあかん。何をぐだぐだ言うてんのよ。母さんは騙《だま》されへんわ。さっき、電話でご本人さんからお話聞いたんやから。第一、なんでここの電話番号なんか知ってはるのよ。なんであんたが教育実習してること知ってはるの？　実習がうまくいってるかどうか心配や、言うたはった。あんたらええせんいってるて、母さんぴいんときたんやから。でも、しっかりしたお嬢さん、英二さんの恋人にぴったりやと思うでえ。ほら、お電話したげなさい」

英二はうろたえた。仁和寺でのデートから日も浅い。西宮に行った日に、やっと英二が恋のときめきを覚え、相互に恋人宣言をし合ったばかりである。

英二自身、いまだ自分が山口美紗の恋人といえるのか心許《こころもと》なかった。大学の友人たちに知られたら、一笑《いっしょう》に付《ふ》されそうで、恥ずかしくもあり、自信もなかった。大学院への進学という、とてつもない大障壁がある。英二はまだその話を親に告げていない。恋人を持つというのはしんどいものだ。

「英二さん、父さんも兄ちゃんもいてはらへん。母さんと二人だけや、安心して打ち明けなさい。内緒にしたいんやったら、母さん、あんたがええ言うまで秘密を守ったげる」

母の存在の何たる確かさ、参った、参ったと、脱帽である。

「はいっ、山口でございます。ハイ、どちらさまで……あらあ、英二さん。こんにちは、お元気でいらっしゃいますか。さきほどお母さまにご挨拶申し上げましたけど、ご無礼にならなかったでしょうか……」

歯切れのよさ、この上ない。しかし、営業用のような変な口振りである。アニメのようにパクパク動く、美紗の赤い唇が想像された。

「そっち、実習終わったんやろ？　お疲れさんでした。どやった？　しんどかったやろ。ぼくの方、始まったばかりやけど、たった四日でもうへとへとや……」

美紗も、故郷会津の母校へ教育実習をしに帰っていたのだった。先週終わっていたはずであった。

「私もぐったりよ。終わったら体調が狂っちゃって、何にも考えられないの。今やっと気力が戻ったかなって感じ、それで、まずあなたに電話したたって訳よ」

「そう、寝込んでたん？　かわいそうに、だいじょうぶ？　とかいうて、ぼくもほんまストレスたまりそうや。先生稼業て、見た目ほど気楽やないなあ。えげつないとこや」

「そうよ、半端《はんぱ》じゃないわ。何十人の、ぴちぴちの若者たちと対等にやるんだもの、百パーセント体力勝負よ。それに、もっとたいへんなのが、事務処理と会議と行事の準備。教材研究してる暇など、どこにもないんだから」

「えらい脅《おど》かすねんな。聞いただけでため息が出るわ。ま、ええわ。今からそんなん言うて怯《おび》えててもしゃあない。やるしかないもんな。ところで、京都にはいつごろ帰ってくるつもりなん？」

母が、興味津々《しんしん》のいたずらっぽい眼をして、耳を傾けていた。英二の眼を覗きこんで、口元に手をもって行き、口と手をぱくぱくさせてもっとしゃべれと合図した。

「もしもし、英二さん、私お母さんにはっきり申し上げましたからね」

美紗がまた少し改まった口調になって、ささやくように言った。

「何言うたん？　ぼく自身、まだ何も言うてへんのやから、先走って余計なこというたらあかんで。うちの親、これで結構うるさいんやから」

「ふふふ、息子の恋人って、母親の最大関心事よ。将来の敵になるかもって思うのよ。私、兄のとき、うちの母さんをしっかり見ておいたの。だいじょうぶだよ。英二さんは当面の教育実習をがんばって！　私、明日京都に帰るわ。じゃ、長くなったから電話切るわよ」

これではどちらが年上なのかわからない。英二は受話器を置くと、テーブルの上に残っているサラダやピーナッツをつぎつぎ口に放りこんだ。母は美紗が「ちゃんとしたお付き合いをさせていただいています」とはっきり言ったと、うれしそうな眼で言った。そして、いずれ父にも知らせるときがくると思うが、その前に母に会わせろと言った。

恋愛の始まりも、付き合いの始まりも、家族との関係の始まりも、すべて美紗の仕切りだ。そして、今度は母の介入干渉である。英二は、なんでこうなるのだろうかと、己れ自身がおかしくなってしまう。シャープなしゃべり方をする頭脳明晰な女子学生、英二が最も敬遠するタイプの才媛《さいえん》、それがなんと、あの手を握り合った瞬間から、英二の全神経が忘れえざるものを記憶してしまった。早く会いたい、身も心もそれを今いちばん求めている、不思議だった。

「なによ、にやけて。何考えてるの？」

母の直截《ちょくさい》的な突っ込みが図星《ずぼし》をついているだけに、辟易《へきえき》する。即座に英二は切り返した。

「よう言うわ。母親の言うことか、それが。品のないおばはんみたいな言い方してから。恥ずかしないんか」

「英二さん、あんたの、その恥ずかしがるところはいいんやけど、男と女のことは、ちゃんと眼を開けて見なあかんわよ。なりゆき任せに、くっついたり離れたりしてると人生やり損なうの。巣離れの時期がきてるんよ、いい？」

「巣離れか。ということは、母さんの子離れちゅうことや。あの娘は頭が切れて、行動力があるから、母さんとは絶対衝突すると思うわ。ぼくができが悪いから、母さんがどれだけ引いてくれるかにかかってくるわ」

「あら、英二さん結構言うね。はや彼女のために母さんを牽制《けんせい》するの？　ええわ、その時がきたら母さんの実力見せてあげるから。あんたが一人前に自立するまで、まだだいぶ日数がいるわ。まあ見ておみ」

「へええ、よっぽど苦労してきたみたいなことというて、おばあちゃんが聞いたら笑うで」

「もう、腹立つな。あんた一人に、母さんどれだけ泣かされたか。分かってんの？」

「またそれを言う。しゃあないやろ、こういう息子を産んで育てたんは、自分自身なんやから。人にあたま下げる勉強させてもろてるとか、あの頃、母さん言うてたやんか」

「へたな屁理屈。まあええよ。あんたの歩いた道のあとの掃除は、母さんがしてあげるから。ところで、英二さん、携帯電話持ちなさい。美紗さん、持ってはるんでしょう？　お金出してあげるから」

英二の周辺の学生は、ほとんど携帯電話を持っている。が、英二は今まで持ちたいと思ったことがない。一人で道を歩きながらしゃべるのは恥ずかしい。くわえ煙草して、携帯電話でしゃべりながら運転している中年女性を交差点で見たとき、怖いと感じたことがあった。英二は、幼い頃から恥ずかしいとか、怖いという感覚が強く、それが、自分の感性の大事な部分だと思っている。静かな場所で携帯の呼び出し音が鳴り、人の眼が自分に注がれる、そういうのは、堪え難いほど恥ずかしいのだ。

「携帯電話？　ぼくはあれどうも好きになれんわ。苦手《にがて》や。別にいらへん」

「そう？　公衆電話で内緒話するほうがええいうの？　いまどき中学生でも持ってるのに」

「緊急のときはあったら都合ええけど、普段は必要感じへん。持ったら持ったで、無駄な時間と金を使うだけや」

久しぶりの母とのじゃれあいが、何とも心地よかった。中学生時代、学校に呼びだされたり、補導センターで警察に説教されたりしたことがあったが、そんなあと、母が家に帰って怒るということがほとんどなかった。

だいたい、万引きにしろ、恐喝にしろ、英二が実行犯だったことがほとんどなく、助勢しただけで、それが英二流処世術だということを、母は暗に認めていたのではないか。母は「ワルの連中と遊ぶな」などというような言い方を決してしなかった。母の、この信仰とも、悟りともつかない確信は、いまも謎である。

兄の英一が六年生のときにPTAの委員を引き受け、そのまま英二が中学を卒業するまで、PTA役員を続けていた。「あんたに泣かされた」とさらっと言ってのけるが、そのころ、母の涙を見た覚えはない。S中時代の英二は「問題生徒」であり「荒れるS中生」の顔の一人だった。その母親であることと、人の前に立つPTA役員との矛盾、葛藤があったに違いない。母はとてつもなく鈍感なのか、それとも、やはりなにか期するところがあったのか。

英二の耳に美紗の声がもどった。「実習をがんばって。電話切るわよ」という美紗のしなやかな声が、ぴりっとした叱咤《しった》の響きに変わった。「明日の準備するわ」そう言って英二は二階の自室に向かった。

担任の吉田宏子によると、英二が受け持ったクラスに、一人の不登校の男子がいる。事実、出席簿に毎日、欠席のマークがついていた。吉田は毎日呼名をしていないと言った。朝、教室で空席があるとすぐわかると言う。理屈だが、名前と顔の一致しない英二にできる訳がない。吉田は、実習一日目に、持ちクラスの生徒の名前を全部暗記してこい、と指示していた。研究授業の時にそれが試されるということだった。

不登校生の席は、端っこの列の最後尾に置かれていた。これでは、せっかく登校してきても疎外感《そがいかん》がして、クラスにとけこめないのではないかと言うと、吉田は、本人の希望だと言った。みんなにあまり見られたくないというのだ。列も廊下側だと人の眼につきやすい。授業が分からないので、窓外の景色を眺めていたいと言ったとか、わがままな生徒らしい。

第五日目の朝、男女あわせて八人の名前と顔を一致させて憶えてしまった。その朝、欠席の不登校生のことを誰も意識していないらしく、何のことばも気配もなかった。職員室に戻って吉田に報告すると、生徒がどんな反応をしたか聞かれ、別にないと答えると、そんなはずがないという。英二の眼には、前日の朝と何も変わりがなかった。

「なにかあったんですか」

「今朝不登校のAがきてたのよ。それですぐ教室に行かせたの。そうか、じゃあ、教室にようはいらへんかったのね」

「あっ、そうか、さっき階段を降りるとき、茶髪の生徒が逃げるように走っていくのを見ましたけど、ひょっとしたらあれがAやったんかな？　ちょっと見てきます」

「いや、つぎ、授業参観でしょう？　大丈夫やからそちらの方に行きなさい」

英二は迷った。Aが気になる。授業参観は、担当の教師に許可を得ていたから、行かなければ失礼だ。結局、指導担当の吉田の指示にしたがって、一年生の教室のある、三階に上がっていった。

時流に乗った「調べ学習」というやつだ。グループに別れて、しゃべったり、資料を写したりしている。「どこかのグループに入って一緒にやってみなさい」といわれたので、後ろの方のグループのなかに顔をつっこんでみた。「熊本県の産業の移り変わり」というテーマで、図書館から借り出してきた資料を、積み上げている。六人のうち二人の女子生徒が、ノートに資料を書き写している。

他の生徒はただしゃべっていた。話題はタレントや、テレビゲームのようだったが、英二はその話に入っていけなかった。英二は自分が中学生のときから、すでに流行音痴だったので、友達のしゃべりを聞いて、ふうんふうんと聞いてばかりいたが、今もやはり、へえとばかりに感心して聞くのだった。

英二は、ふとおしゃべりの様子を観察してやろうと思い、机間をぶらぶらして回った。すると、中に、英二のようなのが各グループにかならず一人はいた。そして、ほっと安堵《あんど》した。こどもの姿は、昔とちっとも変わらないのだ、という気がしたのだ。

地道に動いて成果をあげようと、こつこつ努力する生徒、その成果をさらって、目立つところだけを演じようとするこども、どうでもいい、投げ遣りの生徒など、今も同じ構図があるのだ。まぎれもない、大人社会の鏡である。しかも、努力型や、目立ちたがりタイプの方が、どことなくおどおどしており、投げ遣り型の方が、尻が座っているように感じた。教師の方から見ると、こどもたちはこんなふうに映っているのかと、おもしろくなった。あっという間に、終わりのチャイムが鳴った。

（四） 教育現場

教室を出て職員室に戻る途中、一階の渡り廊下のところで、用務員の小田に呼びとめられた。小田の後について、用務員室に入ると、そこに、一人の茶髪の男子生徒が、ぽつんと座っており、テーブルのコーヒーカップを抱えていた。顔を見合わせたとき、英二はあっと驚いた。その面《つら》、しっかり憶えてるぞ、と言いかけて、うっと息を飲んだ。実習生とはいえ、教師である。生徒は英二の気配から、ちょっと体をこわばらせたが、わけが分からないらしく、小田の方に視線を向けた。

「おい、きみのクラスの教生《きょうせい》の先生、川田英二さんじゃ」

小田のいつもの声に、英二は思わず顔がほころんだ。小田がつくりだす、この信頼感と安心感。英二とAとの間の垣根を、一瞬の間にとっぱらってしまう。

「小田さん、ぼく、この子、前に一度会うてますよ」

「どこで？」

「十三《じゅうそう》の本町商店街。四月初め、学校もう始まってた思いますけど、昼時分でした」

「ほう？　ほんで？」

Aが、捕われた檻《おり》のたぬきが牙をむく時のような眼で、警戒と威嚇《いかく》をあらわにした。英二は小田に救いを求めるしかなかった。

「自転車のトラブルに巻き込まれた少年がいたんですが、ちょうどそこに通りかかったもんで……」

「Aよ、きみには憶えがあるんか？」

小田がAの肩に右手を置き、顔をのぞきこんだ。相変わらず、その眼は慈《いつく》しみの深い色をしていた。

「わからん……」

「いや、この子、その時、警察に連れていかれたんですわ」

英二はかつてこの子と同じ輪のなかにいたのだ。教師や警察官を通じて、大人の身勝手さを体得している。これらの大人は、トラブルを処理するとき、心にもない作り笑い、猫なで声を演じ、ある瞬間、突如無情の鬼に変身する。その時の恐怖感は体験者でないと分からないものだ。そして、Aはあのオッチャンと同じで、小田のような大人を、本能的に嗅ぎ分ける力を持っている。

かといって、小田を甘く見たり軽んじたりするのではない。まるで信者が教組を畏《おそ》れるような、一種独特の緊張を小田の前で感じている。小田の前では、ウソゴマカシ言い逃れができないし、不遜《ふそん》なことばや、暴力も許されない。

「あんな、あんときはゲームソフト万引きして見つかったんで、店の表にあったチャリ盗《と》ってトンコするとこやった。店のおっさんとポリコーに追っかけられて捕まえられたんじゃ」

小田はゲンコツでAの頭を一発やる格好をした。そして、真剣な顔色に変わると、Aの瞳と真っこうに向き合った。

「A、きみは自分の大事にしてるものを、誰かに盗まれたことないかな？」

「ないわ」

「なんでないのかな？」

「なんでて、盗るもんないからや」

「なるほど、強いね、そらええわ」

「ええやろ。おれからなんぞ盗ってみい、いうねんや」

Aがコンピューターに堪能《たんのう》であること、多くのメールフレンドがいて、友達に困らないこと、箕面市に、メールで付きあっている釣り仲間もいるなど口早に語った。小田は、英二にやわらかい笑顔の視線を送ると、またAに向かって言った。

「A、この川田先生はな、S中の卒業やからきみの先輩や。この先生もS中時代ここへきて、コーヒー飲んだり、焼き芋食うたりしてはったんや。なかようしてもらえ」

「分かった……」

Aの眼からはすでに刺《とげ》が消えていた。英二は、Aの気持ちをこちらにつなぎ止めるために、Aに対する関心を示す必要に迫られた。

「A、ぼくはパソコン音痴なんや、実は。大学生でパソコン下手やなんて、笑うてまうやろ。は、は、は」

Aは天井をにらんだ。

「ウソや、目が笑うてる。人をおちょくりやがって……」

そう言いながら、まんざらでもない顔の反応である。Aが小田の方を見た。小田が何かを見通したかのように、ゆっくりうなずいた。

思いがけないことだったのだろう。過去になくして、もう忘れかかっていた宝物が、ひょっこり手元に戻ってきた。そんな悦びが胸からわき上がって、眼から飛び出したという顔である。「おれには盗るもんない」と言ったAが、本当に言いたかったことは「おれを認める大人がいない」であった。が、今「おれを認める大人がいる」となったのではなかろうか。

英二はAのパソコンに匹敵するものが自分にあるか、考えてみたが、思い当たるものがない。英二は小田の休憩室の書架から、石川啄木詩集を抜き取って、ぱらぱらページをめくってみた。指をひょいと押さえて止めたとき、一首目にとまった。

「こころよく、我にはたらく仕事あれ、それを仕遂げて死なむと思ふ……小田さん、啄木はやっぱり天才ですわ。このこころよくはたらく仕事というところ、今でもみんなそう願ってると思いますよ」

「なに？　それ。ぜんぜん解らんわ」

Aが気持ちを寄せてきた。英二は、ほのぼのと感動した。

「石川啄木いうてな、明治時代の歌人や。今でもファンが多いんや」

「タクボク？　メイジ？　カジン？　知らんわ」

「そうか、すまんすまん。小田さん、話したってくださいよ」

小田は、どっこいしょとばかりに座りなおして、その詩集を手に取った。

「Aよ、この本、どこでもええからぱっと開いてみ」

小田が詩集を閉じてAに手渡した。Aは怪訝《けげん》そうに受け取り、言われるままにその赤い表紙の本を開いた。そこに三行書きの短歌が、左右それぞれのページに、四首ずつ印刷されてあった。漢字にはルビがつけてある。Aが順に眼で追って読み出した。最後の辺りまできたとき「あっ」と言ってひとつの作品に見入ってしまった。

「声出して読んでみろ」

小田が、まるで催眠術でそこを開けて見させたかのように、確信ありげに言った。

「どんよりと、くもれるそらをみていしに、ひとをころしたく、なりにけるかな……人を殺したくやて」

「どんより空が曇ってるねんな。誰かに何か言われて、殺したくなるほどむかついてたんやろな。人間、生きててええことなんか、そうあるもんやない。けど、むかつくことは、毎日のようにあるわなあ」

「うん、あるある。解るで、この人」

「ことばがちょっと難しいけどな。少し勉強したらよう解るわ。こうして解ると人間は心が豊かになる。勉強はするもんじゃ」

英二は小田のこのふところの深さ、そこからくる、柔軟な話術に感服した。

「こういう気持ちになるときなんてわしもしょっちゅうあるよ。この川田さんも、多分よう経験してるやろ思う。けどな、啄木も川田さんも、もちろんわしも、人を殺したりせえへんかったし、死ぬまでせえへん。Aはどや？」

Aは、とんでもないという目つきをして、肩を怒らせた。

「おれかて、人殺したりせえへんわい」

「うん、せやろ。さっき川田さんが詠《よ》んだ短歌な。気持ちよく仕事をしたい。けど、なかなかそれがでけへんいうとる。なんでや？　仕事をするいうことは、人と人が絡み合ういうことや。けど、人間これがいちばん難しい。みんなそれで悩んだり、きれそうになったりするんや」

英二は、思い上がりと劣等感をいったりきたりして、結局は、なりゆきに妥協《だきょう》してしまう自分だが、刑務所の塀の中に入りたくなければ、妥協というのは、避けられないもので、それが現実だと思った。

小田は、日々吐き出される学校のゴミの山を処理している。校長室をていねいに掃除している。玄関とその周りをぴかぴかに磨き上げている。職員トイレをきれいにしている。校庭の花壇や立ち木の世話をしている。全クラスの昼食時のお茶を用意している。文書連絡のため、教育委員会に赴《おもむ》く。それらを、小田が毎日やっていることを、英二は中学生時代から知っていた。小田への関心度が高い生徒ほど、小田のことをよく知っていたのだ。知れば知るほど、小田への尊敬度が高まった。

あるとき、トイレの大便器が詰まった。教師たちが手を出せずにいたら、小田がきて、ためらうことなく、肩まで腕を便器に突っこんだ。顔に糞がついても平気でやり、詰まっていた体操用ジャージをつかみ出した。それを最後まで見届けたのは、英二たちのグループだけだった。英二は感動し、小田を崇拝《すうはい》するようになった。

そのジャージの持ち主がわかって、いじめ事件が発覚したのを覚えている。その事件は、英二たちが関与していなかったので、その後の顛末《てんまつ》は知らない。

その日の放課後、英二は学校の図書館にいって、以前、吉田教諭に見せてもらった、教育六法を書架から抜き出した。何度かページをめくってみたが、学校用務員のことに触れた項が見つからなかった。学校教育法には「学校に校長、教頭、教諭、養護教諭、事務職員を置かなければならない」とある。用務員は書かれていない。

あきらめかけて、最後に念のためと思って、用語解説のところを見てみた。そこに「自治体の条令などにより学校用務員、警備員等々が置かれる」とあった。用務員は、置かなければならない職員ではないのか。

英二は、小田の、人を見抜く心眼や、豊かな教養と話術を考えると、なぜ小田がこの仕事を選び長く続けているのか、不思議でならない。教育公務員には、文部官僚のトップから、現場の用務員まである。小田なら、もっと別のコースを選べたのではないか。中学生時代の英二には、そんな疑問はなかったが、大人になった今は、人間の評価が複雑になってきている。

図書館の窓の外で、雨の降る気配がしていた。英二は図書館の、丸い柱時計を見上げて、背伸びした。退勤時間がとっくに過ぎていた。相変わらず、図書閲覧室は早々と閉められており、英二のいる閲覧室のみ、電気がついて、ここは、すでに学校のざわめきが消えていた。英二は教育六法を書架に戻し、ライトを消して施錠し、準備室を後にした。途中用務員室の前を通ったが、ドアーが閉められていた。

実習生控え室に戻ろうとしかけたとき、廊下の窓の向こうを人影が走った。急いでその窓をあけ、影の去った方を見ると、小田の背中が見えた。英二はすぐ声を投げて呼んだ。

「小田さん、お帰りですかあ」

「いやまだやけど、ぼちぼち着替えて帰ろ思てたとこや」

「すんません。実習記録出したら帰りますんで、ご一緒しませんか……」

背後を二人の女教師が通り過ぎるところだったので、少し言いよどんだ。用務員とねんごろになる教生というのは、わけありで、胡散《うさん》臭いやつだと思われたに違いあるまい。二人は、じろりと英二をにらんだあと、互いに眼を見合わせて首をひねった。英二は、ばたばたと片づけをして、玄関まで出て、小田を待った。

校地の境界にブロックが三段に積まれ、その上に、二メートル以上の黒い鉄柱が数メートルおきに立てられ、間にスチールの金網が張られた、外部から丸見えの透垣《すいがい》が作られている。ブロックの根元付近には、カモジグサ、カズノコグサ、ヒメジョオン、ヨモギ、オオバコなど雑草が、点々と雨粒を宿していた。音のない雨である。水分をたっぷり吸い上げるだけの時間が経っていたのか、雑草たちは、腰がきりっと立ってたくましい。

着替えて、スーツ姿の紳士になった小田を、背高《せいたか》の英二が、やや屈《こご》み腰で迎え、二人で正門を出た。事務職員に借りた、置き忘れの透明なビニール傘がちんちくりんで、英二の肩に、雨垂れがぽつぽつかかった。水溜まりを気にせず歩くので、シューズがたちまちずぶぬれになった。

「小田さん、天は人の上に人をつくらずて言いますけど、あれ、違いますね」

「ほう、なんでまた急にえらい難しいこといいだすねんや。なんぞあったんか?」

「いやあ、別に何もありませんけど…」

英二は自分の考えが中途半端なのでそのあとが続かない。

「Aみたいな生徒、このごろ多いんですか」

「そら、昔はパソコンなんかなかったから、ああいうタイプの子はおらんかったよ。けども、その前にはラジコンがあったし、もうひとつ前はプラモデルやった。一人遊びの走りやな。そのへんは君らの方が詳しいのと違うか?」

角《かど》の喫茶店の看板や、その先のラーメン屋の暖簾《のれん》が、雨にぬれながら揺れている。昔のままで懐かしい。

「パソコンのゲームに移られへんおっさんらが、今もずっと、パチスロにすがりついて生きてるわな。パチンコて、よう考えたら、孤独なゲームやで。みんな並んでやっとるけど、内心は閉じこもりや。いつの世も、人間嫌いがおるもんや」

「そうか、ラジコンも、ファミコンも、パチンコも、機械任せのゲームやけど、ケータイとかインターネットになると、自分発信のおもちゃですね」

「目の前の人間とは、まともに話でけへんくせに、キーボードで書きまくる。ケータイでメールしまくる。日本語がカナに支配されて、そのうち、ローマ字時代になるかもしれんわ。英会話のスクールが大流行になってきたやろ。日本語を英語式に発音する人まで出始めたよ」

小田の話し方に、空虚な響きがあった。珍しいことだった。調べたり、考えたりするのに、人間はたっぷり時間をかけてきた。だが、人間は、急に時間を敵視するようになり、知る、考える、動く、感じるなどの時間を縮めてしまい、時間が壊れてしまいそうだ。英二は、小田のやるせなさが解る気がした。

「小田さん、Aは、時代の先取りをしているのかもしれませんね。他の生徒たちも、いずれ早いうちにAみたいな存在になっていくかもしれませんよ。今は受験地獄やけど、この先は、言うたら、存在地獄いうことかなあ。神戸の事件、生首を学校の正門前に置くやて、なんか不気味ですわ。何かの始まりでなかったらええですけど。」

「川田くん、パソコン、本格的にやった方がええよ。きみは大学で社会福祉学を勉強してるらしいから、理論はええとしても、これからは、やっぱり情報発信の時代やからなあ」

二人は、商店街のアーケード入り口のところまで来て別れた。

通りには、依然として少し傾きかけた電柱、絡み合うようにして、空間を巡る電線、その下の人混《ひとご》みがあった。行き交う中高年は、すでに「介護産業の商品」として、値踏みされているのではなかろうか。教育だの、情報だの、老人だのが「産業」と称され、銭儲《ぜにもう》けの対象となっている。これは新たなバブルだ。いったい、価値とは何なのだろうか。英二には経済学が解らない。しかし、人間の本能で、今の時代に底深い恐怖を感じるのだった。

大学でエクスプロイトということばを教わったことがある。教授が、これは「開発する」と訳すが、本来は「他人を食い物にする」という意味だ、と言って学生を笑わした。英二も、その時笑ったが、今は笑えなくなっていた。今、とりあえず教員資格を取る、という気持ちで教育実習に入っているが、教育現場に脚《あし》を踏みいれたとたん、英二は立往生してしまった。

教育実習の単位を取ろうと思ったときから、英二はいろんなところで「こどもが変わった」というい方がされていることに気づいていた。評論家の思いつき発言の域を越え、官僚からも、現場からも出始めているのだ。現場教師は、本当に「こどもが変わった」と思っているのか。こどもは「現代っ子」に始まって「新人類」まで、いつも世の大人に不可解な存在として、厄介視されてきた。これはとんでもない大きなテーマである。英二は考えるのをそこでやめて家路を急いだ。駅前のパチンコ屋が満員で、騒々しい。

家について、玄関に入ると、母がすぐ迎えに出てきた。英二の膝から下が、ズボンもシューズもびしょびしょになっているのを見ると、大げさに騒いで、脱がせたり、拭いたり、世話をしてくれた。英二は久しぶりに自分が中学生に戻ったようで、心地よかった。

教育実習二週目に入った。英二がニキビとあだなした音楽科の女子学生が、いつのまにか実習生を仕切っていた。会議、行事、部活、事務処理の要領など、大小さまざまな情報を、いち早くキャッチしてきて、その際の、実習生の動き方まで、みんなに伝授してくれた。あとの三人の女子学生たちは、英二と一緒で、自分の授業や、クラス指導で筒いっぱいである。ニキビのような嗅覚《きゅうかく》も行動力もない。そのうえ、実習生の控え室を訪れてくる生徒のほとんどが、ニキビのクラスの生徒ばかりだ。明らかにニキビ一人、目立っていた。

ニキビは、生徒の前では、整った共通語で受け答えする。顔や声の表情が豊かで、生徒の関心をそらさない。英二は最初の顔合わせのとき、ニキビに向かって「おたく」と言い「私はおたくじゃない」と一喝《いっかつ》された。その瞬間から頭が上がらず、対抗意識をもつどころではなかった。毎日格の違いを見せつけられるようで、さすがの英二も、余りいい気がしない。

英二は、四日目の朝、指導担当の吉田に呼ばれ、ぱしっと一発かまされていた。「川田くん、あのね、言い辛いけど、この実習記録、ちょっとひどいよ。ほれみてごらん。誤字だらけ。赤ペンだとかわいそうだから鉛筆で書いておいたので、きれいに修正しといてよね」とやられ、その日から完全に戦意喪失《せんいそうしつ》に陥《おちい》っていたのだ。なぜなら、その後も、ずっと誤字脱字用語の誤りを繰り返しているからである。ニキビへの羨望《せんぼう》が憎しみになりそうで、かつて経験したことのない、感情の揺れに英二はただ戸惑った。さすがに指導担当の吉田は手をゆるめなかった。

「それから、清掃時間、あれは指導時間なのよ。あんたは生徒としゃべってばかりで、あれじゃあ、なぜ掃除してるのかわからへんでしょう。せめて自分自身、掃除しなさいよ」

「スミマセン」

「それから」「それから」と際限ない。その都度「スミマセン」の連続である。

あまり多いので、翌日また同じミスをやってしまう。授業が始まって、困り果てたのは、板書だった。横に真っすぐ行かないのだ。右上がりになるので、意識して書くと、今度は、右下がりにかならずなる。字の大きさが一定にならないし、字と字の間隔もばらばらだ。そのため、黒板一枚に、予定していただけの分量が書ききれなくなる。おまけに、生徒から誤字を指摘される。「先生、もっとゆっくり書いたらええよ」とか「右に上がっていってるでえ」とか生徒が気を使ってくれると、思わずぽろっときそうになる。吉田の授業を参観しているときは、板書《ばんしょ》など気にもかけなかったが、いざ自分がやってみると、板書ひとつとっても、相当年季《ねんき》のかかる職人技《わざ》だということがわかった。

英二が唯一《ゆいいつ》だれにも注意されず、自信もってやれるのは、部活のときで、グラウンドで、ノックバットを振って内外野の守備練習をさせているときは、痛快だった。英二の、なんでもない注意や、アドバイスを生徒が真剣に聞くので、威厳のあるものの言い方ができた。これはおもしろかった。

しかし、授業をしに教室に向かうのが苦痛で、億劫《おっくう》になっていった。授業計画通りに進んだためしがない。上手《うま》い授業とか、個性的な授業を考える余裕など、もちろんない。吉田は、

「私なんか自分で今日はいい授業だったと思うことなど一年に数えるほどもない」

そう言い切った。それは、あながち単なる英二への気慰めだとは思えない。

「現在の体制では、授業の質と量の両方を取ることができない。ちょっぴりの質を楽しみ、たっぷりの量をこなす。その意味で、教師と生徒は、喜びと悩みを共有している」それは抽象的な難しいことばだったが、教科書をていねいに読み、教壇に立ってみた今、英二にもおぼろげにわかる気がしてきた。つまり、教師は一年のうち、何回か「よし、ここはいい授業をやるところだ」

と定めて全身全霊を尽くすときがある、ということなのだろう。吉田によると、教科書の文字とことばに抵抗が多すぎるため、その何回かをあきらめかけている教師が増えているということだ。

「川田くん、他の学生の授業見ましたか？」

まるで英二の落ち込んだ心境を見ているようなタイミングで、吉田がアドバイスしてくれた。ニキビの授業だけは見たくなかったが、他の実習生の授業なら、見て安心できるかもしれない、と思っていた矢先だった。彼女たちなら、自分と五十歩百歩だろう、というさもしい気持ちだったが、傷をなめあうことで、元気がでるかもしれない。当面は、そうでもしなければ救われないと思った。

英二は、さっそく国語科のタマゴの授業を見ようと思い、控え室で、タマゴに見学を申し入れた。タマゴは、その前に英二の授業を見せろといった。訳を聞くと、タマゴも英二と同じ心境になっているということだった。英語科のナスビも同感だと言った。音楽科のニキビとカッパは、当初からお互いに授業を見せ合っており、英二たちとは、次元の違う相互批評をし合っていた。それで、三人は、授業見学のローテーションを組んだ。英二の授業をタマゴとナスビが見る。タマゴの授業を英二とナスビが見るという具合いだ。

タマゴの板書を見て英二は笑った。国語だからたて書きだ。タマゴはチョークを鉛筆と同じように握り、小さい字でゆっくりていねいに書く。が、黒板に現われた文字は、すべて右肩上がりの字で読みづらく、上から下への列が、途中から左へ大きくカーブしている。英二の板書と似たレベルだ。国語科があれだからと思うと、英二は心底ほっと救われた。そして、字が上手《うま》くて当たり前の、国語科のタマゴが、逆に気の毒に思えて同情した。しかし、彼女は児童文学専攻だと言っていただけに、文章の範読が上手《うま》かったので安心した。

教壇に立つようになって、三日目の放課後、控え室に吉田が入ってきた。実習生がみんな揃っていて、英二の方を注目した。吉田はにこにことやさしい笑顔でみんなを見て、一人一人に声をかけた。そうだった。みんな吉田の教え子なのだ。英二は、自分だけが教え子のような気でいたのが、恥ずかしくなった。

「ご苦労様、疲れたでしょう。あと三日。公開授業が終わったらおしまいよ。今日あたり、緊張と疲れのピークでしょう。はい、これ差し入れ。疲れ取れるわよ、どうぞ」

そう言うと、吉田は黒いビニールの袋を机の真ん中におき、唇に手を当て、ウインクした。そして、もうひとつ手にもっていた、学校用の大封筒を英二の前に置いて出ていった。

仕切り屋のニキビが、さっそく目の前の袋を取って開け、中から赤い箱を抜き出した。チョコレートの文字が見えた。女四人が立ち上がって箱に手を出した。英二はあわてた。

「ちょっと待って。今食べたらあかんやろ。生徒が入ってきたらえらいこっちゃ」

「それ、やばいわ。でも、いつ食べよ?」

「下校終了のチャイムがなったあとよ」

「あと二十分」

チョコレートの効果発揮である。会話が弾み気が落ち着いた。英二は机の上の茶封筒を手に取り、中に手を差しこんだ。更紙《ざらし》の束《たば》であった。引き出してみると、Ｂ４サイズのザラ紙で、左肩がホチキスで止めてあった。「おっ」と英二が低い声を出した。授業の感想文だ。吉田がいつのまにかこんなことをしていたのだ。ぱらぱらとめくって目を通してみたが、どれにも「がんばって」のことばが入っていた。吉田の、真剣で、しかも優しい眼差《まなざ》しと、生徒たちのとぼけたような顔が、英二の脳裏を駆け巡った。英二は、すぐ読んでしまうのがもったいなく、家でゆっくり味わおうと思って、封筒に戻すと、それをバッグのなかにつっこんだ。網膜《もうまく》には「ごちゃごちゃ」「わからん」「字きたない」というのも残っていたが、なぜか許せる気持ちになっていた。

チョコレートでいっとき和んだが、やはり公開授業のことが気になって、またみんな寡黙《かもく》になっていった。敵陣のど真ん中に降下させられようとしている、落下傘部隊の心境だ。授業中にはどこからどんな弾《たま》が飛んでくるかわからない、という恐怖がある。

「公開授業は、社会科の先生と、校長先生が見にこられるだけやから、あまり緊張しなくてもええよ。授業案どおりいかへんでも大丈夫。うちの学校の先生、細かいこと言わへんから」

慣れてくると、確かにこの学校は、規律もあるが、全体におおらかな運営がなされているようにも見える。が、ひょっとしたら多忙なため、過ぎたことや、他の分野に目配りしているゆとりがないのかもしれない。吉田もそこまでは語ってくれないが、「大丈夫」「言わへんから」と言ったときの口調に、やや投げやりな響きがあったので、自然とそう感じた。

英二の公開研究授業は、金曜日の四時限目だった。三時限終了のチャイムを合図に、英二は控え室を飛び出した。予め教室の後ろに立てかけておいた、パイプ椅子を広げて並べる。英二が教室でそれをしはじめると、傍にいた生徒たちが、あっという間にやってくれた。

教室後ろの入り口の廊下に机を置き、授業案プリントと、これも隣のクラスから借りておいた、教科書を十冊置く。黒板消しを外ではたいてきて、黒板をていねいに拭く。始業チャイムの前に、授業をイメージするなど無理な注文で、会場設営から公開授業は始まっているのだ。

「先生、顔、怖い」

「先生、おれ当てたらあかんでえ」

「先生、肩ガチガチや」

先生、先生と気遣《きづか》ってくれる。生徒の気軽な一言一言が、思いがけず身にしみてくる。内申書を気にしないでいいときの生徒は、やっぱり昔と同じだった。この先生は自分を点数で評価しない、ということが彼らを安心させるのだ。英二は、生徒が引っ張ったり、押したりしてくれるお陰で、肩にこもった、余計な力が抜けていくのがわかった。模範授業は期待していない。この教室で、時間と空間を共有できる、そのことが、彼らがいちばん期待することなのだ。実習生の成績など、彼らには何の価値もない。始業チャイム三分前に、英二のコンセプトが固まった。

チャイムが鳴った。学級担任のクラスだから、名前と顔がほぼ一致している。当てられたとき、何か答えが言える生徒、駄目な生徒などの把握もできている。英二が教卓の前に立ったとき、吉田が校長と教務主任とを案内しながら、後ろの入り口から入ってきた。すでに中にいた四人の実習生たちが、立ちあがって三人を迎えた。「起立」の声が、それまで漂っていた、まああの空気に電気ショックを与えた。キラキラする海面の光景が、深海の静寂にスイッチされた。英二はめまいがし、完全に元の硬直した緊張感に縛られてしまった。

そうなると、もう何をしゃべっているのか、考えているのか、筋のない、支離滅裂のドキュメントだ。生徒の何人かが笑っていたことしか覚えていない。喉《のど》がカラカラのまま、授業展開表の半分あたりで、終わりのチャイムが鳴ってしまった。学級長が「起立、礼！」と素早く言ってくれて助かった。次回の授業の予告を言うゆとりがなかった。後ろの授業参観者たちが、無表情な顔で出ていった。英二がぼんやり突っ立っているうちに、女子生徒たちが「先生、手伝うね」と言って、片づけ始めた。

一度廊下に出た吉田が、前の入り口から入ってきて、英二の前に立った。まだ呆然としている英二に、にっこり笑いかけると、やさしい目で語りかけた。

「川田先生、ばっちりや。すごくよかったわよ。校長先生が、川田くんはええ雰囲気をもってて、讃《ほ》めてはったわ。私も同感よ。あんた、ひょっとしたら現場にもっとも合ってるかもしれへんわ」

「先生、おちょくらんといてくださいよ。これでも落ちこんでるんですから……」

「なんで落ちこむの？　ほんまのことを言うたげてるだけよ。ええ授業やったて。素直に喜びなさい。私も嬉しいて思てるのやから」

「先生が嬉しいて？」

「そうよ。実習生の研究授業は、担当教師の力量が測られることでもあるわけよ」

「あ、そうですね。すみませんでした」

「またそう言う。校長先生は私を讃めてくれはったのよ。ようあそこまで指導されましたて。せやから私が嬉しいのよ、分かった？」

「いや、ぼく自身最悪やったて思てるし、生徒の発言も、まとめも、メチャクチャやったし、板書は、あの通りやし……」

英二はそう言いながらも、少し気持ちが落ち着いてきた。そして、無我夢中でやった授業の中身を、冷静に思い返し始めた。すると、徐々に順を追って、一つ一つ見えてきた。

「じゃ、詳しいことは後でね。とにかく片づけの確認をして、教科書とか、椅子とか、借りたところにいって、お礼のあいさつをしていらっしゃい」

英二が控え室に戻ると、実習生たちがいっせいに拍手で迎えてくれた。英二は二度面食らった。

「先輩、感動しました」

あの自信家のニキビが、興奮気味にテンションをあげて言った。他の学生三人も、大きく首をうなずかせている。国語科のタマゴが、細い目と薄い唇を少し動かして言った。

「私、歴史音痴でしたけど、初めて歴史の勉強に興奮しました。自分も生徒になった気分になってました。川田先輩、すごいです」

ここまで言われると、心にもないお追従《ついしょう》とも思えなかった。英二は、狐につままれたような奇妙な気持ちになった。

「そう言わんといてや。本人は恥ずかしいて穴にも入りたい気分なんやから」

そこへ吉田が手に弁当を持って、笑いながら入ってきた。みんなも気づいて、それぞれ紙袋を持ち出し、昼食指導の支度を始めた。

「あ、今日は教室に行かなくてええです。たまには生徒だけにしてあげるのも、思いやりというもんよ」

吉田はそう言って、窓際のパイプ椅子を取ってくると、英二の横の空いているところに座った。自信に満ちた、いたずら顔である。

「はあい」

昼食指導が、少々つらくなってきていた学生たちは、正直に喜んだ。

「社会科の先生、ひとりしか来てくれはらへんかったけど、ごめんね。あの先生も、自分の授業を抜けてきてくれはったの。もうひとりの先生は、手のかかるクラスやったから、抜けられへんかったのね。放課後早めにいって指導を受けてきなさい。あの先生は熱心な先生やから、ていねいに教えてくれはると思うわ」

「はい、分かりました」

「ところで、川田さんご感想は?」

「え? 今言うんですか。まだ感想も反省もまとまってませんが……」

「そう? そらそうやねえ。はっはっはっは。じゃ食べようよ」

ニキビがみんなにお茶のサービスをした。「そしたら、忘れんうちに私から二三言うとこうか。反省記録の参考にね」

「はい、よろしくお願いします」

「今日の公開授業の最大のポイント……川田さん自身はどこに置いてましたか」

「さあ……」

「授業案を書いてきたとき、私ちょっと言ったでしょう、内容を欲張りすぎやて。で、あなたはちょこっと削ったけど、やっぱり盛り沢山に過ぎたわ」

吉田は、明らかにそこにいる学生みんなに向かって言っていた。学生たちがパンを食べる手を止めて、うなずいている。

「でも、私はしつこく言わへんかったね。なんでや思う？」

「わかりません」

「あなたはいったん授業が始まったら、授業案を忘れてしまうからよ。授業案どおり引っ張れないのよね。私、川田さんに細かいことしか言わへんかった。名前を覚えろとか、うろうろ歩きながらしゃべるなとか」

「はい、ええ勉強しました」

英二は、吉田の意図が分からなかった。

吉田は口のなかのものを飲みこむと、少し面持ちを変えた。大事なことを言うぞと言う構えだ。

英二もジュースでパンを飲みこんだ。「ポイントは川田さんの愛です」

またまたびっくり仰天《ぎょうてん》である。愛ときた。まるで禅問答《ぜんもんどう》だ。

「意味の分からへん数字とか、用語をまる暗記するばっかり。歴史嫌いを作る原因は、昔からはっきりしてる。けどね、大人になったら、歴史好きになる人もまたこれ、多いのよね。不思議な現象や。なんで？　ほんまはね、歴史がおもしろい、いうことやわ」

吉田の言っていることは理解できるが、それと自分の授業が、どこでどう結びつくのか、さっぱり英二には分からない。

「今日、あなたは歴史がおもしろい、ということを生徒に気づかせたの」

「まさか」

「あのね、川田さんは自分の中学生時代をしっかり思い出したんよね」

「ぼくの中学生時代？　まさか」

「今日の授業よ、自然体で、絶妙な語りかけがそうやった。普通、授業で教科書の文章を読むとき、黙読させるか指名して読ませるかするでしょう。あなた、自分が読んだ」

「あきませんか」

吉田は、目の前の社会科の教科書を取り上げページをめくった。ある箇所でとめると、広げたまま英二に本を押さえさせた。

「ほら、ここ。〝〜と考えられます〟のとこで、あなたはふとポーズをおいた。『誰が考えたのかな？』『なんでそう考えたんか？』とかなんとか、首を捻《ひね》りながら、あなたがつぶやいたの。次のここ、〝〜ものと思われます〟あなたは『ぼくにはそう思えんなあ』て、ぼそっと言うた。その次はここや。〝〜とする説など学説が分かれています〟『学説？なにこれ』あなた、本気でひっかかって生徒に問いかけたのね。そうしたら、生徒が動いたね。『先生、そこのとこ、もういっぺん読んで』て」

そのあと、授業計画案から完全に外れて、授業の行方が糸のきれた凧《たこ》になってしまった。英二が授業内容を思い出せなくなったのは、ここからである。吉田が続けた。

「恥をさらすみたいやけど、いつもの授業なら、本を読んだ後は、たいていキーワードにマークを付けさせるのよね。つまり、暗記項目を指定するわけ。生徒の頭のなかは、テスト対策になってるのよ。せめてそうでもしないと、遅れた生徒の勉強の手がかりがなくなってしまうのや、現実はね。堕落《だらく》と分かってやる、必要悪みたいなもんよ」

かりにも研究授業と銘打ってやる授業だ。何のために授業進行表を作り、公開してやっているのか分からない。しかも、英二はその進行表を教卓の上に置いたまま、最後まで、一度も目をくれなかったような気がするのだ。

「生徒たちがめいめい勝手に声を出して、読み出したのね。あなたはずっと待った。あの時間、長かったよね。私、はらはらした。あなたはみんなの様子をみて、今、途中できったらあかん、思うたんでしょう?」

吉田は、英二の呼び方を使い分けた。生徒の前では川田先生、実習生の前では川田さん、二人だけになると、川田くんとなる。実習生のひとり、国語のタマゴが口を挟んだ。

「そしたら、みんなが近くの生徒どうしで、わいわいやり始めた。気が付いたことを互いに出しあって、いつのまにか討論会。中に入って聞いてたら、すっごくおもしろかった」

ニキビもパンを置いたまま、椅子ごと寄ってきて言った。

「そうよ。何ページか戻って、中国の漢時代の記述には〝～と考えられます〟という言い方が一つもないということを発見してた。ある子は、中国のところは皇帝、日本のところは王と書いてあるけど、なんでかその説明がないとか、中国の歴史書は、誰が何のために書いたんか、ほんまに事実が書いてあるのか、裏付け証拠があるんかやって、負けるわ」

「そのわいわいがまた長かったのね。でも、次の川田さんの問いかけ方がユニークよね。『はい、疑問』やからな。普通は、質問に対して教師が答えを言う、というのが定番やけど、川田さんは、今答えは出ないぞ、という構えなのね。わたしたちは『ええ質問や』とか『いいとこに気がついた』とか言うて、その場で質問の答えを出してしまいがちや」

なるほど言われてみて、英二自身が、あ、そうかなどと気付くのだから、我ながらいい加減だと思った。実は、質問されると困るから、逃げただけであった。

「いやあ、ぼくは大パニックで収拾がつかんようになって、どうにでもなれ、思うてましたんや、ほんまのとこは」

「それは違います。生徒がみんな、古代史愛好者になったみたい。私、あとの授業が楽しみになってきた。ありがとうて言いたいわ」

タマゴがまた口をとがらせて言った。

「ほんま凄い。私の授業、なんか空しい」

眼の下の頬に興奮を浮かべている。ゆで卵の、白い肌が染まっていた。

「教科書というのは、ほんまによう考えて書いてあるのよねえ。だから、使う私たちも、しっかりしないと。知識あさり読みとか、要点まとめ読みをしてしまうようでは、あかんわよねえ」

「けど、先生らは、教材研究やってる暇なんかありませんですね。たった二週間ですけど、それぐらいは分かりますわ。いじめやるわ、掃除サボるわ、夜間徘徊するわ、ガラス割るわ、余計なことが多すぎますわ」

「そう！　分かってくれたの！　嬉しいね。あなたが中学生時代、どれだけ先生いじめをしてたか、ついでにそこも分かっといてね」

「スンマセン。ことばありません」

「はははは、冗談よ。気にしないで」

「ぼくらのころ、S中の荒れのピークやったん違いますか」

「そうやね、あなたの一つ前の学年かな？」

「上の学年で、先生が腕に大きなあざつけてはったり、ギブスつけてる先生がいたはったりして、学校が、もう無法者の巣になってる感じやったなあ。たまに先輩の暴れ軍団が僕らの教室に入ってきたら、みんな金縛《かなしば》りにあって、動かれへんかった」

　授業研究の話が懐旧譚《かいきゅうたん》に広がった。中学生時代、英二たちの動きに関心を持っていたらしい、二年下のニキビが、吉田に言った。

「川田先輩らのしはったこと、S中では、伝説みたいに伝えられてますよ。だって、今でも禁煙が続いてるんですから」

　吉田が、突然眼球が飛び出さんばかりに眼を見張り、英二を指でさしながら言った。

「そうなのよ。うちの学校では、研究会のとき禁煙やということ、よその学校の先生方も、よう知ってはるの。校長室でも、お客さんに禁煙してもらってるのよ。英二さんたち凄いことやったのね」

「生徒はどうなんですか」

「うん、それが面白いの。学校内では我慢して、一歩校門を出たら、もうぷかぷかやりだすのよ。笑うわ」

「生徒が自分らで作ったルールは守るけど、大人の作ったルールなんか知るか、そういう積もりなんやろか」

「川田さん、ルールていうのはつまり法律やね。これがまあ問題なのよ。法は守る義務がある。けど、複雑で細かくて多すぎて、そんなの、校則の比じゃないよ。一方で、悪い大人が法の網をくぐって暗躍《あんやく》する、そういうニュースとかドラマをこどもらはちゃんと見てるのよね。それで、同じことを真似するのや。川田さん、自分の中学生時代をふりかえったら、よう分かるでしょう？　ほほほほ。よう言うてたもんねえ、『それ、誰が決めた？』『どこに書いてあるんか？』なんとかね。うん、このごろは、川田さんらのころとちょっと違うかな。昔は、グループの押しで言ってたのが、いまはみんなが一匹ずつになってるのかなあ」

チャイムが鳴った。五限目授業の予鈴である。その日の午後で、教育実習の全日程が終了した。六限目がホームルームになっており、各実習生のクラスで、それぞれお別れ会が催された。吉田は三日前に「思いっきり遊びなさい。私は出ませんけど、後片づけだけちゃんとやっといてね」と言って、そっくり時間をくれていた。その旨をクラス生徒たちに告げたとき、学級長らリーダーたちが拍手して喜んだ。吉田の、こうしたさり気ない気配りのなかに、生徒への信頼感、英二への思いやりを、後でじんわりと感じさせられた。

ただ、そのお別れ会そのものが、ほとんど盛り上がらなかったのが心残りだった。とはいえ、集団遊びの下手《へた》さ加減《かげん》は、英二たちのころも同じだったので、これでいいのだろうと思った。どのクラスもそうだったようである。

意外にあっけない幕切れであった。実習期間の幕切れと同時に、気力も切れた。が、この疲れを忘れさせてくれた、吉田の人間味が身に沁みた。英二は、吉田を通して、教育現場を垣間《かいま》見た。吉田にみられる教師像が、マジョリティーなら、学校現場も楽しいはずだ。が、マスコミが学級崩壊の記事を声高《こわだか》に書きだすと、今は、こともあろうに、文部省当局まで公教育の危機を唱えだしている。

あのKやヒゲ丸が、現場の声を代表できるとは考えられない。かと言って、吉田や小田の声が表に出そうにない。いったい何が真実で、何が求められているのか、英二には、皆目見当がつかない。美紗に会ったら話したいことや、聞きたいことが頭の中につぎつぎと浮かんできた。

（五）　生きること

梅田は、JRと二つの私鉄が発着するターミナルで、それぞれの駅ビルが、デパートになっている。大阪の駅といえば、もっぱら新大阪駅がテレビの画面に出るようになり、新幹線が入っていない、この大阪駅前風景は、大阪人独自の、生活ターミナルとなってしまった。丸ビルと言えば、大阪住人の誰もが知る、待合スポットで、学生、サラリーマン、家族などでいつもごった返している。

ベージュのタイトスーツをラフにはおった英二が、吉田宏子を待っていた。公孫樹《いちょう》が色づくには、まだ早い。しかし、街路樹の葉先が、かすかに色をかえ、爽秋《そうしゅう》の清涼を予感させ始めていた。ビルの壁面に、夕陽の色が漂っている。

「川田くん、お待たせ。ごめん、ごめん」

声の主は、H百貨店側から小走りによってきた。英二は初め人違いかと思って、目をふとそらした。が、脳裏に映った顔が、確かに吉田だったので、もう一度見なおした。こんなに華のある吉田を、かつて見たことがない。四十前の女が、匂やかに光っていた。英二にはよく分からないが、黒の七分丈《しちぶたけ》のワンピースを着ている。ノースリーブなので、肩から腕がすっと白くのびており、その上に、やはり黒地に朱《あか》い花柄のついた、編目のストールをかけていた。両側の耳元には、チラチラと光るものが揺れていた。学校でぬっていた、ファジーな口紅とは違う、輪郭《りんかく》のはっきりとした、深いローズの唇である。

「なにじろじろ見てんのや。私があんまり美人なんで、びっくりしたん？　私かて、研《みが》いたらまだまだけっこういけるでしょう」

　英二は、自分のスーツの裾《すそ》をぴっとひいてボタンを留め、ネクタイの結び目を、右手でちょっと正す仕草をした。

「川田くん、びしっとしてええ男よ。見直したわ。体格がようて、スマートやもんね。向こうで女の子にアタックされるよ、きっと」

「先生、もう飲んでこられたんですか。冗談きついですわ」

「冗談や思う？　結婚披露パーティーに出る、シングルの女の子が、何考えてるか知らへんの？　高校までは、受験に怯えさせられて、いざ卒業のときは、今度は就職戦線にびくついて、挙げ句の果てにフリーターでしょう。華も夢もないんやから」

　言いながら、吉田が英二の太い二の腕を引っ張ろうとしたが、つかめずに外れた。英二が吉田の突然の毒気にあてられ、突っ立っていると、右の手の甲《こう》をぱしっとたたかれた。

「もお、ごめん。私、家を出てくるときちょっと嫌な電話があってね。いらついてたの。さあ、行こ行こ」

吉田がさっさと前に立って歩きだした。

駅前第二ビルの脇から、国道二号線を渡り、曽根崎新地に少し入ったところのビルの、地下一階の喫茶店が、パーティー会場になっていた。狭い入り口から、とんとんと降りたところが、受付けになっており、名を告げて会費を払うと、右側一番奥の席に案内された。

会場のアレンジが終わったばかりのようで、薄闇《うすやみ》のなか、若い人らしいシルエットが、行き来していた。座った席の後ろに格好の棚があり、バッグや上着が置けるようになっていた。大きめの二人用の角《かく》テーブルを四つ連ねて、一つのグループ席をつくっていた。数えると、椅子が六つある。予定より十五分早かった。数分で目が慣れ、この店が昼喫茶、夜カラオケスナックらしいことが分かってきた。すぐ横のステージ横に、カラオケセットが見え、方々にテレビモニターが設置されていた。その二坪ばかりのステージの、後ろの壁に、紙の横断幕が貼ってあり、祝ご結婚の文字が見える。ステージ中央に、二本のマイクスタンドが立ててあった。見る間に会場が人で埋まり、賑やかになった。

入り口から、一群の男女の姿が、真っすぐこちらに向かってきた。英二らの席には、軽いライトが天井からあてられている。

「吉田先生、今晩は、お久しぶりです」

肩にかかるほどの、ストレートの髪を右手で後ろに掻き分けながら、先頭にいる女が言った。ボートネックの、ベルトつきワンピーススーツを着て、左手にバッグとジャケットをもっている。中学時代の同窓生、辻雅子だった。

「あ、先生こんにちは。エージャン、おす」

オッチャンが続いた。英二は、手招きして畏友《いゆう》オッチャン、河原修を自分の左の席に座らせた。辻が吉田の右に、その向こうに林恵子が座った。オッチャンのさらに左隣に、タンテーの谷貞夫が座った。六つの席が埋まった。

女性は二人とも大学を卒業して、もう三年目になるはずだ。今何をしているか英二は知らない。林恵子は、ピンクの七分袖Vニット、黒のラップスカートというスタイルで、辻とともに若さが弾け散っていた。

オッチャンとタンテーが略式礼服を着て、胸に白いバラ型ハンカチをのぞかせていた。英二は、初め彼ら二人が自分より四、五歳年上に見えた。オッチャンは定時制高校を卒業したあと、大工の修業を始め、現場で仕事をするようになって、もう五年になる。タンテーも、私立高校を中退して、その後、何をしていたのか、いつのまにか運送屋、つまり引越し屋に就職し、何年か経つ。なるほど考えてみれば、社会人としてのキャリアが数年あるわけだ。辻も林も同じだった。それもそうで、今日の主人公は、ナンチユウこと南周一である。同級生が堂々と世に認められて、結婚するというわけだ。みんな大人なのだ。

英二は、自分が未だ半人前だということを、自他ともに認めざるをえなかった。教育実習で、自分が人様《ひとさま》から「先生」と呼ばれたことの重さを、改めて実感した。フリーターをしながら、定時制高校を出て、さらに大学に入っても、アルバイトをしてはいる。しかし、人生の目標や、着実な現実が何もないのである。

突然ステージにスポットが当たった。そこに白いドレスの女性が一人、正面向いて椅子に座っており、ギターを奏でだした。ライトがギターに焦点を絞る。その白い指を見ていると、まるで生きものがステップを踏んで、舞っているような錯覚が起こる。場内のざわめきがふと止み、息を飲んで、そのスポットに集中した。英二は初めて聴く曲だった。ゆったりしたアダージョで入り、徐々に軽快なテンポに転じ、たちまち激しい歓喜の響きを盛り上げると、大きくひと払いして、はたと止まった。同時に、ステージ全体がライトに浮き出された。

司会者らしい若い男性が、中央のマイクの前に立ち、今の演奏者を紹介した。その女性が深々と頭を下げると、一斉に拍手の波が中央に打ち寄せた。粋な演出にのって、満足気な笑顔をした、その司会者が、進行表をもってパーティーを仕切り始めた。あまりにも流暢《りゅうちょう》な采配《さいはい》ぶりに、これでは主役のナンチュウが貧弱に見えるのではないかと、英二は内心気になった。

「みなさま、本日の主役、ご登場！」

司会者が脇に退《しりぞ》いた。光の輪のなかに飛び込んできた男を見て、会場がいっせいに「うおお」と声をあげた。ナンチュウは街の電気店の作業服を着ていたのだ。続いて、やはり街の保育所の作業用エプロン姿の娘が入り、ナンチュウの横に立った。娘は、顔もからだつきもぷりんぷりんしていた。

「ご臨席のみなさま、このお二人は互いにこの出で立ち、この顔に惚れあったのです。感動と、おめでとうの拍手をお願いします」

総勢四十人に充たないほどのパーティー会場だが、まさに万雷《ばんらい》の拍手を送った。

「やるでしょう」

林恵子が、英二たちの席だけに聞こえる程度に言った。英二はオッチャンと顔を見合わせた。そして、すぐに納得がいった。

林は、中学生時代南周一の熱い視線を受け続け、戸惑いながらも、何度もときめいていたはずである。その林が、辻の協力をえながら、このパーティーのコーディネーターを、裏で務めていたというわけだろう。見慣れてくると、林は顔に中学生時代のイメージを、いくぶん残していた。が、林は、大人相手の大人の仕事を、こうして現実にやっている。そう思って改めて見ると、ステージで愛嬌を振りまいている南周一も、記憶のなかのナンチュウとは、似もつかぬ別人になっていた。世間で認められた、れっきとした大人の電気技師なのだ。

「みんな立派になって……嬉しいわ」

立派になってという吉田の述懐には、平凡ながら万感《ばんかん》の思いがこもっていた。南周一の生きざまに感動するとともに、そこに集まる教え子たちの存在が、教育者吉田の結果なのであろう。吉田の今日の艶《つや》やかな盛装は、この感悦《かんえつ》のときを予期して、装ってきたものだったのだろうか。

教師が教え子の結婚式に参列することも多いだろうが、親の財力や、地位や、見栄を見せつけられる場合、どんな気持ちになるのだろうか。英二は就職がおぼつかない、というより、未《いま》だ自らの職種さえ定まらない。教師になることなど、どうあがいてもありえない。大学院への道はなお険しい。英二は、洞窟に閉じこめられた山椒魚になっていった。

「こういう席で言うのはなんやけど、ナンチュウは、中学のとき林が本命やった……」

オッチャンが声を潜め、おもむろに言った。それを聞いた林が、眉一つ動かさず、他人の噂をするように言いだした。

「私もあの頃はあかちゃんやった。普通の女の子らしいに塾に通うて、部活やって……清水さんに生徒会やってみいひんかて、誘われたとき、なんかわあっとやってみたい気がしてたんで、すぐその話にのったんやった。そのころからよ、ナンチュウがねちねち絡んできたのは。私がその気になってえへんのに、みんなの噂になりだしたんや。私、かわいそうやからバレンタインチョコを渡したりして、遊んでただけよ」

端っこのタンテーが身を乗り出してきた。

「林、声落とせや。人に聞こえるぞ…ほんでそのあとどうやってん?」

「わお! 面白がってる。場所考えええね。不謹慎《ふきんしん》やでえ」

林が話をそらそうとした。その時、会場全体にライトが点けられ、皓々《こうこう》とした場面に変わった。そして、ステージには、純白のウエディングドレスの新妻と、ダブルのスーツの新郎が、すっと立っていた。そこから、司会者が女性に代わった。しばらくシャッタータイムだ、と言った。あちこちの席からカメラマンが出てきて、バシャバシャ撮りだした。司会者が言った。

「お二人のご希望ですが、カメラマンの方は、ご自由にお二人にポーズをさせてください。喜んでモデルになるそうです」

「よっしゃあ」の声が方々で起こり、会場も興味深げにステージに注目した。笑い声がつぎつぎと起こった。

「腕組んで」

「肩を抱いて」

　みんなが期待するポーズが近づいていく。

「ではいきます。ほっぺにキッス」

「チュッチュのキッス」

「抱き合ってキッス」

　しかし、ナンチュウは花嫁の額に唇を当てるだけに止めた。司会者が、たくみにタイミングを狙って打ち切った。会場には若者が多かったが、みんな大人だった。

「ではみなさん、お二人の門出を祝う多くの人々をご紹介します。お近くのテレビモニターをご覧ください」

　テレビ受像機に人物像が映し出された。

「周一くんの人脈から入ります」

　家族、恩師、店の人、馴染みの客、学生時代の友人などが、名前やエピソードを間にまじえて、紹介された。そして、新婦の関係、両人共通の人たちという順に紹介された。ナレーターの話術はユーモラスで、最後まで参列者を退屈させなかった。終わってみると、主役二人の生い立ち、学校、仕事、人となりなどの紹介が終わっており、「今のビデオインフォメーションにすべて含まれており、スピーチはございません」という司会者の説明が終わると、大きな歓迎の拍手が起こった。

「では、これで一部の終了とします。今から一時間、お食事とご歓談、ご交流の時間とします。とくに、シングルの方々で、この場でタイプの人が見つかりましたら、ご交際のプロポーズなどいかがでしょうか。なお、乾杯はそれぞれのグループで、あるいは、個人で、心行くまで交わしてくださいますように、では、よろしくお願いいたします」

型破りの、しかも内容の濃いパーティーだった。新婚の二人が、最初の作業着に着替えて、テーブルの間に飛びこんでいった。乾杯の右手に持つグラスは、ビール、日本酒、焼酎割り、ブランディー、コーラ、烏龍茶など何でもありだった。居酒屋に早変わりである。

「おもろい宴会じゃ。辻らが仕切ったんか？　どういうこっちゃねん」

オッチャンが辻に向かって聞いた。が、林が手で辻を押さえるようにして、身を乗り出した。

「高校に入って間なしに、私、ナンチュウに呼びだされて、デートするようになったんよ、白状するとな」

英二は、そういうことをまったく知らなかった。すぐにオッチャンと辻のことが気になって、オッチャンの顔を見ると、オッチャンがちょうど辻に目配せをするところだった。吉田もそれに気づき、英二と吉田が目を見交わしてしまった。林がしゃべりだした。

「高一の夏休みに、ナンチュウが退学したん、知ってるやろ？　私ら、高校が違うから、連絡取りにくかってな。急にナンチュウからケータイに連絡がはいらへんようになってんや。私、心配してナンチュウの高校に電話入れたら、もう退学したやて。私、どうしてええか分からへんし、結局ほっといたんよね」

林は本気で南が好きになっていたのか、目に涙珠《るいしゅ》が盛り上がってきた。

「彼と私、中学校卒業のとき同じクラスやったでしょう。うちのクラス、今まで二回同窓会やったのよね。けど、彼、一回も参加してくれへんかった。そんで、私は大学卒業したあと、山崎の方の製薬会社に入ったのよ。今もそうやけど。そしたら、なんと去年の暮れに電話かかってきて、会《お》うてくれやて。喫茶店ハシゴしながら、一日話しこんだんよ。で、私が彼の結婚を祝福するちゅう結論を出して、今日のパーティーの絵を、辻さんと二人で描いたというわけよ」

この春、英二たち四人が梅田に集まったことがある。このとき、段取りをつけ仕切ったのが、ナンチュウだった。その時すでに、ナンチュウは結婚を決意していたはずである。だが、ナンチュウは高校退学後、コンピューター専門学校に進路変更し、死に物狂いで勉強した話を繰り返してばかりいた。あれほど憧れていた林のことには、まったく触れなかった。英二は、今にしてナンチュウの志《こころざし》の凄さに気がつくのだった。

中学校の進路指導などというものは、親と教師の思惑《おもわく》で動いていく。本人の選択だというのは、虚構にすぎない。ナンチュウは、きっと林と同じ高校に行きたかったに違いない。しかし、偏差値がそれを許さなかった。偏差値の切れ目が、恋の切れ目なのだ。英二は、この時のナンチュウの心境を察することができる。親や教師には絶対に入ってほしくない、寂しいこどもの世界だ。

薬局の娘林恵子が大学の薬学部を受け合格する、それは林の選択だ。しかし、もうひとつの選択、ナンチュウに、せめて同じ大学の工学部で学んでほしい、というのもあったはずである。が、パート収入に頼る母子家庭のナンチュウには、そういう選択肢が用意されていなかったのだ。

「今、会場で司会とナレーションやってくれてる人らは、辻さんの大学時代の友達、案内状とプログラムは、私の高校のときの友人、会場設営と受付けが、お嫁さんの保育所仲間、そして、ライト、音響、ビデオはナンチュウの店の人、辻さんと私が、企画演出というわけ、辻さんは銀行員だから、当然会計もやってるの。万事、都合よくいってるでしょう」

英二たちのコーナーには、寄りつくものが一人もなく、ただ六人が頭を寄せて、しゃべりあってばかりいた。

テーブルに並べられた、オードブルの減り方がゆるくなってきた頃、タイミングよく会が閉じられた。予算内でけりをつけるという感じだが、誰もが納得のお開きである。それぞれのグループごとに二次会が組まれていたらしく、みるみる潮が引いていった。英二がこどもの頃から経験してきた、親戚の結婚披露宴とは、まったくイメージが異なっていて、内心面食らった。世の中が、なにかにつけてマニュアルに支配され、ワンパターン化しているおり、これは自立した若者のプロテストだと感心した。

コーディネーターの二人は、会場に残って後始末があるという。タンテーも、新婚組の頼みを受けて、手伝いで残ると言った。吉田とオッチャンが、ナンチュウと握手して帰っていった。英二としても、残っても役立たないことが分かっているので、結局帰路についた。

会場を出て、すぐ地下街に潜っていった。駅前雑居ビルの地下通りを、上がったり下がったり折れたり、ただ梅田の方に向かい、ぶらぶら歩いた。不景気だからか、時間が遅いからか、シャッターの下りている店舗が多かった。パチンコ店とか、ゲームコーナー、飲食店などだけが賑わっていた。英二は酔うほど飲んでいない。そのまま帰ろうと腹を固めた。紀国屋書店の前にさしかかり、エスカレーターで上に上がろうとした。

「エージャン、もう帰るんけ。まだ早すぎるぞ、つき合えや」

背中をこぶしで衝《つ》かれた。オッチャンが英二の前にまわりこんで顔を突きだした。心が空《くう》を漂っていたので、英二はすぐ反応できなかった。ぼんやり空笑《そらわら》いした。

「エージャン、後つけてきたんやでえ、気ぃつかへんかったんか。ほんまにお前は昔と変わらんなあ。ゆうゆうかんかんの大《おお》もんや、あははははは」

小柄なオッチャンが、またも大きく見えてしまう。すっかり浪華《なにわ》の心意気が、からだの芯《しん》まで浸透してしまったような、物言いであった。「そのゆうゆうかんかんて、なんや教えてくれるか。おもろいことば、使うねんな。どこで覚えたんか」

「そら、こっちは苦労してるわいや。エージャンみたいな、甘っちょろい玉とちゃうからな。大人の知恵があるんじゃや。はははは」

「甘っちょろい玉か、おれは」

吉田の眼球が動いた。片笑《かたえ》みの、白い頬にふと緊張が走った。

「河原くん、それは昔の話よ。今の川田くんはしっかりものの大学生よ。あんたたち、暫《しば》く離れてたから、お互いが見えないのと違うかな。そうや、今からあんたらのその後譚《たん》をきかせて。ね。行こ、ええとこあるから」

吉田が先導して請《しょう》じたのは、すぐ近くのHビルの、地下一階にあるレストランバーだった。室内がかなり明るく、家族でもはいれそうな雰囲気である。席は半ば埋まっていた。ちょうど四人掛けのテーブル席が空いていた。

「先生、ええとこ、知ってはるねんな、けっこう遊んでるな？」

オッチャンが、己れの体験を誇示《こじ》するように、大人ぶって吉田に流し目を送った。

「言うときますけどね、私にかて、飲み友達の四、五人はおるねんよ。舐《な》めたらあかんよ。ただし、オヤジ女教師ばっかり。このごろ、おとこ教師がだらしないから、おんな教師がオヤジやってるのよ」

「そうか、うん、わし、分かる気するな。わしらのころ、怖そうなおっさん教師おった。けど、ほんまにこっちが暴れたったら体はって向こてくるやつ、おらんかったわ」

オッチャンは、自分のことをわしと言ったり、おれと言ったりした。それは、英二の言う、ぼくとおれだった。ビールとつまみを注文した後、オッチャンが吉田の目に真っすぐ向かい、そのひたむきな生きざまを語った。

オッチャンはいちおう府内で有名な、底辺の公立高校に進学したが、ほとんど登校せず、夏までに単独のバイク暴走で、パトカーに二度追跡逮捕されていた。

そして、七月たまたま出合った、見も知らぬ二人のちんぴら野郎にはめられて、公園のアベック恐喝と、オヤジ狩りに巻き込まれ、傷害事件で逮捕された。ちんぴら等は中等少年院に送られたが、オッチャンは、十六歳未満でもあったことだし、実際にはまったく手を出していなかったので、鑑別所から帰された。が、結局、在籍五ヵ月で、その高校を事実上退学させられた。

ところが、その時の高校の担任が、なぜか親切に家庭訪問をし、嫌がる母親に代わって、警察にいったり、鑑別所を訪ねたりしてくれていた。九月の末、退学の手続きをした後で、その担任が夜おそくまでつき合ってくれ、定時制高校への進学を勧めてくれた。大阪市立のM工業高校に友人の教師がいて、会いたいというから、行ってみろと言われ、自分のようなアホガキに会いたいというような、変人教師と聞くと、興味がわくオッチャンは、その足でM工業高校に行き、その男の教師に会った。

一見《いっけん》押しの弱い、へらへら教師に思えたが、話しこんでいるうちに、その教師のふところの中に、はるか幼い頃のぬくもりというか、懐かしいものを感じた。編入はもう間に合わないというので、翌年、その大阪市立M工業高校の、定時制に入った。クラス担任が、運よくその「へらへら」の数学科教師であった。

オッチャンはその担任の紹介で、昼間、建築現場で働いた。年間三分の二は遅刻したが、ほとんど休まなかった。高校四年のとき、母親がずっと付き合っていた男と吹田市で同棲するようになったので、卒業と同時に家を出て、アパートを借り、教師の勧める大工の棟梁《とうりょう》のところに弟子入りした。

「私、なんかこう胸が詰まるわ。中学の教師て、なんにもでけへんのよね。ごめんな」

吉田の眼に涙が盛り上がり、スーと頬を伝いおりた。目全体が真っ赤になっている。涙がひっきりなしに溢れ、とまらない。吉田はバッグからハンカチを急ぎ取り出し、化粧を気にして、顔のあちこちをそっと押さえた。オッチャンの眼も潤っていた。

「お化粧くずれたでしょう?」

「いいえ、きれいです」

オッチャンがすかさず答えた。やはり英二よりずっと大人だった。吉田は半ば笑いながら、またバッグを開け、ミラーを出して、そっと覗いた。

「もう大丈夫。ごめん、ごめん。でも、河原くん、家にも、学校にも、居場所がなかったのよね。担任やったから、よう分かってたけど、慰めやら、励ましやら、ただことばをかけるだけで、私はあなたの居場所を見つけてあげられへんかった。恥ずかしいわ」

英二は、教育実習のとき、教師としての吉田に崇敬《すうけい》に近い気持ちを抱かされたが、このようなことばを卒業生の前で言える吉田を、教え子として誇りに思った。

「考えたら、みんなそうやったんよ。今日の南くんかて、高校中退して、なんやかんやあっても、それを肥《こ》やしにして、自分の意志で成長してきたんや。谷貞夫くん、彼もやっぱり高校中退して、数えきれんくらい仕事を変えて、ようやく今の運送会社におちついて二年、正社員になれるんやて、輝いてたよ。この川田くんも、教員免許状がとれるとこまできたのよね」

吉田は、英二たちを一貫して信じ、見つめてくれていたのだ。こどもの頃は、そんな吉田の気持ちが少しも伝わってこなかったのだ。英二は、そのことをことばにして、吉田の気持ちに応えようと思った。オッチャンが先《さき》だった。

「先生、おれら、ほんまに先生泣かしてばっかしでしたわ。先生の辛さ、ちゃんと分かってたんですよ。けど、やっぱりこどもやってんなあ。おれら、どうせ高校行かれへん。いけても中退に決まってる。先輩見たらみんなそうや。そんなら、最後の学生時代好きなようにさせてくれ。そう言うてたんですわ」

「悲しい現実よね。教師の中には、あのガキドモさえおらんかったら、平和やていう人がいたはったのも事実やけど、大方の先生たちは、あんたらのそういう気持ち、じゅうぶん分かってるんよ。でも、一人のためと、みんなのための、どちらかを選べと迫られる場面が多くて、しかも、それを考える暇《ひま》が与えられないという現実もあるのよ。ほんまに悲しいよ」

　英二も何か言いたくなった。

「変な言い方するけど、日本が公害列島になって、何人もの人が犠牲になって、それでも、日本人は自分に害がおよばへんかったら、黙って見てみんふりしてる。ところが、公害が、場所も人も選ばんと襲うてくるところまできたら、大騒ぎをし始める。それでも、まだその公害を出してる側の人間は、人の命より金儲けを優先する。何しろ、日本列島は無機人間に蝕《むしば》まれすぎてるわ。トップからエリートのかなりの層まで、無機質化しとるように思うなあ」

　英二はうまい例えをしたと思った。

「エージャン、うまい！　その通りやで。それでな、おれは、学校もへんや思うんや。不登校や、いじめや、自殺や、凶悪犯罪やて、急に激増や。おかしい思わへんか？　公害をまきちらしてるやつがおるのと同じで、学校をいじくりまわして、ヘドロだらけにしとるやつがきっとおるんじゃ。教師違うで。教師が学校をヘドロにして、何がおもろいいうねん」

「河原くん、ありがとう。こんどは嬉し涙がでてきそうやわ。私、まだまだ頑張るね」

英二が吉田のことばに背を押されたように、珍しく熱く説いたので、オッチャンも眼を見張って語ったのだ。吉田があごを突きだして、ビールの中ジョッキをあおった。それは、明らかに出かかった涙をのみこむための仕草だった。

「先生、この頃、普通の子が問題やて、言い出してるでしょう。あれもおかしいと思いませんか？　おれらみたいな、普通以下のやつは、いよいよ問題外に扱われだしたんと違いますか。無視や。いよいよ大人のエゴイズムが、むき出しになってきたみたいや」

オッチャンが、単なる僻《ひが》みで、そう言っているのではないということが、聞くまでもなく、英二には伝わってくる。英二は政治向きのことが分からない。しかし、あの教育実習のときの、管理職の教師たちの講話に、教師の使命感とか、生きがいが匂いたってこなかった。それのみか、それらの管理の下にある、学年教師集団には「潤いのない不毛地帯」を感じさせられた。これを上の方へずっと手繰《たぐ》っていくと、どこに到達するか、政治ではなかろうか。

こどもを預けている学校が、油切れを起こしているのに、油を注がない政治、その政治を選択している大人、親。民主の「民」は国民主権の「民」だろうが、今の世の中、オッチャンの言うように大人のエゴイストばかりが大手を振って罷《まか》り通っているようだ。これでは、こどももたまったもんじゃない。「世の中をいじくりまわして、ヘドロだらけにするやつ」と言ったオッチャンは、きっと同じように、政治に目を向け始めたのではないか、英二は、元落《もと》ちこぼれの直感で分かるのだ。英二は、役所や政治家の尊大ぶった物腰や顔が大嫌いで、テレビに出てきた顔を見るのも、不愉快である。しかし、「無関心層」とか「支持なし層」とかいって、おおざっぱに括られるのも、心外であった。

英二は、オッチャンの手を取って握った。大きな英二の手が、ごつごつの大工の手を包みこんだ。少年時代と同じ感触だった。

「オッチャン、おれ、よう分かるわ」

「腐っても鯛《たい》いうやろ。ちゃうで、腐れ鯛なんか、誰が食うか、腐った鯛は、まわりをみな腐らせるだけじゃ」

吉田も二人の会話をうれしそうに聞き、うなずいてばかりいる。そして、言った。

「よかった。あんたらが、そんなレベルの高い話をしてくれるやなんて、私、ほんまに心が安まるわ。二人とも苦《にが》い水、ぎょうさん飲んできたのよねえ。それと、きっとすばらしい人との出会いがあったんや、思うわ。私、なんか自分が教師のくせに、教師不信になりかけてたの。だんだん無感動になっていく自分が、どうにもでけへん。ほんまにはがゆい」

「何言うたはりますか、先生。先生はいまこうして、わしらに会《あ》うてくれてはるやないですか。わしらみたいな、イワシとか、アジに会《お》うて、ていねいに話聞いてくれたはる、涙流して。鯛にしか会《あ》わへん教師とは違いますよ。のぉエージャン。せやろ」

「イワシの頭も信心からや」

「なんじゃ？　それ」

三人が一緒になって、大口笑いを楽しんだ。深い安心が、互いの胸の底に広がった。

「アホでも信じたら、不思議な霊感が湧くいうことか」

オッチャンがまとめるように言った。

「今考えたら、おれにとって、用務員の小田さんが、最初のええ大人やったんかもしれん」

そう言いながら、オッチャンはあちこちの空《から》の皿をまとめ、テーブルの端に寄せた。吉田も手を貸しながら言った。

「あんたら、アホアホ言いなさんな。他人が聞いたら、誤解するよ」

「あのな先生、アホ、ボケ、カスは、江戸時代から、天下ごめんの大阪のギャグや。このギャグ使《つこ》てるやつに悪人はおらへん」

相変わらずオッチャンは、当意即妙《とういそくみょう》である。

「自分はけっこう偉い思てんのに、世間が認めへん、これアホ。自分は駄目やと分かってて、偉いふりする、これボケ。自分自身あかんとは思てへんけど、あかんたれを演じるやつ、これカス。これは、わしがそう思てるだけやけど、つまりは、利口なお人好《よ》しいうことですわ」

「オッチャンて、ほんまに賢いのね」

英二はオッチャンに嫉妬を感じた。吉田のような、充実期の女教師にもてているオッチャンが羨《うらや》ましく、胸の底で熱気が沸いた。オッチャンは、英二のその心理をもてあそぶようにさらに続けた。

「先生、せやけど、この頃のガキは、やり口《くち》がずっこいですわ。学校に自殺予告電話をかけたり、警察に挑戦状つきつけたり、新聞とか、テレビに出ることだけ、計算してやっとる。テレビにモザイク出演した中学生なんか、後で、テレビに映ってる自分を見て『おれや、おれや』言うて、よろこんどるだけやで、きっと」

英二は、オッチャンの言い分、いちいちもっともだとは思ったが、その『おれ』たちの気持ちが理解できる大人こそ、オッチャンではなかったかと思った。英二が言った。

「オッチャン、その通りやけど、広告に操《あやつ》られて、生活習慣病になるこどもとか、援助交際の記事見て、ほんまに売春をぼろいアルバイトやと思わせられてる女子高生とか、こどもが心も体もぼろぼろになっていくのん、こどもがあかんからかなあ。ええかっこしたい、うまいもん食いたい、おもろいこととして楽しみたい、そういうのん、こどもやったら普通違うか？　おれらかて、そうやったやろ？」

「いやいや、そらほんまや。おれらのときは、問題生徒のおれらが代表して、単純な悪《わる》さしとったけど、今は毒素が、見たとこ普通の子にまで広がったから、わけわからんようになったちゅうことかなあ」

それまでほほ笑みながら聞いていた吉田が、ちょっと不快そうな表情に変わった。吉田は、現場の教師が特定の生徒を「普通の生徒」などといってすますのは問題だ、それは一種の逃げになると言って眉をひそめた。

吉田の顔が急に冴えを消し、やつれて見えた。思わず本音を顔に出してしまった、英二にはそんなふうに思えた。中学生気分に浸っていた英二は、ここで大人にならねばと、背筋を立ててオッチャンを見た。オッチャンは、左肘をテーブルに伸せ、その手を拳骨《げんこつ》にして、ほほづえをついていた。頭と背が大きく左に傾き、だらしなく見える。それは、かつて生徒相談室で見たのと同じ姿態だった。オッチャンは、その格好のまま、テーブルの一点を見つめて、つぶやくように言った。

「先生、そらそうですわ。大体、普通のやついうんは、毎晩塾にいってる子のことでしょう？　あれ、みんなが塾へいかんでもええようになったら、いじめなんか即《そく》なくなりますわ。おれらのときかて、そうやったやないですか。俺は三年になって塾やめたけど、みんな言うてたわ。高校へ行ったら思いきし遊ぶぞぉて、なあ、エージャン」

その通りだった。遠足や、キャンプや、修学旅行の帰りのバスの中で、塾の宿題をあわててやっている子が何人かかならずいた。いわゆる「普通の子」だった。その異常な光景を、まのあたりにしている教師が、今もいる「普通の子」に問題がないといえる道理がない。

「うん、塾漬けになったところで、自分が行きたい高校に入れるわけやないし、ただ偏差値で決められるだけ。おれみたいに私学を中退して、定時制高校にいってみ。ほんま、家族ぐるみで落ちこんでしまうねんやから。せやけど、先生、今度教育実習やったけど、いっしょにやってた実習生の学生ら、みんなようできる人ばっかし。あの人ら、教師になったとして、ひょっとしたらできの悪い子らの問題に、気がつかへん教師かもしれへんですね」

店には、席を埋めつくすほど来客がなかったので、英二たちは気遣いなく座っていられた。吉田が、出入口や客席を見渡して、気にし始めていたが、そのまま黙って聞き入っていた。先程から、三人とも水ばかり飲んでいた。

「先生はなんで結婚せえへんのですか？　突然変なこと聞くけど」

オッチャンがからかい含みの声で言った。

「なんで結婚してないことを知ってるのよ」

「吉田いう名前がかわってへん」

「なるほどな」

吉田はまるでひとごとのように応えた。

「先生、年《とし》なんぼ?」

オッチャンは、吉田がとぼけて話をそらそうとしているのを見抜いて、面白がる。

「女の年聞いてどうするのよ。気にしてるんやから、聞かんといて」

「おれらが生まれたとき、まだ小学生やったんやろ? そうや、おれらとそう年離れてへんのや。めちゃ若いで。おれ、プロポーズしようかなあ」

「あんた、それセクハラよ。やめなさい」

オッチャンは、からかいの眼を引っこめた。

「先生、ひょっとしたら、おれ本気かもしれへん。今初めて告白するけど、おれの初恋は先生やった」

吉田は英二の方を見てウインクし、いわくありげに笑った。そして、硬い顔になった。「何よ、さっき辻さんと眼で合図したのはなに? 中三のときから、あんたらお二人さんは、有名やったやないの。先生をからかうもんやないよ。ほんまに」

オッチャンはいつのまにか身体を起こしていた。南周一の結婚披露パーティー会場で、たしかにオッチャンが辻と目配せをしていた。英二は、吉田と顔を見合わせて互いに「二人はまだ続いているな」と何となく確認をしたばかりである。吉田が、意外にもセクハラだの、からかうなだのと言いながら、オッチャンのことばを真《ま》に受けている。英二は、その心理の絡み合いに興味が移った。

「先生、考えてもみぃな。辻の父さん、銀行の支店長やで。おまけに辻も銀行員や。おれ今大工の見習いみたいなもんやってる。身分が違うねん、身分が」

「身分？ 古いことば使うて、河原くんらしくないよ、それ。銀行員と恋愛したらあかんやて、あんた、ほんまに思うてるの？ そんなことないでしょう？」

「よう言うわ、先生。なんにもわかったはらへんな。向こうは両親も娘も大学出や。こっちは母親が田舎の高校出で、おれは高校の定時制卒や。こっちがええ言うても、あっちがあかん言うの、決まってるでしょう。かりに、おれがあっちの立場やったとしたら、やっぱりそう思いますよ」

「ま、何にもわかってないやって。今は金融業界が大変なのよ。銀行も、証券会社も、破綻する時代がきてるの。だから、高学歴一流企業の神話が、おかしくなりかかってるのよ。河原くんはオッチャンらしくしてよ。問題は、学歴やのうてあんたの気持ちよ」

　吉田が教師の立場をかたくなに保ちながら、説教じみた言い方をした。英二は、吉田のこんな心の揺れや、葛藤を初めて見た。

「おれの気持ちか。辻の好意はすごい嬉しいけど、おれの好きなタイプとは違うねんな。それに、あんまり言いたないねんけど、辻がおれを好きや、いうたときの動機が気にいらんねん」

動機といえば、中学生時代のあのカツアゲ事件を思い出す。窮地《きゅうち》から救ってくれたオッチャンが、辻にとって白馬の王子さまだったはずで、それは、動機として文句のないところだ。

「中学時代、辻は両親とうまくいってへんかったんですわ。それで、おれみたいな悪《わる》とつき合ってるとこを親に見せつけたかったんですわ。要するにおれを利用したんや」

「へえ、そうやったの。ほんま？」

「うそも、ほんまもあらへん、辻自身から聞いたんやから。あいつ、大学を受験する気になったとき、親と和解したんやな。その時、おれにほんまのことを打ち明けてくれたんや」

オッチャンらしい、骨っぽい話し方だった。英二が最近やっと恋愛体験の門をくぐったばかりというのに、彼らはとっくの昔に、恋の修羅場を超えてきているのだ。英二は吉田のことが聞きたくなった。

「続いて、吉田先生。恋愛のご体験談をお聞かせください」

英二は手元の箸をマイクにし立てて、吉田の口もとにさし出した。

「申し訳ございませんが、私、未体験者でございますのよ。ほほほほほ」

オッチャンが微苦笑の顔で言った。

「先生、知ってますよ。何ならおれが言いましょうか？」

「分かりました。言うわよ。一回目は、学生時代、私が惚《ほ》れて相手が逃げた。二回目は、教師になってから、相手が私に惚れて私が逃げた。早い話、そういうこと。恋愛て、ま、大体そういうとこやないかな」

小馬鹿にしたような言い方だったが、本心は、相当ダメージを受けて、そのことに触れたくないという感じだった。人情に敏感なオッチャンが、すぐ話題をかえた。

「プライベートラブは置いとこ。博愛の話しようか。おれ、阪神淡路地震のとき、ボランティアやったんですよ」

「わたしも」

「おれもや」

吉田は、教師として身をもって人の道を示すときだと感じていた矢先、教職員組合の呼び掛けがあり、炊き出し班に加わって、神戸入りしたという。オッチャンは、ある企業の、ボランティア募集に応じ、若手の大工のチームに入って、やはり、神戸に行ったと言った。

「嬉しいね。私がおにぎり握ってるとき、あんたらも薬運んだり、瓦礫《がれき》を片づけたりしてたわけや。博愛ていうのは何かしてあげる、いうのと違うのよね。なんちゅうたらいいのかなあ、人間。そう、みんな同じ人間ていうのが、根本的な動機なんやね」

「そうですわ。まず、人間がいるんですよ」

吉田は、胸を二度ぽんぽーんとたたき、右腕を折り曲げて、ガッツポーズをしてみせた。

英二は、西宮の西方寺の話をした。美紗のことは伏せておいて、寺の息子の話だけをした。話が切れたとき、膝を乗り出すようにして、じっと耳を傾けていた吉田が、眼を潤ませて言った。

「川田くん、教育実習のとき、隣のクラスに不登校気味の女の子がいたの憶《おぼ》えてる?」

「そう言われると、確か、ほとんど欠席の子がいました。憶《おぼ》えてます」

「実は、あの子、そうなんや。東灘区の罹災者《りさいしゃ》でね。お父さんが北海道に単身赴任中で、助かったんやけど、かわいそうに、お母さんが亡くなったんやて。それで、十三《じゅうそう》に母方《ははかた》のお婆ちゃんの家があるので、ひとまず避難先からそこに預けられたのよ。すぐにS小学校に転入してきたんやけど、明くる日から不登校が始まったらしい。それで、去年S中に入学してきたんやけど、一学期の途中から休みがちになって、二学期から、週に一回、カウンセリングを受けるようになってね」

英二は父親のことが気になった。

「先生、父親が北海道に引き取ったらええのと違いますか、なんでそうせえへんのやろ。なんかわけ、あるんやと思いますけど……」

「そ、誰かてそう思うわ。けど、あの子がいややて、おばあちゃんとこがええて言い張るんや。仕方ないやろ。それで、お父さんが頑張ってこの四月から、大阪勤めができるようになったのよ。あの子のことを考えて、おばあちゃんの家の近くにマンション借りて。けど、これがまた問題でね、東灘の家がマンションやったから、怖がって。あの子の担任さんが、大変よ。引き受けては見たものの、教師の力をはるかに超えた、重大テーマを抱え込んで、にっちもさっちもいかへん。教師はつらいよ」

「そんなん、聞いたらいよいよぼくなんか、教師つとまらへん思いますわ。西宮の子なんか、地震の前から不登校やったらしいから、もうひとつ複雑かもしれませんね。まあ、ぼくなんか相手ではどうしようもありませんわ。そら恐ろしいわ。けどですね、ただぼくには、なんでかよう喋《しゃべ》りよるんですよ」

アルバイトの若い男性が、ラストオーダーを取りにきた。それを潮《しお》に、オッチャンが引き揚げようと言い、オーダーチェックの票をとって立ち上がった。吉田と英二が動きだす前に、オッチャンはすたすたレジまで行き、支払いをすませた。英二は完全に遅れをとった。社会人のキャリアと、学生の稚《おさな》さを思い知らされた。吉田もまた、あっという間に、一万円札をオッチャンのポケットにねじこんで言った。「今日は、私が誘ったから」

英二はレジの伝票を見せてもらうと、一万五千円弱だったので、割勘の計算をし、吉田に五千円を渡して言った。

「先生、この次は僕らでおごりますから」

阪急梅田駅で二人と別れた。吉田の眼にも、握手したときの手にも、孤独があった。人影が疎《まば》らになった十三駅に降り立つと、ひとつ太い息を吐いて、英二は一人大股《おおまた》で歩きだした。


京福電鉄北野線の御室《おむろ》駅は昔をとどめてひっそりおさまっている。ホームには列車を待つ人がいなかった。改札口を出てふりかえると、相変わらず白地に墨の文字で右から左へ「御室駅」とある。英二は、背後の小山の茂りに溶ける、駅舎の切妻《きりづま》造りの屋根が、古代の原型を見るようで、好きになっていた。道路のアスファルトが、秋雨に濡れて光り、歩道の街路樹の影が、黒く光っている。駅の真正面《まま》に、仁和寺の仁王門が、雨中、神気《しんき》を漂わせて立っているのが見えた。

英二は、駅前をすぐ右に向かい、しばらく線路に沿って歩いた。途中から左に折れ、広い敷地を有した、家屋の群れの間を縫って行くと、小学校の前に出た。正門の脇に小さな碑があり、近寄って見ると「兼好法師旧跡」と彫ってあった。通り過ぎがてら、門の内側にふと眼をやると、薪《まき》を背負って本を読みながら歩いている、二宮金次郎の立像があった。見るからに苔蒸《こけむ》した古そうな像である。京都というところは、古い文化をすべて残しておくところだ。住民の文化意識に特別のものがあるように感じた。

今、美紗は卒論の執筆を急ぎながら、片《かた》や大学院に入る準備に忙殺されている。大阪の教職員採用試験に失敗した英二の方は、就職運動に専念しなければならないのだが、一向《いっこう》に身が入らない。英二自身の卒論は、発達と福祉労働というテーマで書けと言われて、なんとか資料を読み切り、方向も決めてもらったものの、担任の教授にほとんどおんぶに抱っこであった。就職の前に卒業できるかどうかの方が、大きな課題である。英二は行き詰まった。

仁和寺仁王門の前に出て、門を見上げたとき、重層入母屋《いりもや》造りの仁王門が、ことさら大きく見え、のしかかってくるような威圧感を覚えた。英二は、怖いもの見たさに右側の仁王像に近づいた。左手に武器のようなものを持って、肩より上に振り上げ、今にも打ちかかりそうである。眉と眼を釣り上げ、口を少し開いた、忿怒相《ふんぬそう》の金剛力士《こんごうりきし》だ。うおうと吠える声が、上から落ちてきそうなリアルな立像である。

この作品を彫った人は何を念じ、何を表現しようとしたのか、知る由もないが、この世に、昔、これを彫った人間が存在したという事実に驚嘆した。おそらく無数の生《なま》の人間が、この像と対面し、恐れたり、勇気を鼓舞したりしたことだろう。英二は、自分がその彫り師に憫笑《びんしょう》されているような気がした。意味もなく「ええわ」とつぶやくと、大きく深呼吸をして、敷居をまたいだ。拝観料を払うと、御殿に入った。勅使《ちょくし》門前の庭の白砂がしっとりと濡れ、まっすぐな掃《は》き目が光っている。「おれは大人になりきれない」という不安の影が一瞬にして消えた。

北庭の見えるあの廊下の角《かど》に出た。誰もいない。英二は辺りを憚《はばか》りながら、音を立てぬように座り、池の水面《みなも》につぎつぎと生まれて交わり合う、無数の小さな波紋を眺めた。白という色は、すべての色を内包する。透明な無色でなく、すべてを尽くしたときに現われる色、そういう色こそ、悟りの境地なのではなかろうか。英二は、不思議なものの啓示《けいじ》を受けているような気分に浸りはじめた。ここに連れてきてくれた美紗の気持ちを感じた。じっとしていると、時とともに心が鎮《しず》まってくる。あのしっかりものの美紗が、実はここを自分を見つめ直す場所としていたのか。美紗に会いたい。

背後に人の歩く気配がした。英二は、たがいに邪魔にならないようにと考え、身じろぎせず、己れの存在を小さくして、その人が通り過ぎるのを待った。

「英二さん……」

美紗の声だ。空耳《そらみみ》ではない。たしかに美紗が自分を呼んだ。鼻の奥がくいんと熱くなると、目頭が怪しくなった。振り向くこともならず、うつむいてしまった。不覚だ。恥ずかしい。かっこ悪い。情けない。が、目をつぶると涙が溢れて落ちそうである。英二はあわてた。

と、霞んだ目の前に、ハンカチがすっとさし出された。見られていた。覚悟をして、ハンカチを受け取り、目を急いで拭いた。美紗が英二の左脇に座り、体を密着させ、もたれかかるようにした。英二の左腕が美紗を肩ごしに抱くかたちになった。

「英二さんの涙、とっても素敵。私の声に涙を誘われたのね。私、ほんまに嬉しい。たまらなく好きよ」

美紗が辺りを憚って、英二の耳にささやいた。半分京都弁を使っていて、妙な響きだったが、英二にはかえって印象深く聞こえた。

「美紗さんは観音菩薩や……ナムアミダイケノレンゲソー」

「もう、すぐこれだから、大阪人は……」

ふたりは、そのまま互いのぬくもりを黙って感じ、二人だけの数分間を満喫した。

「英二さん、びっくりしたでしょう」

「びっくりしたけど、何となく来そうな予感ちゅうか、期待をしてた。来るわけがないと否定しながら、かならず来るて信じてたみたいや」

「おかしいね。私も同じことを考えて、それで、結局真っすぐここまで来てしまったの。英二さんの背中を見たとき、胸がドキドキして、どうしようかって焦ったわ。ほんまに来てよかった！」

英二は、抱いていた腕を静かに外して座り直した。いとおしさが深まれば深まるほどに、安っぽく抱いたりしたくなかった。肉体の交わりが愛にどうかかわるのか、英二にはまだ分からない。英二はもっともっと時間がほしかった。

「英二さん、私たち、もう二人の人生行路を描いてもいいんじゃない？」

美紗の口調に、切羽詰《せっぱつ》まったものがあった。明日の現実が見えない英二が、人生行路を語りかねている。美紗がいちばんそのことをよく知っているのに、敢えていま迫ってくる。それはなんだろうか。

「うん、美紗さんが院に上がるの賛成やし、美紗さんはきっといける。けど、そこから先をどう考えてるのかまだ聞いてへんなあ。ぼくは公立学校の教師も院も駄目や。大体学問に向いてへん。当面フリーターやってるしか道あらへんわ。今人生の設計図を描けいわれてもなあ。海外でボランティアなとするか」

「そこよ、私の迷いどころは。大学院にいったとしても、生涯研究者でいくのか、実践家になるのか。とりあえずは院で勉強したいけど、そのあとがまったく見えてこないのね。このままずるいって卒業してしまったら私たちどうなるの？　答え出して」

少し風が出てきた。雨つぶの縦線が消え、いつしか煙霧《えんむ》となって、ゆっくり廊下に吹き流されてきた。

「ぼくとの話し合いで、何か結論が出てくると思うてんのか？　怖い話せんといてえや。ぼくは底の浅いバケツみたいな人間や。ひしゃくで五、六掻《か》きしたら、すぐ底が見えるわ。なんぼ振っても答えはわからん。からっぽ」

「だめよ、真面目に聞いて。R大のS先生、メディアリテラシーの研究と主張をずっとしていらっしゃるの知ってるでしょう？」

「S先生は知ってるけど、そのメディアなんとかて何なん？」

「これはおかしい、変じゃないかと感じたり考えたりすることね。たとえば、テレビでニュースを見ても、このニュースの選び方は偏ってるとか、インタビューに作為《さくい》が感じられるとか、出演者の人選に問題があるとか、鋭く見抜く力を国民みんなが身につけないといけないとかいうことね」

「うん、それは分かった。それで、美紗さんもメディアにかかわろうちゅうわけやな」

「いいえ、メディアの分野をしたいと思ってるんじゃないの。ただ、研究的実践家になりたいと思うのよ。だめ？」

「だめも何も、ぼくが答え出すことやあらへんやろ。けど、大学院で何するの？」

「それも、あなたの気持ち次第で決める」

矛盾である。自尊心、自立心の権化《ごんげ》がいきなり浮遊物に変身した。日頃クールな才媛《さいえん》の実態はこれなのか。観音菩薩や、弘法大師の達観《たっかん》の眼差《まなざ》しの前で、生身《なまみ》のもろさをあらわにしたというのか。いや、単なる恋の駆け引きか。英二は心がもたついた。美紗のペースにはまって、ずるずるといくと、英二は、美紗にとって、単なる都合のいいパートナーになるだけかもしれない。美紗の本心が測りかねた。

「ぼくはあかん。経済的自立ができそうにない。大人として、社会的に何の信用もない人間や。せやから、美紗さんのこと、ものいう資格がない」

英二は美紗のパワーを跳ね返す力がない。肩を縮めて、独り言のようにつぶやくのみであった。と同時に、英二は、このみじめさからの脱却を急がねばならないという、ぎりぎりのプライドも沸き起こってきた。まがりなりにも、通じるだけの英会話ができる。大学でそれなりの発達福祉理論を積んではいる。少々のことにへこたれん体力がある。底辺をはい回り、挫折から立ち上がった体験もたっぷりある。いずれも美紗にはないものだ。

「英二さん、いま、私のこと、可愛くない女だと思ったでしょう。顔に書いてある。私、英二さんと会ったあと、いつも反省してるのよ。また自己中心の人間をやってしまったって。あなたの優しさが好きなのに、つい図にのっちゃって、気ままを出すのね。これじゃあ優しくする気も消えちゃうわよね。西宮でボランティアしたとき、ほんまの優しさというものを、とことん教えられて、目覚めたつもりでいたのに。ごめん、ごめえん。かんにんして……」

美紗の関西訛りの「かんにんして」のアクセントが、かなりそれらしく聞こえるようになっている。一生懸命自分を可愛らしく見せようとする心配りが、いじらしく思えた。家でも、学校でも、優等生を通し、壁にもぶつからず、溝にもはまらず、ここまで来たのだろう。本当は、そういう人こそ、心が寂しいのではなかろうか。美紗が激しく英二に攻勢をかけるのは、その寂しさの表現ではなかろうか。そう思ってみると、英二は冷静になってきた。

「あのな、ぼくという人間は、こどもの時から人より長い時間ウォームアップせなあかんねん。いきなりスタートするわけにいかへんのや。考えてから走る、走りながら考える、とも違うねんな。あんまり考えんと様子見て、エンジン暖まったら走るぞいう感じや」

広い参道を金堂に向かう途中、勅使門の前で右に折れた。しばらく歩くと、右手に「梵」という食事処にでた。客がなく、閑散としている。二人は金堂へも、五重の塔へも向かわず、店にも入らず、ただ黙って歩いた。雨後の昼下がり、観光客が途切れたわずかの間、ふと境内が秋寂《さ》びて鎮んだ。東門のすぐ前の駐車場の傍をすりぬけ、バス通りに沿って、ゆっくり北へ向かった。山裾《やますそ》のゆるい坂道が、何となく曲がってゆく。車道部分が濡れていなかった。街並の間をすぎると、石垣の上の斜面に竹林がしばらくつづき、今度は、樹木の枝が頭上を覆いはじめ、やがて、薄暗い陰の道がつづく。車の往来がなければ、何だかゆかしい街道の感がする。

その山陰《やまかげ》の道に入ったとき、美紗がすがるようにして英二の腕を取った。そして、竜安寺の入り口を過ぎたとき、前方から黒い作務衣《さむえ》を着た尼僧が、急ぎ足で近づいてきた。尼僧は、顔が見える距離にきたとき、寄り添っている二人に向かって、にこっと笑んで頭を下げた。英二も、尼僧の目に誘われて頭を下げた。すれ違いざま、顔をみて驚いた。目の青い欧米人だった。「外人さんよ」と美紗が声を潜めていった。小柄で、歩き方が内股《うちまた》だったので、意外だった。英二を見上げる美紗の眼が潤んでいた。沈黙の間、美紗は己れを責めていたのだろうか。尼僧のなかに自分の未来像を感じたのだろうか。二人の憧れと悩みを出し切ったあと、互いにただ相手の体温を感じていたいと、素直に思って、寄り添って歩いていた。その時ふと尼僧に会い、それが、何の理由もなく互いのこだわりを溶かしてくれた。不安を共有しえたことからくる、幸福な安堵感だった。

その先、木辻馬代《きつじばだい》の交差点から北へ向かうと、金閣寺に出る。が、さすがにその方角には、人と車の流れが集中していた。二人は自然とその方角を避けた。

「英二さん、平和ミュージアムに入ったことある？」

美紗が、英二に半ば誘いかけるように聞いた。

すでに美紗は腕をバスターミナルの辺りで抜いていて、声がいつもの弾んだ声に戻っていた。往来の人の、半ば以上はR大生だったので、英二の気持ちを配慮してくれる美紗の心が、ありがたかった。それにしても、いきなり平和ミュージアムとは。今度は、二人のステージの何幕目になるのか、それとも、まったく別の演目になるのか、見当がつかない。二人の舞台のディレクターは、いつも美紗である。英二はあいまいな返事をした。

「それ、どこかで聞いたことあるけど、何するとこか全然知らんわ」

「じゃあ入ってみよう？　まだ閉館まで時間があるわ。私、友達と入ったことがある。けど、とおりいっぺんの見方しかしてないの。今日は、どうしてもしっかり見たいという気持ちがあるのよ。どうしてなのかしら。何か感じたいものがあるの。あなたといっしょに見たい。ね、お願い」

「いいよ。別に用事もないから」

木辻馬代の四つ角から、馬代通りを南に少し下がった右側に、その白い建物があった。通路に面した玄関を入ると、すぐ右に彫刻が目に入った。若者の立像であり、何気なく目の端にいれながら、英二はその像を右回りに階段を下りた。地下一階に入り口があり、受付けの女性に案内チラシをもらって中に入った。

英二は、定時制高校在学中に、大阪の通天閣で、毎夏催される戦争展を、担任と二回見にいったことがある。正直なところ、英二はこの種の展覧会を見るのが苦手だった。日本軍やドイツ軍がやった、多くの残虐行為も、米軍やソ連軍が行なった、大量殺戮《さつりく》も、その犠牲者のほとんどは、無辜《むこ》の民《たみ》だ。パネル写真を見ると、戦争に動員される若者も、銃後の老人や女も、みんな一点を見つめて怯《おび》えている。英二の思考が、その時点でいつも凍りついて、止まってしまうのだった。

「見たくない」英二は虚《うつ》ろな思いで、美紗のあとを何も考えずに歩いた。

いったい、どんな人間がこのような戦争を仕組んだり、命じたりするのか。この若者たちに非情の仮面をかぶせて、鞭打つのは何のためなのか。英二はそこから先、何も考えつかないのだ。

突然、ある写真パネルの前で、美紗が立ち止まった。英二はどきんとした。

「英二さん、家《うち》のお祖父《じい》ちゃんから聞いたことがあるんだけど……」

初めからいやな予感がしていたが、「やっぱりきた」と思った。こんな場所に連れ込んで、家のお祖父ちゃんの話とくれば、およその見当がつく。話を聞く前に、早くも体が忌避《きひ》しているのがわかる。脳がうんざりしている。しかし、感情的にはそうであっても、一方で、英二は、この話は人間として聞かなければならない、という理性が働いた。部屋にはだれも人がいなかったが、美紗が「壁に耳あり」といわんばかりに、声を低めていった。

「そのお祖父ちゃんの兄さんが、あのパネルの場面にいたらしいの。神宮外苑、出陣学徒壮行会であるでしょう」

「え？　まさか。冗談やろ。時代が違うでえ。あり得《え》へん話や」

英二も声を殺してささやいた。

「あり得るのよ、英二さん。家《うち》のお祖父ちゃん、今年七十歳よ。六月の教育実習で、くにに帰ったとき、久しぶりに会って、茶飲み話をしたの。ひょんなきっかけから、ここの平和ミュージアムのことを口にしたら、お祖父ちゃんが、あの玄関わきの戦没学生記念像のことを知ってるっていうの。あれって、とても有名なんだって」

「へええ、ちょっと待って」

英二は受付けで手にしたガイドブックを開けてみた。なるほど、最初に写真いりで説明が書いてあった。計算すると、美紗の祖父は、その頃十六、七歳になる。その兄が当時学生だったことは考えられる。横から肩を寄せて、覗きこんでいた美紗が言った。

「R大学からも、敗戦前に千人以上も学徒出陣したとあるわ。歴史的大昔じゃないわ」

「そうか。ぼくの父さんが五十三やから、父さんが生まれる頃のことやなあ。時代が違うとはいいきれんか。その頃の人がまだぎょうさん生きてるんや。待ってや。そんなら、美紗さんのそのお祖父さんが今七十歳ちゅうことは、そんとき、戦争に関係あることをしてはったかもしれへんわけや。その人どこに写ってんのん？」

「このパネルに写ってるかどうかはわからない、家にはその写真がないから。私自身も、その人に会ったことがないし、お祖父ちゃんが、私に戦争中の話をしてくれたのって、初めてなの。その人が東京の大学生だったこととか、陸軍の飛行科にいって、九州に配属されたって、間もなく特攻隊員になって戦死したことなんかを、ぽつぽつしゃべってくれたの」

この平和ミュージアムという、現代建築物の明快さと、中に展示されたものの暗澹《あんたん》さ。このコントラストは何だ？　英二にも祖父母がいたが、太平洋戦争の体験談を耳にしたことがないし、学校でも聞いた覚えがなく、つまりは、何も語り継がれていなかった。映像で見る戦争は、どれも武力信奉の指導者の顔ばかりで、歴史の真実は伝えてくれない。ところが、美紗の祖父たちが現にその時生きて、戦争の渦中《かちゅう》にあったというのだ。英二は生まれて初めて、戦争を身近な現実として、向き合った。美紗にもっと詳しく聞いてみたくなった。自分の祖父たちが、他国の人を何人も殺したかもしれないのだ。ちゃんばら映画を見るような感覚とは違った、不思議な実感が襲ってきた。

英二と美紗は、そのまままた黙って歩きはじめミニシアターという、小さな円形のホールに入った。正面にスクリーンがあり、その前に椅子が三列取りつけてあった。二人は、映像のスイッチを押さずに、その椅子に腰を掛けた。誰もいない。静かな小宇宙になった。

「お祖父ちゃんがね、あの戦没学生記念像を見たことがないけど、一度見なければいけないものだって言ってた。そして、九州の鹿児島に、ももう一つ見なければいけない青年の像があるんだって」

「ふうん、けど、なんで今まで見に行かはらへんかったんやろ？　からだ悪いんか？」

「ううん、ずうっと元気だった。今も毎日遠くまで散歩するし、畑に出たりしてるよ。どうして行かなかったのか知らないけど」

「何かわけありやなあ。何かリアリティーのある話になってきた」

英二は美紗の強引な誘導で、美紗の関心事に心を渡しこまれた。しかし、それは、関心事を通して美紗の心を吸い取るという、甘美な悦びになっていった。

「美紗さん、もういっぺんあの学生像をじっくりみてみようや。確か台のところに、何かプレートがあったみたいや。あれ、きっと解説とか、メッセージとかが彫りこんであるんや思うで」

左側に座った美紗の上半身が、英二にゆっくりともたれかかってきた。英二は危うく後ろに倒れそうになり、股を広げて足を踏ん張った。美紗の頭がちょうど英二の左胸に当たり、じんわりと体重がかかってきた。背もたれがないので、重心が揺らぎ、英二は右手で椅子の縁をつかみ、左腕で美紗の肩を抱いた。美紗が顎《あご》を斜めに突き上げ、上目使いに英二を見上げた。英二は、自然に左腕を美紗の首に巻いて、その頬と顎を抱え引き寄せた。英二はどうすべきかわからない。美紗が瞼を閉じたので、さらに強く抱きしめ唇を重ねた。が、二人ともすぐに離れた。そして、立ち上がった。

「嬉しい。ありがとう」

美紗が腰をよろつかせながら言った。英二のほうも、顔がほてって、美紗を見返すこともできない。何とも言えず、先にそのシアターをでた。美紗が、やはり英二の左側にくっついて腕を取った。

「好きよ、英二さん」

英二はなんとか答えなければと思いながら、どうもことばがすっと出ない。口のなかが粘《ねば》つくので、なお言いにくい。

「初めてや」

言ってから英二は「何を場《ば》はずれなことを言ってるのか」と自分でおかしくなった。

「私もよ。……好き」

「ぼくの方が十倍好きや」

今までのことばの借りをまとめて返した。美紗がふと真顔になって「ほんま?」と聞き返した。美紗の、ほんのりと甘い匂いが、鼻孔の奥に張りついている。唇に触れたときの感触が、体中にじわっとよみがえってきた。英二は心で「もう誰の目も気にしないぞ」とはっきり決めて、美紗の頭髪にほほずりした。それが英二のことばだった。

「あの像、見に行こや」

「うん、行こう」

次の展示コーナーを素通りして、もとの受付けカウンターのところに戻った。そこで、分厚い「詳細解説書」という、写真解説集を買い求めて会場を出た。玄関への階段の下で立ち止まって、二人は先程の像を見上げた。「未来と生命とを奪い去られた青年学徒の、なげきと、怒りと、もだえの象徴だ」という意味のことばが、プレートに書かれてあった。二人は左回りに上っていった。下から見上げながら、背面、側面、正面と見ることができた。左膝を少し曲げ、右脚をぴんと緊張させて立っている。全裸像で、脚にも、腹にも、腕にも、筋肉がしっかりついている。ロダンの彫刻を見ているようだ。右手のこぶしを顎の左下にあてがうようにし、肘を張っている。顔をやや右に向け、左手はこぶしを握り、今にもパンチを出しそうな勢いである。表情は、意志的で、知性に満ち、そこから湧き出てくる、憂憤《ゆうふん》の気が、全身を包んでいるという感じがした。

階段を上り詰めると、英二は口を開いた。

「美紗さん、これはお祖父さんのお兄さん、その人の像や思うで」

「そうね。あのプレートにあったことば、なげきと、怒りと、もだえがお祖父ちゃんの気持ちだったのかしら。けど、何を嘆いてるんだろう。何に怒ってるんだろう。どんな気持ちで、悶えてるんだろう」

「ようわからんけど、キーは、この戦死の意味をどうとらえるか、いうことやないか」

「当時は、空と海の特攻隊ばかりじゃなくて、前線のあっちこっちで、玉砕ということがやられてたのね。そこでも、自爆死した学徒兵がたくさんいたわけよね」

美紗が明らかに泣いている。声がおろおろと乱れ、聞き取れないくらいになっていた。

「英二さん、変ないい方だと思わないで聞いてね。お祖父ちゃんのお兄さんという人、当時、恋人がいたんだって。それがなんと、今京都に住んでいらっしゃるらしいの。東京の大学にいたころ、京都出身の友達がいて、その妹さんだったって。私、あなたがそうなったらって考えると、胸が痛くて気を失いそうよ」

「その人たち、結婚しなかったんやな」

「そうなの。で、その女の人、ずっと待ってて、結局独身を通してしまったんだって。中学校の、英語の教師をしていらっしゃったってことよ。毎年、年賀状が祖父宛てにきてるの」

「何か、まるで小説みたいやなあ」

「だから、変な話だと思わないでって言ったでしょう。嘘みたいだけど、戦後は、こんなことが本当にいっぱいあったそうよ」

二人は小声で話しながら、建物の外に出た。雨が完全に上がって、晴れ間が見えていた。

「でも、私なにか因縁《いんねん》めいたものを感じるのよ。だって、福島と京都でしょう？　R大のあの記念像が、英二さんと私を結びつけたような気がしてしようがないの。あなたが、海外ボランティアのことなんか言い出すから、私、あなたが海外で命を落としたらどうしようって本気で心配になったんだもん」

英二は内心うろたえた。聡明《そうめい》で、迅速果断《かだん》な、実行派である美紗の姿がなかった。全く逆な、情緒にすがる、ロマンチストがそこにいた。

「美紗さん、お腹《なか》が空《す》いたわ。飯、食わへん？　頭も足も疲れたわ。ちょっと座ろうや」

「いいわ」

大学の南門から東へのびている、小さな通りと交差する辻に、中国料理店がある。英二は、自分から美紗の手を取って店に入った。それが英二の決断であった。奥の四人掛けテーブルについて、向かい合うと、美紗の眼が、一瞬英二を射すくめ、ゆっくりと笑みに変わっていった。英二は、昔からラーメンは醤油味が好きだった。醤油味のチャーシュウ麺を大盛りで注文した。美紗は、味噌ラーメンだった。

英二は何だかおかしくなった。ラーメンが中学校時代の江坂の事件を思い出させたからである。あのとき、ラーメンをおごってくれた、中学校のよっぱらい教師に、思いがけない寂しい人間味を見、カツアゲをするワルガキの、孤独の谷を見たのだった。今、英二もわが孤影悄然《こえいしょうぜん》の図を前にしながら、キスをしたあと、ラーメンのにおいに酔っている。「どうにもならんわい」という奇妙なおかしさである。森が壊され、里に出てきたら、悪党扱いされてうろたえる、野狐《のぎつね》の心境だった。挫折の都度、運よくか悪くか、手をさしだす大人との出会いがあって、諦めずに立ち上がってきた。だが、では何を諦めなかったのか、それが分からなくなっている。

問題生徒だった自分が、父親との約束を守って、まがりなりにも、京都のR大学に入り、卒業の年になった。発達論、福祉論、人権論、カウンセリングと頭の痛くなるようなことを勉強してきた。で、おれは何ができる？　何をしよう。美紗も、そのことをいっしょに考えようと言っている。海外ボランティアの何たるかを知りもしないで、そこに安易に逃げ道を見つけようとする自分がいたのだ。「海外で命を落としたら」などと美紗が言ったが、「まだおれの人生、始まってない」そう言いたかった。これは、学徒兵の心境と響き合うものかもしれない。ふと思った。

店を出ると、英二が一歩前に立って歩き、大学の南門の前に出た。校門の一筋南の四つ角に、ときおり留学生の李さん達と入る、Mという音楽喫茶店があった。静かな店で、いつもクラシック音楽がかかっている。英二は、美紗をエスコートするように、前に立って店内に入った。入り口の正面にカウンターがあり、その手前に、四人掛けの、楕円形テーブルがある。奥は、グループ向きにテーブルと椅子がしつらえてあった。いずれにも二人ずつ客がいて、音楽を聴きながら、コーヒーを飲んでいた。

二人は、入り口横の二人用テーブルについた。室内の隅に、観葉植物の鉢が三つ置いてあり、壁の上のほうに、数枚音楽家の肖像画がはられていた。ピアノ曲が流れていた。美紗が「あの絵見たことがあるよ。誰だっけ。この曲、誰の何て曲？」と矢継《やつ》ぎ早に聞いた。そこへ中年の女性店員が注文を取りにきて、お絞《しぼ》りを置いた。美紗が「わたし、アメリカン」といい、英二が「モカを」と言った。

「ベートーベンの、ピアノソナタ第八番や。あの絵は、おなじみのシューベルトちがうか」

他の客達もしゃべっていたので、あまり気を使わずに話ができた。その時、ドアーが開いてひとり若い客が入ってきた。奥の空いた席まで進むと、その客がこちらを振り向いて座った。英二が顔見知りの学生だった。名前も知らないし、話をしたこともない。何かの授業の時に教室でときどき見かける顔だった。相手も気が付いたのか、一瞬はっとして目を見張り、口が動きかけたが、我に返ったように目をそらして、他人の顔になった。普段の英二なら、すぐ立ち上がって話しかけるところなのだが、美紗がいるし、相手もそのことに気遣ったようだから、やはり、こちらも他人面《たにんづら》をすることにした。

曲は、第一楽章から第二楽章に移っていた。静かなその緊張感は、英二のときめきと迷いに「決断」という最後札《ふだ》を突きつけるようであった。

「美紗さん、クラシック好きそうやなあ」

「そう思う？」

「うん、わかるよ。じいっと耳傾けてるからな。ぼく、この曲好きで、特にいま流れてるメロディ、何か語りかけてくるもんがあるねんな」

「英二さんがいま聞きたいことわかるわ。あのね、多分……人生とはなんぞや、人は生きるために食うのか、食うために生きるのか」

「またまた、ぼくがそんなこと考えるはずがないことを承知でからかう。ぼくは、食いたいから食う。生きなあかんから生きる」

「何よ、あなたこそふざけて。私、真面目に言ってるのよ」

「しっ、声が大きい」

コーヒーがテーブルの上に置かれたので、それを機に会話を中断した。英二は、美紗とこうして向かい合うのは楽しいが、互いに身ぐるみ剥《は》いでしまわないと、気が立って疲れがたまると思った。当面、求めたり、与えたりのくりかえしを重ねるしかなかろうと考えた。美紗も、黙ってコーヒーのカップを見つめている。

曲は、第三楽章にはいっていた。

「ええテンポになってきたなあ。これね、ベートーベンがまだ二十歳代の作品や。うん、そうや。十八世紀の末ごろの話やから、ええと、今からちょうど二百年ぐらい前のことになるわ」

「英二さん、ベートーベンの月光って曲、知ってるでしょう? あの曲に因んだ映画を私見たわよ。知覧《ちらん》から飛び立った特攻隊の物語なの。この特攻隊とか、七三一部隊とか、南京虐殺事件とかの真相が、戦後ずっと語られてこなかったんだけど、最近、ようやく語り部《べ》が出始めたのね。変な話に飛んじゃうけど」

「そんなことないよ。従軍慰安婦かて、ついこないだやで、韓国のおばあさんなんかが名乗り出たんは」

英二は美紗との出会いが、単にラブストーリーの第一幕でないということに思い至った。美紗は福祉や平和を、身近な生きた現実として、英二の前に突きつけてくれた。そして、進路を模索《もさく》して濃《こ》い霧のなかでたゆたう英二の前にぼんやりとした、陽射しを見せてくれた。人間は、もっと人間自身と自然を知らねばならない。人間の道と、自然の理を窮《きわ》める必要がある。なぜ殺したり、壊したりするのか、その先の道を問いながら生きたい。

「美紗さん、大学院に入ってや。ぼくも、ただ働くのと違うて、勉強しながら生きる人生選ぶわ。脳味噌にもっともっと深い切り込み入れなあかん。そない思うてきた」

「へええ。たとえば？」

「教師になってボランティアやったり、平和運動に参加したり、ＮＧＯのスタッフになったり、頭と体を使う仕事は、なんぼでもあると思う」

「なにそれ？　今はやりの海外ボランティアを就職先にするの？」

「いや、そんなファッションに乗るようなつもりで言うてへん」

「じゃ、どういうわけ？」

「あのな。今も昔も勝てば官軍で、勝ち組が勝手放題してる。はじめから勝負はいやや、平和がええ言うてても、結果としては、敗残者にさせられてしまう。ぼくの学識経験では、なんでそうなるの？ちゅうのがさっぱり分からへん。そこらへんを学問しながら、仕事がしたい思うんや。わかる？」

「ま、学識経験だって……」

英二の冗談への受けをしながら、美紗は頼もしい男への、愛の眼差しを注いだ。英二は、ようやくその視線を、素直に受けとめられるようになっていた。

「英二さん、ボランティアの線、あなたに合ってるかもしれないわよ。うちの大学って、国際協力資料センターがあるでしょう? 外務省関係のも、国連のユニセフのも、NGOのも資料はたっぷりあるし、IT機器がしっかり備わってるから、その気になってちょっと動けば、何だって手に入るんじゃない?」

英二は、たまたま福祉学を選んでこの大学に入った。そして、社会福祉士になるために必要な科目の単位を一応修了した。ボランティア実習もこなしてきた。が、これまでのところ、それがわが生業《なりわい》になるという自覚は、まったくなかった。そして、今日、英二は恋の成就《じょうじゅ》と、職業意識の確立という、大人へのステップを踏み出した。英二は猛然と記憶をたどりはじめた。

NGO論の講義で、何の気なしに聞いていたことが甦《よみがえ》ってきた。Nは非で、Gが政府、Oが組織である。

国のやる、協力事業団のボランティアの方は、専門家としての資格、体験、能力が問われ、ボランティアになること自体が難しい。が、住宅や給料などの保障がしっかりしている。

NGOの方は、誰でも自由に参加できて、国策批判や、反対行動もする。当然、公的機関は、このNGOをおおやけに選ばれた代表ではないとして認めず、ずっと相手にしていなかった。が、環境、戦争、飢餓、教育、ジェンダー、民族、自然災害などNGOの働きが無視できなくなり、国際的にも、その発言力が強くなってきたらしい。日本でも「勝手連」と称するボランティアたちが、さまざまな行動を起こし、社会変革勢力として、存在感を強め始めているという話だった。

「美紗さん、ぼく国家試験受けるわ。社会福祉士のライセンス取る。教員免許証も取れるし、運転免許証もあるし、英会話もできるしするから、ちゃんと就職した上でボランティアも学問もやる」

「すごい。でも、初めからそんなに無理しないほうがいいと思うけどな」

「うん、分かってる。取りあえず目標をそこにおいといて、当座は福祉士の資格取りや。先生とか親に相談して、知恵と力をもらわなあかんからな」

美紗が椅子の背にもたれ掛かった。親に相談だって？　あきれた、という顔になった。しかし、少年時代から指弾《しだん》と嘲笑に慣れ育った英二は、その種の視線を苦もなくやり過ごせる。

アルバイト、パート、フリーターなどはいつでも首きられる日雇い労務者だ。学生も、中高年も男も、女も、そのプラットホームにつぎつぎと振り降ろされている。それがリストラという、今日の総日雇い労務者政策だ。親だろうが、教師だろうが、友人だろうが、正当に相談し、そこから自立する。

「美紗さん、ぼくは何をやる人間になったらええんか、ちょこっと見えてきた気がするみたいや。せやから、具体的な道は、人生の先輩に聞くのが一番や思うねんや。あかんか？」

「分かったあ。私、また生意気言っちゃったのね、ごめんなさい。まずは食べるための道をかちとるのね。その上で、生きる道を伸ばすのね。そうでしょう？」

「美紗さんには、ぼくの今の気持ち、分かりにくいかもしれへんなあ。仕方ないよ。歩んできた道が全然違うんやから。せやけど、ぼくは美紗さんをもっと深く知りたいし、ぼくのことをちゃんと分かってほしい思うてるで」

「私もそうよ。あなたとこうして話し合ってると、いい人だってことがよく分かってくるし、そのたび、私自身が研《みが》かれていく気がするわ。私、だから頑張れるの」

「そういわれると恥ずかしいけど、メチャクチャうれしいわ」

英二は、ゼミのレポートのために東京の新宿を訪れたときのことを思い出した。中央線新宿駅を下りて、迷い迷って南口に出た。周辺は関西と違って、人々の服装が全て秋の装いだった。国際協力事業団青年海外協力隊事務局は、新宿マインズタワーという、高層ビルの六階にある。団とか、隊とか、いかめしい名前といい、ビル自体の構えといい、一般市民を寄せつけない、でっかい権威を見せつけられたのを覚えている。エレベーターに乗っても、なにか圧倒されて、縮こまったまま、英二は受付けらしい場所で、募集要項だの、ピーアール雑誌だの、パンフレットだのを一抱えもらって、早々に引き揚げたのだった。

「ああ、ここは国家機関なんじゃ。俺の居場所やない」と考え、二度とこの世界には入るまいぞ、と思ったのだった。そのとき、漠然と自分は自由な野人でいるのがいいと感じた、その感覚が、いま形をなしつつあるのだ。

「美紗さん、あのな、西宮のお寺の清隆《せいりゅう》な。あれからずっと胸のなかにつかえてたんやけど、学校の教師は結局彼を支えきれへんわけやろ？　親かて詰まるところ傍にいるだけで、どうもでけへん。教師には、他にせなあかんことが山ほどある。親も仕事に追われっぱなしや。清隆にしっかりせいとか、頑張れとかいうても、空しいだけ違うかな」

「うん、分かるけど、何が言いたいの？」

「美紗さんのお祖父さん、何かせなあかんことがあるんやけど、何かがあって、動かれへんかったん違うかなあ。何かの力に抑えられてちゅうか、こだわりちゅうか、縛りちゅうかなあ。何をなすべきか分かってて、動かれへんという人が、実は案外たくさんいるんやないか、ぼく、今そう思い始めてるんや」

　窓の外に秋の西日がさし、木の葉の影が、斜めに歪《ゆが》んで映っている。英二は、心が充実している自分を、第三者の目で見る思いがした。それは、美沙をも客観的に見ようという気持ちを促し、まるで自分が語り手になって、演じる役者であった。


「もしもし、英二さん？　母さんよ、元気？」

「はい、ぼくや。何か用？」

「何か用やないでしょ。困ってることあるのとちがいますか。たまには電話して、うんとかすんとか言いなさい」

「またまた、ガキやないで。用もないのに電話代、もったいないだけやろ」

「もう、屁理屈言うて、人が心配してるいうのに。あ、そうや、用があったから電話したんよ。それをさき言わんと。あのね、父さんが、話があるから一度帰ってきなさいて」

「父さんが？　何のことやろ」

「そら、あんたのことよ」

あんたのこと？　英二はすぐにぴんときた。父が用事といえば、仕事の話しかない。「おまえ、どうする積もりか」とくるのだろう。いよいよ腹を決める時がきた。母から何かを探り出しておこうと思った。

「就職のことやろ。父さん、何か言うてるんか。ぼくは仕事に就く積もりはあるから心配ない、言うといてんか」

「ええ？　何？　就職決まったの？　何処《どこ》なんよ」

「気い早いなあ、もう。これから動き始めるんやないか」

「ほんま？　とにかく帰ってくる前に電話しなさい。今度は兄ちゃんも話があるらしいわ。英一さん、忙しい人やから、早めに言うといてあげんと、時間とられへんさかいな」

「え？　兄貴がやて？　何か就職口もってくるんやろか？　重い仕事はお断わりやで。母さん、何か聞いてるん？」

「ほ、ほ、ほ、えらい気にするのね。ということは英二さん、その気になってるいうことよね。よかった。話は聞いてみてのお楽しみよ。いつ帰ってくる？」

「いつでも帰られるよ。そっちの都合に合わせるわ。聞いといて」

「分かった。今晩聞いて報らせる」

「じゃ、また、バイバイ」

英二は定時制高校に進学するとき、大学に進学するときなど、節目節目で、かならず父の手の平に乗っかって動いたことを自覚している。ただ、どんな場合でも、かならずいくつかの選択肢があり、最後の決断は自分が下していた。だから、結果責任は、常に自分で取るしかない。

兄の英一は、そもそも選択肢を並べる段階で、全て己れの裁量でやった。力のあるものは、わが力量で選択し結果も出せる。ひとつ屋根の下に、上級と下級が共存しなければならないから、当然、矛盾が起こる。自分の少年時代の荒れ現象はそこからきたものだ、英二はそう考えた。そして、自分の前に並べられた選択肢が、大工、電気店、運送業でなかったことの意味を考えた。父の手の平におかれた選択肢には、こういうものがなかった。父や母の許容し得る、カードの限界が分かるような気がした。

が、今日の英二の人格は、このカードの限界を、やすやすと受け入れるわけにはいかなくなっている。中高時代、こぼれて、汚れてすさんだ、人間の泥沼を体験した。大学で福祉学の実習をやりながら、建て前とは裏腹に、実質世間からの排除と、貧困にあえぐ老人、障害者、傷病者、こどもの現実を少しは見たからだ。

シャワールーム、ウオッシュレットつき水洗トイレ、冷蔵庫、ルームエアコンなど何でもありの下宿生が何を言うか。こう言われると、返答不能になってしまう。さりとて、誰かに詰められることもない、というのが英二の現実であり、逃れようのないのが弱点なのだ。

美紗との恋愛にも、やはりどこかに矛盾が感じられるのだ。軸足が定まらず、何処か不安定なのだ。英二は、明らかに自分が背伸びをしていると思っている。母には、もう見透かされていると思うのだが、母も「いいの？」とか「大丈夫？」という素振りを見せなかった。母は、この恋愛をたなごころに置いて、気をもんでいるに違いない。

英二は、ふと父や母の場合どうだったのだろうかということに気がついた。そう思うと、おもしろくなってきた。「くよくよ考えても、しゃあないわい」そう独りでつぶやくと、ベッドの上で仰向《あおむ》けにごろんと寝転がり、脚を天井向けて突き上げた。その瞬間「臭《くさ》い！」と悲鳴をあげた。足の蒸れた臭いが、鼻を襲ったのだ。「よっしゃ。洗濯するか」また独り言を言うと、英二は床にどおんと音をたてて立ち、衣装ケースの置いてある、押し入れをあけた。臭《にお》いの元がここにもあった。脱ぎ捨てた下着や靴下の山だ。臭いにあらがいながら、丸まった靴下を伸ばし、下着を広げた。靴下を編み袋に詰めこみ、パンツと一緒に洗濯機に放りこんだ。

英二の日常生活はけっして上品ではない。が、自分自身を下品だと評価しているわけでもない。もともと品性の基準がないのだから、そんなことを気にしてはいない。ただ、部屋が臭《にお》うと気持ちが悪くなるので、窓をあけて換気する。食べ残しを放っておいて、ゴキブリが部屋中走り回ると、やはり気持ちが落ち着かないので、ゴミをきちんと分別処理して捨てる。かくして、洗濯をするし、食器洗いもする。煙草を吸わないから、吸い殻の山ができてもいない。下宿を始めるまでは、何も家事をしたことがなく、せいぜい頼まれて買い物をするくらいだった。料理、掃除、洗濯など絶えることのない家事と毎日取っ組み合いしている母を「ようやるわ」と感心し、見上げたり、見下げたりして、笑っていた。

それにしても、英二は父と母がどこで知り合い、どんなつき合いをして結婚したのか、まったく想像ができない。父が母に惚れたのだろう、ということは考えられるが、母が、あの大津絵の鬼面《きめん》さながらの父を、どう感じたのか、不思議な謎である。

十三《じゅうそう》に帰るのに楽しみがひとつできた。考えてみると、父と母の若い頃のツーショット写真を見た覚えがない。家族のアルバムといえば、自分たちが赤ん坊の頃からのものしかなかったようだ。英二は、親の秘《ひ》め事をのぞき見るような、少々怪しなげ興味を覚えた。

洗濯終了のブザーが鳴った。英二は、もそっとベッドから立ち上がると、なんとなく下腹部にたまっていたガスを、腹で力み出した。爽快な音響がして、いい気分になった。ポリたらいを横に置いて、洗濯機の蓋《ふた》を開けると、母がやっていたように、中から一つ一つつまみ出しては、折り畳んでパンパンたたいた。なぜそうするのか、最初分からなかったが、そうするものだと思ってやっているうちに、乾いたときに、しわが少ないことに気づいた。布団を干したあと、取り込むときにも、やはりパンパンたたいていたが、こちらは意味がまだよく分からない。

英二は手を動かしながら、美紗と結婚をしたら、やはり自分はこういうことをしているかもしれないと想像した。父と兄の英一は、いっさい家事をやっていない。兄はいま結婚をしたなら、やはりやらないだろう。つまり、家事育児は妻が生涯分担するという、暗黙の契約をして、結婚するのだろう。国立大学出で、高校教師というインテリの母が、ずっと家事育児を請け負ってきたのを英一と英二は見てきた。

英二は、しかと就職していないのに、ボランティアのことを考えたり、結婚のことを想像したりしている、これは、順序が逆だと思った。しかし、原資を持たないのに借金をするという、今のカード社会、ローン時代の生き方から見ると、自分は時代遅れなのかなと思うのだ。とりあえずほしいものを手にして、あとの人生は負債返済に当てるか。生涯の大部分をかけてこつこつ蓄財し、欲しいものを手にしたときは、ほぼ人生が終わりかけているか。幸福追求の形として、どちらが人間らしいのか、これは大きな課題だと思った。ただ、条件がととのうまで待つとなれば、結婚もボランティアもできなくなるだろう。

父の経験はどうか、兄はどう考えているのか、すでに結婚した友人の暮らしはどうなっているか。英二には、現在それが最も大きなテーマになってきた。洗濯物を干しながら、英二は、家に帰る楽しみをさらに一つ二つたしていく。

梅田地下街にある、曽根崎警察コミュニティープラザの前、そこが母が指定した待ち合いスポットだった。日曜日の正午前、英二が十分ほど早く来たが、案の定母は来ていなかった。通勤ラッシュとは違った様子で、人々の群れが行き交《か》いごったがえしている。大阪人は、妙にせかせかと歩く。が、さすがに日曜日だった。目前で、せかせか組の男が、ブラブラ組ヤングにぶつかって、どなられた。ホワイティーうめだと称する、ピカピカの白い街が苦く笑った。十数人が人待ち顔で立っている。

じっと見つめると、変に思われるので、無関心を装いながら、それとなく観察した。英二は、中学生時代に、友人から人物鑑識の技を教わり、人を見るのがつい癖になっていた。掏摸《すり》やぽんびきが、ターゲットの見当をつけるようなもんだ。とはいえ、失敗もある。かわいい顔をした、青い目の外国人女性と目が合った瞬間、彼女が愛想笑いをしながら寄ってきて「ニイチャン、アソブカ」ときたので、あわてて逃げ出したことがある。

天井に、雲形定規《くもがたじょうぎ》のような雲の模様があり、その周囲は、昼光色の蛍光灯が箒目《ほうきめ》の筋のように並んで、白白と光っている。花の文様《もんよう》の透《す》かし彫《ぼ》りが取り巻く柱が、遠くに見える。下で右往左往する人間模様とはちぐはぐな派手《はで》さだった。英二は、ここがこんなに奇妙な模様に包まれていたとは今の今まで気づかなかった。

数えきれない人の波の中で、一点、懐かしい顔がちらついた。母である。この雑踏の中から、小さい粒ひとつを察知し、選り分けてキャッチする。まるでコンピューターによる、ピンポイント攻撃のような、巧緻《こうち》な技能だ。まだまだ人間のこういう能力は、捨てたものじゃない。とは思うものの、人は目だの耳だの鼻だのという、器官の機能を確実に退化させているという。母の顔が、すぐ前まで近づいた。この母と父のつながり、これはどう見ても奇跡だ。だが、男と女がつながって人の生活史を紡《つむ》いできたことは否めぬ事実である。恋はなぞの花だ。

「ごめん。待たせた？　先《さき》、ご飯すまそ。こっちや、行こ」

母のスピーディな言動は、英二に有無を言わせない。英二も心得て黙ってついていく。経済は経済的に、文化は文化的に、というのが母の生活訓だった。ちなみに父は、経済は経済的に、文化も経済的にである。早い話が、絵画展に臨んで「この絵は今買えばいくら。十年後いくら」としか言えないのだ。

カレー専門店で昼食を摂ってから、母はHデパートの五階で、父の誂《あつら》えもののスーツを受け取って、英二に持たせた。さらに、ついでやと言って、英二に薄い枯葉色のブルゾンを買ってくれ、「さ、帰ろ」である。二時間半後、二人は十三の家の玄関前に立っていた。英二が靴を脱いで上がると、母が英二のシャツの袖を引いた。

「靴や。ちゃんとしなさい」

母が目で合図した。英二の靴が、靴先を手前にして、テンテンと脱ぎ捨ててあった。英二はため息の代わりに「おっこらしょ」とぼやくように言って、かかとをつまんで母の靴の隣にそろえた。しゃがんで頭を下げると、顔の辺りに血がたまったのか、口と目の周りが熱くなった。母は、右手で横の客間のドアーを開けると「お茶いれるから」と言い残して、廊下を小走りに進み、台所に入った。

玄関横の、この客間は十五畳ばかりある。父も母も来客の多いタイプであり、ここと、玄関ホールがぜいたくな空間となっていた。英二はソファーに座り靴下を脱いだ。その手を嗅ぐと、やっぱり臭い。すぐに洗面所にいって、口をすすぎ顔と手を洗った。客間に戻ると、母がテーブルの上に盆をのせ、茶をいれていた。

「英二さん、美紗さんとうまくいってるの？　進捗《しんちょく》状況を報告しなさい」

「うん、そうくると思てた。せやけど、また晩におんなじこと聞かれるんやったら、面倒臭いから、まとめて晩にするわ。ええやろ」

「あかん。父さんらには、ええとか、あかんとかの一言でええんよ。母さんには全部聞かせなさい」

母が、テーブルを挟んで向かい側に座った。

「分かった。けど、何から言うたらええか、まとまらんわ。そっちから質問してや」

「美紗さん、大学院、行くの？」

「うん、多分な」

「多分て、どういうこと？」

「教師の採用試験受けてへんし、他に就職する積もりもないみたいやから」

「院の試験、もうすぐあるんでしょう。だったら今はその準備で忙しいのやね」

「と思うでえ」

「なによ、それ。他人事みたい」

「当たり前や、他人事や。ぼくの事やあらへん。ほんで？」

「ほんでやないわ。あんたら、デートしてへんの？」

「たまには逢うてる」

「逢うて何の話してるの？」

「何しゃべってるかなあ。忘れたわ」

「若いうんはええねえ。時間がいっぱいある思うてぜいたくに使うて」

「そや、こないだ彼女がな、特攻隊の話しだしてな、面《めん》食ろうたわ」

「特攻隊？　またまたどういうこと？」

英二が美紗に聞いた話や、戦没学生記念像のことを、かいつまんで話した。敗戦の翌年に生まれた母は、戦争を直接体験していないが、いわゆる「戦後」をたっぷり見て育った世代だから、広い意味で戦争体験者であり、生々《なま》しい戦争の現実を見知っている層である。英二は、これまで、父からも母からも、その種の話を聞かされた記憶がなかった。だが、わずかな期間だったとしても、元高校教師だった母が、この話題に無関心ではいなかった。美紗と特攻隊、この組み合わせが母の血をわきたたせたようだ。母はお茶を入れ替え、身じろぎもせず、じっと聞き入っていた。

「へええ、美紗さんが、あんたを特攻隊に見立てたいうわけ？　いじらしい娘ね」

「何あほなこと言うてんねん。ほなら、ぼくは突撃して死ななあかんのか。やめてや」

「いいや。世が世なら、あんたの年やったら、そうなってたかもしれへんのよ。美紗さん、あんたのこと、そこまで思てくれたはるいうことよ、分かってるの？」

「それや。母さんは文学乙女《おとめ》さんやから、話がおもろすぎてあかんわ」

「文学乙女やて、よういうわ。文学作品なんかに縁のない人が、識ったようなことといわんといて」

母の目にかつてない深い光が宿っている。英二は気圧されて身が竦《すく》んだ。人生や読書を持ち出されると、降参だ。こどもの頃から、常に傍観者という台車《だいしゃ》の上で、転がり続けてきた英二である。まして特攻隊など、ゲームかアニメか漫画の世界、絶対的にありえない虚像であった。だから、遊び感覚の軽口《かるぐち》が、何のためらいもなく飛び出す。また、しちめんどくさい説教が始まるのか、やれやれという気になり、こういう余計なことを言って、相手の神経をいらだたせる癖を、なくさなければいけないと後悔した。

「英二さん、ベルリンの壁といっしょに日本のバブルが崩壊してから、この国、どうなってきてると思う？　金融も行政も、汚職でどろどろでしょう？ 政党かて誰が何党かさえ分からへん。そしたら、出てきたでしょう。靖国や、日の丸や、自衛隊の海外派遣やてね。援助交際の次の段階に移ってる、母さん、そう感じるのよ。分かる？」

「うん、そうか。母さんはシビアな見方するねんな。その援助交際の、次の段階ちゅうのが、さっぱり分からへんけど」

「まだ母さんも生まれてへん時代やけど、三十年代の初め、失業者がルンペン、今のホームレスになって、街に溢れるわ、エロ文化が流行るわ、いう時があったのね。そのあと、非常時だ言い出して、侵略戦争に突っこんだのよ」

普段、平和の中の世話物を好んでしゃべる母が、美紗と特攻隊の話題に及んで急変した。英二には何が何だか分からない。母が珍しく、しきりに茶を飲み唇を潤している。

「今言うた、そのルンペンてなに語？　ホームレスのことやて？」

「ドイツ語。そう、ドイツ語いうたら昔、学生がドイツ語かぶれした時期があってね、メッチェンとか何だとか。母さんの学生時代でも、まだそういう人がいたよ」

「ひょっとして、それ父さんやったりして」

「ピンポーン。あの父さんがよ、笑うでしょう、ほんま」

父と母は、団塊の世代の二、三年前の世代だった。体制と反体制の激突の渦中を生きてきた。母は「笑う」と言ったが、それは嘘だ。きっと英二には、とらえきれない価値観で、交際が始まり、進展したに違いない。特攻隊員を愛する娘のイメージと、美紗をオーバラップさせた母の心の内には、検挙も辞さぬ活動家たちの、恋のイメージがあるのかもしれない。

戦時体制下で、命まで奪取された若者、戦後反体制に身を挺《てい》したが、現実の壁の中になだれこんでしまった若者、そして、いま自分たちの世代は、第三の若者層を形成している。学歴や、年功序列給という、安定を得るための競争が崩れ、個々人が、宮本武蔵よろしく、実力で周囲に勝つために闘う。勝っても負けても安定がない、そんな時代に入った。

英二が美紗に感じた、あの不安感の原因は、そんなところにあったのかもしれない。父と母が、危ういながら、辛うじて維持してきた家庭の像が、美紗との間で、イメージを結ばないのだ。

「僕らのことを正直に言うとな。ほんまはようわからへん。どんなコースをたどるのか、決まった仕事に就くのか、就かれへんのか、それもまだずっと先にならな分からへん」

「それや、今日はその話をするんよ。もう覚悟しなさい。気持ちが固まったら、案外、するすることが運ぶものよ、英二さん」

英二はたじろいだ。結論というものは、先の見通しがついてこそ出せるものだ。

「恋愛も、この人やと引導《いんどう》を渡してしもうたら、そこが新しい出発点よ。人間やから、所詮一緒《しょせんいっしょ》に暮らすことなんか、初めっから無理なんや。これは一種の運命の出会いよ。人間、あきらめが肝腎《かんじん》て言うでしょう。私が見たところ、美紗さんはもう気持ちが決まってる思うわ。あとはあんたの腹《はら》次第や思うよ」

英二がまたたじろいだ。父と母の場合も、やはりいざという段階で、イニシアチブを取ったのが母だったであろうということが、容易に想像できた。そう言われても、今の英二はまったく己れに自信がなかった。

母が、サイドボードの上の時計にちらっと目を走らせると言った。

「英二さん、今日は話を先にすませてから食事にするて。乾杯できたらええわね。父さんら、もう帰ってきはる時間よ。すき焼きやから、お野菜切るだけ。母さん、支度するわ」

母が立ち上がるのとほぼ同時に、玄関で人の気配がした。父と英一が、黙って客間をのぞいた。二人とも目がやわらかだった。英二を確認すると共に姿を消した。いつものように、洗面所やトイレで用をすまし、あいついで戻ってきた。父が英二に向かい合って座り、兄は英二の右となりに座った。

「英二。仕事、なにか決めたか？」

父が単刀直入に切り出した。父は昔から英二を扱いかね、回りくどい言い方をしない。二人の間には奇妙な呼吸があった。英二も、父には直截的《ちょくさいてき》に応えるようになっていた。

「いいや、まだや」

「やりたいこと、あるんか」

「まあな」

「なにや」

「わからん」

「わからんて、おまえ」

言いながらも、父はにこにこしている。英二は内心ほっとした。兄の英一も笑っていた。

横の兄が腰を動かして、英二のほうに向き直った。

「英二、外国に行ってみる気ないか。母さんに聞いたんやけど、おまえ、NGOとか国際ボランティアの仕事したいんやて？　ええやないか。体力があって、英語が話せて、おまけに福祉とか教育の専門家いうたら、文句なしや。実はな、うちの会社、開発コンサルタントに乗り出してるんじゃ。事務所を立ち上げてから、もう十五年ぐらいになるらしい。学校建設と、上下水道工事が主な仕事やけどな、現地が人探しをしてるて聞いたんや。文系で、ソフトの仕事ができる青年がほしいんやて」

英二は思わず緊張した。英一の大人の部分を見せつけられた。国外と言われても、半年ハワイで語学留学のホームステイをしたことがあるだけで、これといった体験がない。が、英一は、まるで隣街に行くかのように、いとも簡単に言ってのけたのだ。英二は突っ張って言うしかなかった。

「外国いうてもいろいろあるやろ」

「おっ、やる気あるな。フィリピン、ベトナム、パプア・ニューギニア、スリランカなんかや。パレスチナ、ヨルダン、カンボジアにも行ってる。あの辺は怖いとこもあるけど。マラリアちゅう強敵もあるからな、おれは無理に勧めへん。しかしな、それでびびるんやったら、NGOの仕事もできん思うわ。後は英二が決めることや」

英二はたちまち不安になった。沈黙が始まった。父と兄の不動の眼差しが肝を貫く。英二は震えそうになるのを、必死でこらえた。そうか、兵隊が前線行きを命じられたときも、こうだったのかもしれないと、妙なことに結びつけた。母が言った「覚悟」とはこれだったのか。父の口が動いた。

「そこに援助の手を待ってるこどもたちがいる。病人も負傷者も待ってる。いや、ひょっとしたら待ったなしかもしれん」

父のことばは兄のそれより厳しかった。父は、かつて逃げ道を塞《ふさ》ぐようなことをしたことがなかったが、英一と二人して追い詰めてきた。今日は母も常とは違う。「翔《と》ぶ」という巣立ちの試練だった。「よし」胸の内でそう唱えると、体の震えが引いて、腹に力がみなぎってきた。自らルビコンを渡ろうと決めた。

「父さん、行くで」

「うん、行くか」

父子の問答が終わった。兄の英一が意外だという顔をしたが、すぐに体勢を組みなおして言った。

「書類審査と、簡単なテストと、健康診断があるけど、決め手は最後の面接や。現地のスタッフが面接をしに帰ってくる。半端なやつは、すぐ本性を見抜かれるわ。英二やったら、面接までいけたら、絶対に生き残れるよ。おまえ、結構修羅場をかいくぐって生き延びてきたもんの。逆境に強い男や、きっといけるで」

「父さん、用意できたわよ。話、終わったみたいやね。ちがう?」

母がタオルで手を拭きながら、部屋に入ってきた。迷いを吹き払ったような、爽やかな目をしていた。英二にそれが分かった。息子がどんな結論を出すか、母は気が気でなかっただろう。

墜死《ついし》するかもしれない、わが子の旅立ちを、ただ見送るのも辛い話だ。

キッチンの電話が鳴っている。わが家の受話器は、小鳥の鳴き声にセットしてあった。ピュッピュッ、ピュッピュッという甲高い声が、あたかも門出を告げるかのようだ。いちばん若い英二が、小鳥の鳴き声に誘われて立ち上がり、すっと廊下に出た。

「もしもし、川田です」

「英二さん?」

「はい、そうです」

「美紗です。急な話だけど、私、カナダの大学に行くことになりそう。すぐ逢いたいの」

「ふうん、こちらも大事な話がある」

英二の声が大人になっていた。

完

著者プロフィール
井実 充成（いじつ みつなり）
1936年 大阪市に生まれる
1944年 疎開先の岐阜市で空襲を体験
1946年 筑豊（嘉穂・田川）に移住。少年時代、小さな炭鉱で暮らす
1960年 大阪学芸大学卒業。豊中市の中学校教員となる
1996年 退職（教職36年）
1999年 「胸の火打ち―小説中学校教師への応援歌―」（光陽出版社）出版

冬萌え

2002年11月15日 初版第1刷発行

著 者 井実 充成
発行者 瓜谷 綱延
発行所 株式会社文芸社
〒160-0022 東京都新宿区新宿1－10－1
電話 03-5369-3060（編集）
03-5369-2299（販売）
振替 00190-8-728265

印刷所 株式会社ユニックス

ISBN4-8355-4628-8 C0093